대한민국 원자력 1세대 이창건 李昌健의 마이웨이

제3의 불을 밝히다

이창건 지음

윤재석 엮음

도서출판
청어

제3의 불을 밝히다

이창건 지음
윤재석 엮음

발행처   도서출판 **청어**
발행인   이영철
영업   이동호
홍보   천성래
기획   육재섭
편집   이설빈
디자인   이수빈 | 구유림
인쇄   정우인쇄

등록   1999년 5월 3일
          (제321-3210000251001999000063호)

1판 1쇄 발행 2026년 3월 31일

주소   서울특별시 서초구 남부순환로 364길 8-15 동일빌딩 2층
대표전화 02-586-0477
팩시밀리   0303-0942-0478
홈페이지   www.chungeobook.com
E-mail   ppi20@hanmail.net

ISBN   979-11-6855-433-7 (03810)

제3의 불을 밝히다

이창건 지음

윤재석 엮음

치열함과 꼼꼼함의 화신

대영씨엔이(주) 기술고문 김남하

먼저 『제3의 불을 밝히다』를 발간하게 되신 데 대해 저의 온몸과 마음을 차곡히 가득 담아 축하드립니다.

제가 이창건 박사님을 처음 뵌 것은 1977년 여름, 한국전력이 원자력연구소에 위탁해 개설한 저녁 식사 자리에서였습니다. 교육을 마치고 8명의 제조업체 참가자와 함께한 자리에서 수필집 『어쩌면 이다지도』를 건네시며, "앞으로 원자력발전 산업의 기술개발은 그대들이 근무하는 제조회사의 기술 발전과 보폭을 같이 할 것이니, 국가를 위해 원자력 제품 국산화에 적극 노력해 달라"고 하셨지요.

그 후 1991년 가을, 울진 원전 수압시험 문제가 터졌을 때, 회의실 문을 잠그시고 "기계 전공인 그대들이 오늘 밤 안으로 결론을 내야 이 문을 나갈 수 있다"라고 단호히 말씀하시던 장면이 지금도 생생합니다. 그것이 제가 지금도 주재하는 회의의 길라잡이가 되어 진행 방법을 그대로 따르고 있습니다.

1992년 한국전력산업기술기준(KEPIC) 개발 2단계부터 정책위원장으로 모시면서, 의뢰받은 영어 논문의 문법, 어휘, 문맥을 지적하고 고쳐준 내용을 모두 저에게 보내주셔서, 저의 작문 실력이 배는 늘었다고 자랑합니다. 정창현 교수가 매사추세츠공대(MIT)에 입학하니, 담당 교수가 추천서를 쓴 분이 미국의 어느 대학 출신이냐고 묻기에 서울대 졸업이라 했더니, 자기 일생에 이런 명문 추천서는 처음이라며 혀를 내둘렀다고 했습니다. 첨부된 영어 연설문 중 「Boxing Champion」, 「Dogs in France」, 「Chopstick Technology」는 지금의 생성형 인공지능(AI)이 다듬은 것 같은 촌철살인(寸鐵殺人) 그 자체라고 생각해 저도 혀를 내두릅니다.

1994년 한반도에너지개발기구(KEDO) 사업에 대비해 『南北原子力 用語비교』를 발행할 때, 한 자도 거르지 않고 점검하시던 모습을 본받아 저도 기술자로서의 마음가짐을 다잡게 하셨습니다. 제가 오늘까지 현직에서 일할 수 있는 행복은, 오롯이 박사님을 닮으려는 노력의 결실이라고 감히 말씀드리며 감사하고 있습니다.

끝으로, 이와 같은 책을 제가 꼭 정리해 드려야겠다는 중압감에 시달렸는데, 윤재석 기자님이 이렇게 깔끔히 정리하여 주심에 감사와 찬사를 보냅니다. 박사님 상수(上壽) 생신 축하주를 올릴 수 있게 건강관리 잘하시길 소망합니다!

원자력 첫걸음을 제대로

前 한국원자력연구소 선임단장 김병구

우리나라 원자력은 '기네스북'감이다('기술 자립' 항목이 없어 유감이지만). 세계 역사상 가장 짧은 기간에 기술 자립을 이루었고 원전을 중동, 유럽 등으로 수출까지 하였으니 그럴 만도 하다. 그 저력은 어디서 나왔을까? 아마도 우리나라 원자력의 1세대이신 이창건 박사님으로부터 그 답을 찾아볼 수 있겠다.

20세기 초 알베르트 아인슈타인의 특수상대성 이론에서 예측된 중금속 우라늄의 미량 손실이 천문학적 에너지 발생으로 이어진다는 이론은, 당시 과학자들을 흥분시키기에 충분하였다. 제2차 세계대전을 조기 종식시킨 원자폭탄 제조에서 원자력 추진 잠수함 건조와 원자력발전소 건설 등의 잇단 성공으로 1950년대 지구촌 과학계는 바쁘게 움직이고 있었다. 6·25전쟁의 악몽에서 깨어나기도 전 우리나라 과학자들은 그때부터 원자력의 스터디그룹으로 공부를 시작한다. 그의 중심에 이 책의 주인공이신 이창건 박사님이 계셨다는 사실이 우리를 놀라게 한다.

당시 세계 최빈국 중 하나로 대한민국이 참담하던 시절, 이승만 대통령은 이미 팔순의 고령이심에도 원자력의 장래를 꿰뚫어 보신 분이시다. 인당 국민소득이 100달러도 안 되는 나라에서

250여 명의 젊은 과학도들을 선발하여 미국 등 원자력 선진국에 유학생으로 파견하였다는 사실이 놀라울 뿐이다. 그중 한 분이 바로 이창건 박사님이란 사실은 그리 놀랄 일도 아니다. 귀국 후 원자력연구소에서 최초의 연구용 원자로 관리에 앞장서셨고 트리가마크-II 연구로의 운용기간 동안 핵심 역할을 하신 분도 박사님이시다.

1970년대부터 원자력연구소의 역할은 기초연구에서 원자력발전소 기술 자립으로 이어진다. 최초의 원전인 고리 1호기 부지 선정에서부터 중심 역할을 하신 박사님은 이후 후진 양성에 열과 성을 쏟으신다.

이제 원자력 기술의 원조 나라인 미국에 연구용 원자로를 수출하게 되었고, 우리 기술로 이루어낸 원자력발전소를 중동의 아랍에미리트(UAE)와 유럽의 체코에 수출까지 하게 되었으니 박사님의 감회가 남다르셨으리라 짐작된다. 서울 동작동 국립현충원의 이승만 대통령 묘를 찾아 '목적 달성'을 보고드리는 박사님의 모습은 보는 이를 뭉클하게 하고도 남는다. 바야흐로 인공지능(AI) 시대를 맞아 폭증하는 전력수요를 원자력이 담당할 때가 오고 있다. 그 일환으로 세계 AI 공급망의 중심을 자처하는 미국에 한국형 원전이 도입될 것이다. 원자력발전소 기술 원조국인 미국에 K-원전이 건설된다는 사실은 이창건 박사님의 1세대 초창기 꿈이 현실로 이루어진다는 확고한 실증이다.

필자는 70년대 한국원자력연구소 입소 초기부터 30년 정년퇴직, 그 후 20여 년 등 반세기 동안 이창건 박사님과 남다른 관계를 이어왔다고 자부한다. 여러모로 한국적 현실에 뒤떨어진 필자에게 남다른 애정을 가지시고 자문해 주셨다. 한마디로 'lifetime mentor'의 역할을 해 주신 셈이다. 2012년 필자가 UAE의 아부

다비에 근무할 때 박사님께서 두 따님과 함께 UAE를 방문하여 바라카 원전 현장을 함께 방문했던 기억이 있다. 그곳에서 남다른 감회를 쏟아 내시던 모습이 지금도 생생하다. 2024년 필자의 팔순 출판기념회에도 추천서도 써 주셨다.

이제 상수(上壽)를 바라보시는 박사님의 자서전을 본인의 친필 저서가 아닌 유명 작가의 인터뷰 기사로 엮으신 이 책의 출간에 더욱 큰 뜻이 있다. 윤재석 작가의 29개 항목별 내용은 검증을 거친 주제의 객관성에 더욱 신뢰가 간다.

K-원자력의 산 역사

유저스(주) 기술연구소 소장 김시환

『제3의 불을 밝히다 - 원자력 1세대 이창건의 마이웨이』 발간을 진심으로 축하드린다. 이 책은 한 과학자의 전기가 아니라, 대한민국이 어떻게 스스로의 힘으로 미래 에너지의 길을 열어 왔는가를 증언하는 살아 있는 역사다.

한국 원자력계 최고 원로이신 이창건 박사님이 걸어오신 길을 되돌아보면, 박사님의 삶은 한 개인의 성공을 넘어 대한민국 원자력 기술사의 방향을 바꾼 여정이었다. "원자력으로 가난과 에너지 문제를 해결하겠다"는 신념 아래 척박한 1950년대부터 평생을 연구와 교육에 바치신 박사님의 헌신은, 오늘 우리가 세계적 원전 기술 강국으로 우뚝 설 수 있게 만든 근본 동력이었다.

나는 서울대 재학 시절 박사님께서 직접 강의하신 『원자력공학 개론』 과목을 수강하며 원자력공학에 첫발을 디뎠다. 박사님의 '미래 꿈의 에너지'에 대한 열정적인 강의는 지금도 제 마음속 가장 큰 울림으로 남아 있다. "원자력 기술개발은 나라를 살리는 일"이라는 말씀은 제 인생의 나침반이 되었다. 국가 기반이 취약했던 시절, 박사님은 '원자력 기술 자립'이라는 거대한 비전을 품고 원자력 기술개발의 새로운 세대를 열었다.

특히 내게 박사님은 인생을 바꾼 스승이셨다. 내가 미국 컴버스천엔지니어링(현 웨스팅하우스)에서 원자로 설계 업무를 수행하던 시절, 박사님께서 보내주신 장문의 귀국 권유 편지는 아직도 잊을 수 없다.

"자네가 조기 귀국하여 우리나라 원자력 기술 국산화에 헌신토록 하게나!"

이 한 문장이 내 마음을 움직였고, 결국 나는 귀국하여 핵연료 설계 기술 국산화, 원자로 계통 기술 자립, 소형모듈원전 개발 등 중요한 국책 사업을 열정적으로 추진할 수 있었다. 나에게 사명감을 심어주고, 국가 기술 자립의 주역으로 세워 주신 박사님의 힘은 참으로 크고 깊었다.

또한 박사님은 저의 저서인 『원자력 기술 자립 여정』의 감수를 맡아, 비상한 기억력으로 졸필 원고의 적합성, 분야별 상세 기술 개발 내용, 국내 원자력 여명기, 시대적 배경에 이르기까지 세심하게 수정·보완해 주셨다.

박사님은 연구에서는 엄격하시면서도 인간적으로는 누구보다 따뜻하신 분이시다. 원자로관리실장으로서의 막중한 책임에도 불구하고, 언제나 따뜻한 미소와 유머로 연구원들에게 다가오셨고, 엄격함 속에 인간적 품위를 갖춘 참된 스승이셨다. 테니스, 달리기, 배드민턴, 소프트볼 등 다양한 운동을 통해 젊은 연구원들과 격의 없이 어울리셨으나, 시합에서는 절대 지지 않으려는 열정을 보여주셨다. 박사님은 엄정한 책임 속에서도 유머와 배려를 잃지 않으셨고, 실원들의 성장과 영어 실력 향상까지 세심히 돌보셨다.

어느 날 근무 외 시간에 카드놀이를 하던 실원들에게 휴대용 칼을 탁자에 꽂으면서 단호히 훈계하시던 일화는 그분의 원칙과 사랑을 동시에 보여주는 상징적 기억으로 남아 있다. 퇴직 후에도 종종 제자 부부들을 식사에 초대하시며 인연을 이어가신 그 모습은 오늘까지 깊은 감사와 존경을 남기고 있다.

박사님의 삶은 한 시대를 넘어 대한민국의 미래를 밝힌 큰 빛이었다. 나를 비롯한 수많은 제자가 박사님께 배울 수 있었던 것은 인생의 가장 큰 축복이었다고 할 수 있다.『제3의 불을 밝히다』는 박사님의 일생을 통해 우리나라 원자력 기술 발전의 역사를 보여줄 뿐 아니라, 미래 세대에게 기술 자립의 가치와 과학자의 책임을 일깨워 주는 귀중한 기록이 될 것이다. 이 책이 박사님의 정신을 오래도록 기리고, 우리나라 원자력 기술이 나아갈 길에 밝은 등불이 되기를 진심으로 바란다,

다시 한번 박사님께 무한한 존경과 감사의 마음을 이 글에 담아 드린다,

원자력 礎石 다지신 특공대원

KAIST 명예교수 성풍현

　존경하는 원자력계의 대 선배님이신 이창건 박사님의 새로운 책 출간을 진심으로 축하드린다.

　내가 이창건 박사님을 처음 대한 것은 지금으로부터 50여 년 전인 1975년쯤 서울대학교 원자핵공학과 학생이었을 때, 박사님이 내가 듣는 강의에 오셔서 하루 특강을 해주셨던 때이다. 그때 박사님께서 찰스 디킨스의 책을 언급하시면서 영어 공부의 중요성을 많이 강조하셨던 것으로 기억한다.

　세월이 한참 지나 1991년부터 내가 KAIST에 근무하게 되면서 한국원자력학회 춘계·추계 발표회 등 여러 모임에서 박사님을 다시 뵙게 되었는데 뵐 때마다 여전히 호방하시고, 흥미진진하고 유익한 말씀을 많이 해주셨던 기억이 난다.

　그러던 중 2003년 내가 한국원자력학회 편집위원장이 되어서 우리 학회지의 이름을 『한국원자력학회지』에서 『Nuclear Engineering and Technology』로 바꾸고 2007년 SCI에 진입했을 때 내가 원자력 원로포럼의 소식지에 글을 하나 쓰게 되었는데 그때 내가 처음으로 논문 심사를 맡긴 외국 사람이 일본인 교수 다다시 히비키(Tadashi Hibiki·현 미국 퍼듀대학 명예교수)라는 이야기를 적었었는데, 박사님이 그 사람이 어떤 사람이었는지를 직접 찾아보시고 내게 이야기하시는 것을 듣고 놀란 적이 있다. 그냥 흘려들으실 수도 있는 내용도 확인해 보시는 박사님의 꼼꼼하심에 놀랐다.

박사님께선 초창기 한국원자력학회지에 많이 기여하신 것으로 알고 있다. 특히 2015년 내가 한국원자력학회장을 할 때 '원자력 엘리트스쿨' 프로그램을 만들어서 원자력계 유명 선배님들을 모시고 우리나라의 원자력 역사에 관해 이야기를 들을 기회를 만들었는데, 그때 첫 번째 연사로 모신 분이 박사님이셨다. 아직도 유튜브에서 박사님의 강연을 찾아볼 수 있다.

그 강연에서 사재를 털어 원자력을 위해서 헌신하셨던 윤세원 박사님의 이야기도 들었고 초기 원자력 스터디그룹과 시슬러 박사와 이승만 대통령 간의 일화, 그리고 박사님이 원자력 연수를 위해서 비행기를 타고 미국에 가는데 비행기에서 밥을 준다는데도 돈을 내야 하는 것으로 알아 굶으면서 가셨던 이야기, 미국에서 일주일에 한 번 남의 나라 대사관 파티에 참석해 잔뜩 먹고 일주일을 굶으면서 원자력 일을 하셨다는 이야기 등을 아주 흥미롭게 들었다.

2021년 내가 국제원자력학회연합회(INSC)의 제2 부의장, 제1 부의장을 거쳐 의장이 되었을 때 박사님을 모시고 점심 식사하면서 INSC에 관련해서 많은 조언을 듣게 되었다. 박사님은 나보다 정확히 20년 먼저 2001~2002년 INSC 의장을 하신 우리나라 최초의 인사이셨다. 그 자리에서 여러 가지 일화도 말씀해주셨고 우리나라에서 만일 INSC 회의를 하게 되면 참석해서 말씀도 하시겠다는 약속도 해주셨다.

내가 영어가 제일 문제라고 했더니 내게 공부하라고 영어로 된

책과 유명한 연설문을 주셨다. 덕분에 나도 2년간의 의장직을 무사히 마치고 은퇴하게 되었는데, 영광스럽게도 내가 2025 INSC 글로벌 어워드를 받게 되었다. 2012년 박사님이 INSC 글로벌 어워드를 수상하신 지 13년 만에 우리나라에서 두 번째로 내가 받은 것이다. 박사님이 닦아놓으신 길을 내가 열심히 따라가고 있는 셈이다.

그리고 몇 년 전에 박사님이 쓰신 『KLO의 한국전 비사』를 중고 서점에서 어렵게 구해서 독서 삼매경에 빠져 읽은 적이 있다. 이때 박사님이 젊으셨을 때 겪으신 일을 많이 알게 되었다. 우리나라를 위해서 원자력뿐 아니라 KLO 대원으로서도 6·25전쟁 중 중요한 일을 많이 하셨다는 것을 알 수 있었다.

2016년 우리 한국원자력학회에 원자력인 조찬기도회를 시작했다. 벌써 10년이 경과했다. 몇 년 전 그 모임에서 박사님을 모시고 말씀을 듣는 시간을 가졌었다. 그때 박사님이 우리 조찬기도 모임에서 좋은 일을 위해 쓰라고 금일봉을 주셨다. 신앙생활에서도 큰 모범을 보여주신 것이다.

이번에 출판하시는 『제3의 불을 밝히다』 초본을 읽으면서 박사님의 출생 연도가 1929년이 아니라 1930년이라는 것을 알게 되었는데 그래도 벌써 96세이시다. 제 어머니보다도 한 살 위이시다. 그런데도 얼마 전까지 테니스를 치시고 지금도 왕성하게 일을 하시는 것을 보고 감탄하고 있다. 나도 이제 은퇴했다고 놀 생각만 하는 것을 그만두고 이 박사님을 본받아 남은 시간을 잘 써야겠다는 생각을 하게 된다.

박사님은 우리나라 원자력발전을 위해서 아주 큰 일을 하셨다. 또 요즈음엔 갖고 계신 자료를 잘 정리하고 계신다는 이야기도 들었다. 부디 더 오랫동안 건강하게 사셔서 우리 후배에게 더 많

은 것을 가르쳐 주시고 깨닫게 하여 주시길 바란다. 깊이 존경하
며 거듭 감사드린다.

　프로메테우스 이후 인류 최고의 위대한 불의 발명가는 누가 뭐라 해도 엔리코 페르미(Enrico Fermi)다. 그가 '제3의 불'이라 할 최초의 원자로를 만들었기에 우리는 지금 전에 없는 풍부한 전력을 사용하면서 갖가지 문명의 혜택을 구가하고 있는 것이다. 바로 원자력발전이라는 탄탄한 전력원이 뒷받침하고 있기 때문이다. 1978년 4월 29일 고리 1호기 가동을 시작으로, 우리 국토 4곳에 세워진 원자력발전소는 현재 모두 26기가 가동되고 있으며, 전체 전력의 30% 내외를 공급하고 있다. 앞으로 인공지능(AI) 시대가 도래하면 원전 추가 건설의 필요성은 더욱 커질 것이다.

　세계적인 경쟁력을 갖추게 된 'K-원전'은 작은 나비의 몸짓처럼 미약하게 시작하였으나 이제 세계를 들었다 놨다 하는 엄청난 파급으로 폭풍을 일으키고 있다.

　K-원전의 효시로 원자력발전의 향상을 위해 매진해 온 원자력 제1 세대 이창건 박사로부터 대한민국이 원전 강국이 되기까지 치열했던 여정과 파란만장했던 그의 생애에 관해 들어보고자 한다. **〈엮은이=윤재석〉**

01

잇단 K-원전 쾌거에 어깨 절로 으쓱

- 안녕하십니까! 박사님 건강은 어떻습니까?

"예전만은 못하지만, 그런대로 견딜만해요. 그러고 보니 우리 인연도 보통은 아니군요."

- 그러게요. 1980년대 초 박사님이 현역으로 계실 때 이따금 뵈었고, 11년 전 제가 『조국 근대화의 주역들』이란 책을 내기 위해 인터뷰 차 뵌 적이 있죠.

"그러다가 작년 말에 K-원전에 대한 인터뷰를 위해서 만났으니 우린 친한 사이가 맞는구려."

- 앞으로 한동안 제가 박사님의 삶을 관조(觀照)해 보는 시간을 가지려 합니다. 이름하여 '대한민국 원자력 1세대 이창건(李昌健) 일대기'가 되겠습니다.

"제 지난날을 되돌아볼 수 있는 계기가 되겠군요. 의미 있는 작업이라 생각하니 자랑스럽습니다."

- 그나저나 K-원전이 또 일을 냈어요. 우리 한국수력원자력을 비롯한 '팀코리아'가 체코에서 무려 26조 원 규모의 원자력발전소 2기 공사를 수주했다죠?

"안덕근 산업통상자원부 장관(당시)이 2025년 5월 7일 체코 프라하 총리실에서 페트르 피알라(Petr Fiala) 체코 총리를 비롯한 한-체코 정부 대표단과 이철규 위원장 등 국회 대표단이 참석한 가운데 열린 '한-체코 원전산업 협력 약정(Arrangement) 체결식'을 가졌다는 거예요. 장하다고밖에 말할 수 없는 대단한 쾌거예요."

- 2009년 47조 원 규모(시설 운영까지 총규모 90조 원)의 아랍에미리트(UAE) 바라카 원전에 이어 16년 만의 대규모 원전 수출이죠?

"체코 원전 사업은 두코바니 지역에 1,000메가와트(100만kW)급 APR 원전 2기를 짓는 프로젝트입니다. 단일 건설 사업으로는 체코 역사상 최대 규모로 사업비로 4,000억 코루나(약 26조 2,000억 원)에 달하는데요. 한국수력원자력, 캐나다 캔두에너지, 이탈리아 안살도뉴클리어 등 3사로 구성된 한수원 컨소시엄은 2024년 7월 프랑스 전력공사(EdF), 미국 웨스팅하우스(WH)를 제치고 이 사업의 우선협상대상자로 선정된 바 있습니다."

- 계약은 당초 2025년 3월로 예정되었지만, 프랑스의 EdF가 체코 정부에 이의를 제기하면서 다소 늦춰졌죠?

"체코 정부가 지난 4월 24일 한수원의 우선협상대상자 선정 과정에 문제가 없다며 이의를 기각해 장애물이 사라졌습니다."

한국수력원자력이 두코바니Ⅱ 원자력발전소(EDU Ⅱ)와 체결, 두 번째로 원전을 수출했다.
사진은 두코바니 원전의 완공 시 전경. 한국수력원자력.

미국과 프랑스 태클 뿌리치고 26조 체코 원전 수주

- 사실 경쟁사의 태클은 이전에도 있었지 않습니까?
"그래요. 2022년 10월 웨스팅하우스가 미국 법원에 한수원 상대 지식재산권 소송을 제기했죠. 그러나 반독점 기관이 두 주체의 이의 제기를 모두 기각함으로써 걸림돌이 사라지긴 했지만요."

- 문제는 그때나 이번이나 미국 웨스팅하우스의 원천기술 태클이라든가 비리 의혹 제기라는 난관에 부닥치는 것 아닌가요.
"그게 다 경쟁자였던 프랑스 측의 공작 때문일 거예요. '한국산 원전에 문제가 있을 것이다. 특히 비리와 관련한 투명성 문제를 제기해 봐라' 이렇게 부추기니까, 미국으로서야 '못 먹는 감 찔러나 보자'는 식으로 태클을 거는 거죠."

- 지난번 UAE 원전 계약 직후에도 외국 언론에서 같은 문제를 제기했죠?
"그래서 국제원자력기구(IAEA) 실사단이 당시 방한했을 때, 제가 한국전력산업기술기준(KEPIC) 위원장으로 그들을 응대했거든요."

- 어떻게 대응하셨나요?
"그동안 대한민국의 모든 원전, 화력발전과 그 송배전 설비의 설계, 제작, 건설, 운영, 폐로(폐기물 처리 포함) 등에 관해 5년마다 한글과 영어로 발행하는 매뉴얼(KEPIC) 수십 권을 공개함으로써 실사단으로부터 신뢰를 얻어 UAE 원전 문제를 해결하는 데 도움을 줬습니다. 물론 그들 대부분은 IAEA에서 같이 일한 친구들이었고요."

- 이번 쾌거는 세계의 쟁쟁한 원전 기술 보유업체들을 보기 좋게 따돌리고 우리의 경쟁력을 입증했다는 점에서 박수 쳐 줄 일인 것 같은데요.
"이번 쾌거도 쾌거지만 정말로 대단했던 것은 2009년 아랍에미리트(UAE) 바라카에 APR1400 4기를 47조 원으로 수출해 2024년까지 완공키로 한 계약이죠. 단군 이래 최대 규모의 수출로 원전 운영과 유지 보수, 연료 공급까지 합치면 최대 90조 원에 달하는 초대형 수출이라고 할 수 있습니다. 이명박 정부가 바라카 원전을 계약한 2009년 12월 27일을 기념해 12월 27일을 '원자력 안전 및 진흥의 날'로 제정한 것은 당연한 조치였다고 할 수 있죠."

- 한편 지난 4월 미국에 차세대 연구용 원자로 수출 계약을 성사시킨 것 역시 같은 맥락 아닐까요?

"맞아요. 한국원자력연구원·현대엔지니어링 및 미국 엔지니어링 컨설팅기업으로 구성된 컨소시엄이 미국 미주리대학이 국제 경쟁 입찰로 발주한 '차세대 연구로 사업'의 첫 단계인 초기 설계 계약을 체결했죠. 미주리대학의 현행 열출력 10메가와트(MW)급 노후 연구로(MURR)를 20MW급 고성능 신규 연구로로, 출력 증강시키는 게 계약의 골자인데요. 아르헨티나 인밥, 미국 뉴스케일 등, 7개 컨소시엄을 제치고 따낸 계약이라는 점에서 역시 의미가 큰 장거(壯擧)입니다. 사실 연구용 원자로 수출은 이번이 처음은 아녜요. 2009년 12월 요르단에 연구용 원자로 건설 산업을 수주한 바 있고, 또 몇 나라에 연구용 장비를 수출한 바도 있습니다. 그러나 그때는 2009년도의 UAE 원전 수출 그늘에 가려 주목을 못 받았지요."

미국에 연구용 원자로 역수출 쾌거

- 원자력 1세대이신 박사님께서는 이번 연구용 원자로 수출이 더욱 뜻깊으실 텐데요.

"1959년 7월, 미국으로부터 연구용 원자로 '트리가마크-Ⅱ'를 도입비 72만 달러(미국원조 35만 달러)에 들여옴으로써 시작된 연구용 원자로 기술을 연구해온 지 66년 만의 역수출이라는 점에서 큰 의미를 부여할 수 있죠. K-원전 기술의 산실인 한국원자력연구원과 상용 원전 설계에서 40여 년간 경험을 쌓은 현대엔지니어링으로 구성된 '원팀'이 달성한 쾌거였습니다. 특히 차세대 원전으로 꼽히는 소형모듈원전(SMR: Small Modular Reactor) 분야 선두 주자인 미국의 뉴스케일 등을 제쳤다는 점에서 미래 원전산업에서 한국의 위상도 높아질 것이란 전망이 벌써부터 나오고 있습니다."

　- 연구용 원자로 수출이라고 해서 별거 아닌 것으로 생각할 수도 있지만, 이게 시작이라는 얘기도 있던데요.

"예. 미주리대학이 밝힌 차세대 연구로 사업의 전체 예상 사업비는 10억 달러(약 1조 4,200억 원)에 달하는데요. 이게 끝이 아닙니다. 연구용 원자로 종주국에 입성한 것을 계기로 폭발하는 각국의 새 수요를 차곡차곡 접수할 수 있으리라는 전망을 할 수 있는 거죠. 현재 세계 54개국에서 총 227기의 연구로가 운용되고 있는데 그중 70% 이상이 40년 이상 된 노후 연구로로 분류되고 있습니다. 우리 정부 관계자는 '향후 20년간 수많은 연구로 교체 수요가 발생할 것'이라고 전망하고 있습니다. 그중 일부만 잡아도 엄청난 수출 효과를 거둘 수 있는 거죠. 또 예전엔 '원전 프로젝트에 돈을 쏟아부으면 여타 군소 사업들이 다 죽는다'하여 원전 사업에 국제금융기관의 출자를 금지했는데, 이제는 그 제한이 풀려 원자력 시장이 넓어질 것으로 보입니다."

중소형 원자로 스마트도 차세대 수출 유망 품목

　- 그 밖에도 우리나라가 세계적인 경쟁력을 지닌 원전을 보유하

고 있다는 데 그게 무엇인지요?

"중소형 다목적 일체형 원자로인 스마트(SMART:System-integrated Advanced Reactor)를 말하는 건데요. 출력은 100MWe 안팎, 건설비는 1조 원 규모이고 원자로를 추가할 경우 7,000억 원 상당이 소요되며, 건설 기간은 3년 정도에 불과합니다. 주요 계통을 단일 원자로 용기에 넣어 각 계통의 연결부 사이에서 발생할 수 있는 취약점을 제거한 설계가 특징인데, 개발도상국에 안성맞춤인 노형입니다. 개도국으로선 과거엔 불가능했던 세계은행 자금으로 어렵지 않게 스마트 원자로를 건설하여 전력 문제를 해결할 수가 있거든요."

- 눈여겨볼 것은 그동안 원전 증설에 소극적이었던 미국과 유럽연합(EU) 국가들은 오히려 적극적인 증설 러시에 들어갔다는 점인데요.

"코리아가 주춤하고 있으니 '일단 찬스다' 하고 밀어붙이기 시작한 거겠지요."

- 그게 문재인 전 대통령이 후보 시절 본 영화 한 편 때문에 그렇게 되었다는 말도 있던데요.

"나도 들었어요. 문재인 씨가 제19대 대통령 더불어민주당 후보 경선 중이었던 2016년 12월, 부산의 한 영화관에서 2011년 발생한 후쿠시마 원전의 붕괴를 모티브로 제작했다는 영화 〈판도라〉를 관람하고 나오면서 "영화를 보며 눈물을 흘렸다"며 "전 국민이 이 영화를 봤으면 한다"는 멘트를 했다지요. 이때 원전 파괴가 예고됐었어요."

- 영화 〈판도라〉가 재난영화 치곤 잘 만들어지긴 했지만, 그렇다고 우리나라 현실과 맞아떨어지지도 않고 더욱이 우리나라 원전 안전도가 세계 1위 아닙니까?

"그런 감성적인 접근으로 말미암아 우리가 입은 물적·기술적 피해와 국제경쟁력 약화는 또 어떡하고요. 원전은 과학기술의 모든 분야와 긴밀한 협력과 융합이 필요한 거대 과학기술이자 종합 경제 인프라예요. 우선 원전 4기 기준으로 200만 평(660만㎡)의 부지가 필요해요. 그것도 바닷가에요. 이곳은 원전 자체만이 아니라 각종 지원시설, 협력업체 등까지 아우르는 초대형 산업단지라고 봐도 무방하죠. 앞서도 얘기했듯 원전을 수출할 경우, 단위 물량으로 수십조 원에 달하는 초대형 수출상품이 된단 말입니다."

원전 고사(枯死) 추진 정권은, 비난 피할 수 없어

- 사실 우리는 그런 시스템을 이미 확보하고 있잖습니까?

"그런데도 현실을 모르고 무조건 원전 고사 작전으로 가니 원자력계에 그야말로 줄초상이 났었죠. 원자력 연구자들도 의기소침해지고, 원자력학과를 지망하던 우수인력들이 다른 전공으로 빠져나가고. 아무튼 지난 몇 년은 우리 원자력계엔 최악의 나날들이었어요."

- 탈원전이 기실 이승만·박정희 두 전직 대통령에 대한 뿌리 깊은 거부감에서 시작되었다는 어처구니없는 이념적 만행이라는 지적을 피할 수 없지 않습니까?

“탈원전 기간 5년 동안의 결산은 비참했습니다. 국민에게 무려 47조 원의 부담을 안겨 준 것은 물론, 최우량 공기업이었던 한국전력을 자본 잠식 상태의 문제 기업으로 전락시켜 버렸죠. 한국전력의 부채가 2025년 1월 기준 206조 8,019억 원이나 됩니다. 지난날 국제시장에서 최우량기업으로 평가받던 기업을 이런 문제 기업으로 만들어 버린 거지요. 그뿐 아니라 2030년까지 대한민국의 이산화탄소 배출량을 2018년 기준 40%로 감축해야 하는 비현실적인 ‘탄소중립’도 심각한 국민 부담으로 남게 되었습니다.”

- 현재 우리나라 원전 기술 수준은 어느 정도라고 평가할 수 있나요. 대략 세계 5위 정도로 보지 않나요?

“냉정하게 말해 나는 자유 진영에서는 2위라고 자신 있게 말하고 싶어요. 왜냐하면 미국이야 명실공히 1위라 치부하고, 다음이 영국, 프랑스, 대한민국의 각축전인데, 대규모 원전 국제 입찰에서 영국은 침묵 상태이고, 우리와 프랑스가 맞붙는 경우가 대부분입니다. 그런데 아랍에미리트(UAE)에서도, 또 체코에서도 우리가 프랑스를 이겼으니 결국 우리가 2위 아니냐, 이렇게 보는 거죠. 물론 이것은 자유진영 안에서 만의 얘기이지요. 특히 공사 관련 비리가 거의 없고 공기(工期)와 계약금액 안에서 정해진 안전성 규정을 준수하며 공사를 마친다는 게 우리 원전산업의 장점입니다.”

우리가 2009년 첫 수출한 한국형 원자력발전소인 'UAE 바라카 원전' 1호기가 2018년 3월 26일 완공돼, 준공식을 가졌다. 사진은 문재인 대통령(가운데·당시)이 바라카 원전 1호기 앞에서 원전 건설 근로자들과 기념 촬영하는 모습. 연합뉴스.

02

UAE 원전 수주 직후 역대 대통령 묘소 참배

- 지금까지는 최대 수출 실적인 UAE 바라카 원전 얘길 조금 더 해보죠. 박사님께선 바라카 원전 수출 성사 때 특이한 행보를 보여주셔서 세인들의 관심을 끌었다지요?

"2010년 새해 벽두 나는 아들을 데리고 서울 국립현충원 이승만 대통령 묘소를 찾아 우리가 작년 12월 말 UAE에 발전로 4기를 수출하게 되었음을 신고했죠."

- 뭐라고 신고하셨나요?

"할아버지(이승만 박사)께서 '이 땅에 원자력 씨앗을 뿌리며 첫 단추를 잘 끼워주셨기 때문에 50년 만에 이 일을 해낼 수 있었습니다'라고 보고드렸죠. 돌단 위에 '400억 달러 한국 原電 UAE 수출' 제목과 양국 대통령이 악수하는 사진이 실린 지난달 말의 사진과 기사가 실린 제목의 원자력 신문을 올려놓고요. '할아버지께선 잉여 농산물을 얻어다가 굶주린 백성을 먹여 살리고 무기 도입과 군사원조를 더 받아 내려고 미국에 저자세 떼거지 외교를 해야 했지만, 당신의 후배 대통령들은 원자로를 수출하면서 그 밖의 첨단기술 분야에서도 협조할 수 있다'고 당당하게 말했습니다. 이제 '외국 원조받아 연명하던 우리가 지난날 수혜국에서 세계 최초로 남을 돕는 원조 국가 신분으로 탈바꿈했으니 기뻐하십시오'라고도 했지요"

- 박정희 대통령 묘소도 참배하셨다면서요?

"그곳에도 같은 신문을 올려놓고 차렷 자세로 거수경례하며 '각하! 이번에 우리가 중동사막에 무궁화 묘목 4그루를 심게 되었음을 신고합니다'라고 여쭈었죠. 그보다 밑의 김대중 대통령 묘소에는 참배자가 너무 많아 직접 예를 갖추지 못했지만, 그가 전남 지방에서 '원자력발전이 국가 장래를 위해 불가피한 일'이라고 지지해 줌으로써 여소야대의 국회에 묶여 있던 원전 사업을 풀어준 기억을 상기했습니다."

  - 중동사막에 원자력 묘목 심은 얘기가 나왔으니 말인데, 원전 건설과 관련해서 최근 현대건설이 국내 건설사 최초로 미국 원전 해체 사업에 참여하고 있다고 밝혀 화제가 되고 있죠? 내용이 어떤 것인가요?

"사실 현대건설은 2022년부터 미국 원전 해체 분야 전문기업인 홀텍과 공동으로 뉴욕주 인디언 포인트(IPEC) 1~3호기 해체 작업을 수행 중입니다."

  - 원전 해체는 어떻게 진행되나요?

"영구 정지, 안전 관리, 사용 후 핵연료 반출, 시설 해체, 부지 복원 등 최소 10년 이상 걸리는 작업입니다. 긴 시간과 까다로운 기술, 관련 법령, 장비의 제한으로 전 세계적으로 현재 해체 완료된 사례는 25기에 불과합니다. 국내에서는 2024년 원자력안전위원회가 고리 1호기의 해체 승인을 결정해 영구 정지 8년 만에 본격적인 해체 사업을 시작할 예정이죠."

  - 현대건설 하면 원전 건설의 고수로 정평이 나 있지 않습니까?

"1971년 고리 1호기를 시작으로 한국형 원전을 24기나 시공했죠. 현대건설 측은 원자력 전 생애주기를 아우르는 포괄적 기술·경험을 바탕으로 진입 장벽이 높은 원전 해체 시장에서 일찌감치 주목받은 것으로 알려져 있어요."

- 현대건설이 미국의 원전 해체 작업에 공동 진출한 데 대해선 나름 쌓은 노하우가 감안됐다죠?

"현대건설은 고리 1호기 건설은 물론, 증기발생기 교체공사 등 국내 노후 원전의 설비개선 공사에 참여했고, 해체 관련 경험과 기술을 축적해 건설사 최초이자 유일하게 미국 원전 해체 시장에 진출하는 성과를 냈습니다. 현대건설은 미국 홀텍과 공동으로 수행 중인 인디언 포인트 1~3호기 원전 해체 현장에 전문 직원들을 직접 파견해 관련 노하우와 전문 기술을 강화해 왔고요. 홀텍은 미국 핵연료 및 방사성 폐기물 관리시장의 50% 이상을 점유한 핵연료 건식저장 시스템을 보유한 기업체입니다."

'K-건설', 500조 원 규모 원전 해체 시장의 유망주로 부상

- 산업계에서는 고리 1호기 해체를 계기로 한국이 500조 원(약 3,500억 달러)대로 커질 글로벌 원전 해체 시장에 본격적으로 진출할 수 있을 것이라는 기대가 나오고 있는데요.

"사실 원전 해체는 십수 년이 걸리는 대규모 프로젝트예요. 수요가 늘고는 있지만 안전한 해체를 위해서는 높은 기술력이 필요합니다. 현재 원전 해체 경험을 가진 나라는 4곳에 불과해요. 우리가 고리 1호기로써 한국이 해체 기술을 실증한다면 글로벌 시장에서 경쟁력을 갖추게 될 것으로 기대합니다. 우리 원자력안전위원회에 따르면 2025년 현재 미국, 독일, 일본, 스위스 등 4개국이 원전을 해체해 본 경험이 있고, 이중 상업용 원전을 해체해 본 나라는 미국이 유일합니다. 나머지 국가들은 연구로나 실증로를 해체한 것이어서 규모가 작죠."

- 세계 원자로 해체 시장 규모는 어떻게 되나요?

"IAEA에 따르면 2025년 현재 세계 22개국에서 원전 215기가 영구 정지된 상태입니다. 원전 르네상스 시기로 꼽히는 1970~80년대에 지어진 원전들이죠. 그러나 해체 완료된 원전은 25기에 불과합니다. 원전 해체는 영구 정지, 안전 관리, 사용 후 핵연료 반출, 시설 해체, 부지 복원 등 최소 10년 이상 걸리는 작업입니다. 긴 기간과 까다로운 기술, 관련 법령, 장비의 제한 등이 있기 때문이죠. 해체 작업을 시작하지 못했거나 이제 막 작업 중인 곳이 많아 원전 해체 시장은 성장 추세입니다. IAEA는 2050년까지 600기 이상의 원전이 해체될 것으로 예상하며 시장 규모는 500조 원 규모로 커질 것으로 전망하고 있습니다."

- 국내 기관 및 업체들의 기술 수준은 어느 정도인가요?

"현재 국내 기관들은 원전 해체를 위한 핵심 기술 총 96개를 보유한 것으로 알고 있습니다. 한수원이 58개, 원자력연구원이 38개를 각각 확보한 것으로 보이는데요. 고리 1호기 해체가 진행되면 한국은 원전 건설부터 운영, 해체까지 아우르는 기술을 실증할 수 있게 될 것입니다. 원전 업계는 다른 나라들이 원전 가동 이후 해체까지 염두에 두고 한국에 원전 건설을 맡길 가능성도 커질 것으로 기대하고 있습니다."

기후 변화 완화할 핵심 카드—가장 값싼 해법

- 원전이 날로 뜨거워지고 있는 지구의 기후 변화 대응의 중요한 방안의 하나로 거론되고 있지 않습니까?

"아시다시피 원전은 발전 과정에서 온실가스 배출이 거의 없어 기후 변화의 주범으로 꼽히는 탄소 배출을 줄이는 데 획기적으로 기여할 수 있다는 장점이 있습니다."

- 구체적으로 말씀해 주시죠.

"원전은 발전 과정에서 탄소 배출량이 거의 없어 기후 변화 대응에 효과적인 에너지원으로 평가받고 있습니다. 국제에너지기구(IEA)도 원전을 친환경 에너지원으로 분류하고 있고, 기후 변화에 관한 정부 간 협의체(IPCC)에서도 탈탄소 전환에 원전이 중요한 수단이 될 수 있음을 시사했습니다. 게다가 원전은 안정적인 전력 공급이 가능한 전원이고, 또 기상 조건에 영향을 받지 않고 안정적으로 전력을 공급할 수 있습니다. 따라서 재생에너지의 간헐성을 보완하는 역할을 할 수 있습니다. 특히 소량의 핵연료로 많은 양의 전기를 생산할 수 있어 연료 효율성이 아주 높아요."

- 그럼에도 원전의 단점도 만만치 않게 제기되고 있지 않습니까?

"사고 발생 시 방사성 물질이 유출될 수 있고, 이는 심각한 환경 오염과 인명 피해를 초래할 수 있습니다. 체르노빌, 후쿠시마 원전 사고는 이러한 위험성을 여실히 보여준 대표적 사례죠. 방사성 폐기물 처리 문제도 만만치 않은 과제이지만. 안전성 유지 면에서 K-원전은 세계 1위입니다. 우리 원전 기술이 지닌 최대 강점 중 하나죠."

- 현재로선 원전이 전력 에너지원의 대안이라는데 이의를 제기할
수 없다는데요?

"kWh당 발전단가가 원전은 60~70원에 불과해요. 그에 비
해 ▷석탄=100~200원, ▷LNG=150~180원, ▷신재생에너지
=130~180원, ▷태양광=140~160원, ▷풍력=120~160원, ▷양수발
전 200~300원 등이거든요. 즉, 타의 추종을 불허할 정도로 원자
력이 경제적이에요."

전원별 발전단가 비교

에너지원	발전단가 (원/kWh)	원자력 대비 배수
원자력	60 ~ 70	1
석탄	100 ~ 200	1.42 ~ 3.33
LNG	150 ~ 180	2.14 ~ 3.00
신재생	130 ~ 180	1.85 ~ 3.00
태양광	140 ~ 160	2.00 ~ 2.67
풍력	120 ~ 160	1.71 ~ 2.67
수력	100 ~ 120	1.42 ~ 2.00
조력	150 ~ 200	2.14 ~ 3.33
양수	200 ~ 300	2.86 ~ 5.00

- 덕분에 국가별 전기료 단가도 낮은 편에 속한다죠?

"실제 우리나라의 전기료는 세계적으로 저렴한 편에 속합니다. 특히 가정용 전기료는 경제협력개발기구(OECD) 38개 국가 중 35위인데요. OECD 평균(2023년 시장환율 기준, MWh당 달러)이 206달러인데 비해 우리나라는 130달러에 불과합니다. 영국(446달러)·독일(440달러) 등 유럽 국가들 대비 또는 3분의 1, 일본(263달러)에 비해선 2분의 1에, 미국(160달러)보다도 낮습니다. 그러나 산업용 전기료가 비싼 것이 문제입니다."

- 잠깐, 양수발전은 경제성이 없는 건가요?

"양수발전이 가장 비싸긴 하지만 우리는 그것을 더 많이 지어야 합니다. 왜냐하면 양수발전은 한밤에 남는 전기로 물을 퍼 올렸다가 전기수요가 가장 많은 대낮에 물을 흘려 발전하는 시스템이기 때문이지요. 현재로서는 가장 경제적인 전기저장 시스템이고, 원자력발전과 연계하면 금상첨화죠. 문제는 부지확보가 어려워 그 발전량이 미미한 상태입니다."

- 그리고 '시화호 조력발전소'가 세계 최대 규모의 조력발전소가 맞습니까?

"그렇습니다. 그 전까지는 프랑스의 랑스 조력(240MW)이 최대였는데 이제는 시화호 조력이 254MW로 세계 최대 규모입니다. 수력은 물의 낙차이지만, 조력은 달의 인력에 의한 것으로, 기후에 전혀 영향을 받지 않는 가장 매력적이고 영구적인 전기에너지원입니다. 우리나라에는 인천만, 강화도, 새만금, 가로림만, 남해안 등 약 300만 KW의 조력발전 잠재력이 있다고 합니다."

03

KLO에 도전하다

- 이제부터 원자력 분야에 몸 담게 되신 경위부터 말씀해주시죠.

"그보다 KLO(Korea Liaison Office)에 참여하게 된 얘기부터 먼저 하는 게 순서일 겁니다. 원자력 분야 입문은 KLO 근무를 끝내고 나서 시작한 일이니까."

- 6·25가 발발하자마자 KLO에 합류하게 되셨나요?

"거의 그렇다고 봐야죠. 6년제 구제 중학인 배재중학을 졸업하고 서울대 공대 전기공학과에 입학한 지 10개월 만에 북한군의 남침이 시작되었어요. 학교고 뭐고 다 뒤죽박죽인 상태에서 우왕좌왕하다가 친구들과 함께 고향 선배인 김동진 형의 하숙집으로 몰려가 우선 요기부터 했죠. 그런데 전에는 우리가 찾아가면 뭔가 서류를 성급히 치우곤 했어요. 알고 보니 김 선배는 그때 이미 KLO부대에서 파트타임 요원으로 활동하고 있었던 분이셨어요."

- 하숙집에서 북한군의 남침과 관련한 중요 정보를 청취하셨다면서요?

"당시는 남침에 관한 구체적인 정보를 접하기가 어려운 상황이었음에도 불구하고, 김동진 형은 KLO가 취합한 정보를 토대로 인민군의 남침 계획 및 동태를 일목요연하게 꿰뚫고 있더군요. 소련군 대위 출신인 김일성(본명 김성주)이란 자를 북한 지도자 자리에 앉혀놨더니 김 대위가 남침·적화 통일하겠다고 계속 보채자, 소련이 그간 막대한 중화기와 탄약과 탱크를 보내줬고. 그것들을 제대로 조작할 수 있도록 3,000명 이상의 군사고문단을 보내 군사훈련을 철저히 시켰는가 하면, 중공은 조선족 정예부대 2개 사단을 북한군의 중추부대로 파견했답니다. 그런데 이러한 사실을 KLO가 취합해 우리 정부와 미국 극동사령부에 72차례나 보고했는데도 반응이 없었다는 겁니다."

- 그런 중요한 사실을 어떻게 아무렇지 않게 발설할 수 있었

을까요?

"나도 그 걱정 때문에 그런 극비사항을 얘기해도 되냐고 했더니, 김동진 선배님은 '전쟁이 터지기 전까지는 그것이 1급 비밀이었지만, 이젠 3급 이하의 비밀로 전락해 아무런 소용이 없게 되었다'라고 설명하더군요."

- 박사님 일행은 어떻게 하기로 했나요?

"우선은 정세를 잘 아는 김동진 선배의 정세분석을 들어봐야 했죠. 그는 그해 초 발표된 애치슨라인의 의미를 설명했어요. 미국의 딘 애치슨 국무장관이 '미국의 태평양 방어선을 알류샨 열도에서 일본 열도와 오키나와를 거쳐 필리핀으로 한정한다'는 선언에서, 한반도와 대만이 제외된 것을 보고 두 곳을 포기한 것처럼 보이지만, 자기는 그렇게 생각하지 않는다는 전망을 내놓았어요. 최악의 경우 소련에 핵무기를 써서라도 미국은 한반도를 지킬 거라는 게 김동진 형의 전망이었지요."

- 아무튼 무엇보다 급선무는 서울을 떠나 남쪽으로 피란 가는 것 아니었나요?

"우리는 서둘러 서울을 탈출하기로 마음먹었어요. 그런데 김동진 선배에겐 문제가 있었어요. 자기가 논문작성을 위해 국립중앙도서관, 국회도서관, 서울대 도서관 및 지도 교수님 등으로부터 대출받은 희귀본 서적을 반환할 수 없게 되었으니 이를 묻어두고 떠나야 한다며 우리더러 먼저 떠나라는 겁니다."

- 김동진 씨만 두고 떠날 수는 없었겠죠.

"그래서 결정한 것이 책을 함께 묻자는 거였는데, 지형지물을 이용해 그 하숙집의 큰 느티나무에서 북쪽으로 19.50m, 다시 서쪽으로 6.25m 떨어진 곳에 구덩이를 팠죠. 그렇게 되면 1950년 6월 25일이라는 숫자에 의거해 정한 거리이니 외우기도 쉽고 나중에 다시 파기도 쉽지 않겠어요? 이것은 박규백 군의 머리에서 나온 아이디어였어요."

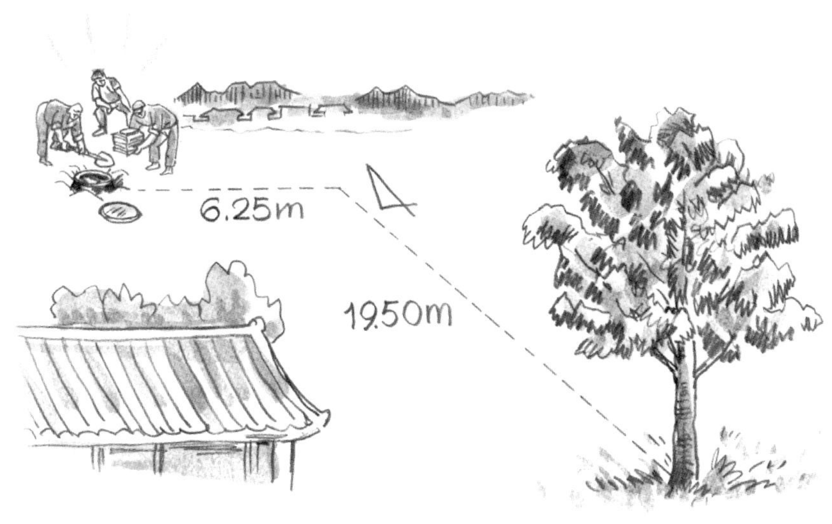

- 다음은 본격적인 도강 시도에 나섰겠죠.

"책을 묻고 나서 우리는 어느 쪽에서 도강해야 안전하게 한강을 건널 수 있을까를 놓고 다양한 궁리를 했어요. 궁리 끝에 한강대교에서 4km 상류에 있는 한남동에서 건너기로 하고 각자의 숙소로 갔다 오기로 했죠. 나는 어차피 집이 한강 이남이라 해방

촌에 계신 이모님께 인사라도 드리고 합류점에서 만나기로 했고. 그렇게 해서 나와 양준철, 박규백은 미리 한남동에 와서 뗏목 만들 재료를 구하느라 동분서주했습니다.”

04

한강 도강(渡江) 위해 뗏목 제작

- 뗏목을 어떻게 만들려고요?

"나는 장승 중 지하여장군을 뗏목용으로 뽑아 확보했는데, 친구들은 국민학교 간판과 상점 간판 몇 개, 나뭇조각들만 갖고 왔더군. 그러다 천하대장군까지 뽑으려다 마을 사람들한테 봉변당해 줄행랑을 치고 제재소의 나뭇조각들을 한 아름씩 메고 도강 준비를 끝냈지요."

- 다음엔 뗏목을 만들면 되잖아요.

"우리의 리더인 김동진 형이 저녁 7시가 되도록 오질 않는 거예요. 전체적인 기획 수립과 조정 능력이 부족한 우리로서는 더 이상 진전을 기대할 수가 없었거든. 그런데 일단 끈이나 구하라 간다는 양준철과 박규백이 두 시간 후에 돌아올 때 동행한 사람은 부상병 2명이었어요. 김종석 대위라는 사람과 박중인 상병 등이 었는데 인민군과 교전 중 다쳤다는 거죠."

- 결국 부담이 더 늘었네요.

"아무튼 자기 형님이 조선공학과 재학생이라 어깨너머로 배 만드는 일을 눈여겨봤다는 박규백 군의 주도로 뗏목 제작에 들어갔죠. 우리 셋은 남의 집 빨랫줄로 목재를 얽어매어 뗏목을 만들기 시작했어요. 그중 지하여장군을 한가운데에 자리 잡게 하고 주위에 부차적인 목재를 얽어매어 묶어나갔죠. 뗏목이 다 만들어지자 우리는 부상 군인 두 명을 먼저 뗏목 위에 올려놓고 그들의 무기와 배낭, 철모 등도 같이 올려놓았습니다."

- 박사님 등 세 분은 어떻게 도강(渡江)을 준비하셨나요?

"그런 다음 우리 셋은 각각 노끈으로 몸을 뗏목에 묶어 물속에서 노를 젓도록 했습니다. 이제 본격적으로 도강을 시작했습니다. 부상병 둘을 태운 뗏목을 우리 셋이서 팬티 차림으로 물속에서 저어 내려가기 시작했습니다. 그러자 한남동 쪽에서는 총소리와 대포 소리가 나고 심지어 호각 불며 '멈추라'는 위협도 들려왔습니다. 그렇다고 우리가 멈출 수 있나요. 조선공학과 학생을 형으로 둔 박규백 군의 코치에 따라 침착하게 뗏목을 저어 도강을 지속했어요."

- 도강 후 당도한 곳은 어딘가요?

"서서히 떠내려가면서 뗏목을 저어서 도착한 곳은 노들 기슭이었어요. 우리 다섯은 일단 시흥까지 동행하기로 했지만, 내가 부모님께 안부 인사를 해야 하기에 상도동 본가에 들렀다 약속한 자리에서 다시 만나기로 하고 나만 귀가했습니다. 그런데 집엘 갔더니 부모님을 비롯한 가족들은 이미 관악산 쪽으로 대피하셨다는 거예요. 그래서 '나는 안전하며 친구들과 남쪽으로 피란 간다'는 쪽지를 집에 남겨놓고 다시 일행과 합류해 남행을 이어 갔죠."

피란민 중 北行하는 젊은이도 있어

- 피란행렬 중엔 북행하는 이들도 더러 있었다면서요?

"우리도 참 의아해하면서 지켜봤던 사실인데요. 대부분의 피란민이 남부여대한 채 남으로 남으로 내려가고 있는 데 반해 이따금 북쪽을 향해 가는 젊은이들이 더러 있었어요. 양준철 군은 '우리와 반대 방향으로 가는 자들은 불나방이 빛을 보고 모여드는 것처럼 공산정권의 냄새를 맡고 저렇게 가는 것이리라'라고 말하더군요. '우리는 노예가 안 되려고 자유를 찾아 나선 것이고, 저들은 낫(농민)과 망치(노동자)가 상징하는 프롤레타리아 정권에

희망을 걸고 북으로 갈 것이다. 공산주의자들은 순진한 사람들을 선동해 일단 정권을 움켜쥔 다음엔 하수인을 시켜 양민의 목에 낫을 들이대고 망치로 뒤통수 치는 수법을 쓴단 말이야'라며 측은해했죠."

- 하긴 그 시절 더러 그런 허황된 생각을 한 젊은이들이 더러 있긴 했죠?

"양준철 군에 따르면 당시 우리의 멘토였던 김동진 선배도 해방 전후에 이념적 갈등을 겪었던 것으로 보입니다. 그는 낫과 망치와 번지르르한 평등주의 선전에 매료되어 월·수·금요일은 이론적인 공산주의자, 화·목·토요일은 자유민주주의 신봉자로 왔다 갔다 하다가 일요일엔 둘을 저울질하며 고민하고 잠 못 이루었다는 거예요. 그러던 중 해방군이라는 소련군이 북한에 들어와 각종 착취와 온갖 횡포를 저지르고, 그들의 앞잡이인 노동당원들이 소련군만큼 횡포를 저지르는 것을 보고 월남을 단행했는데, 서울에 와서는 반대로 경찰들에게 빨갱이라는 의심을 받아 또다시 곤욕을 치르기도 했다는 겁니다."

- 이제 어디쯤 내려왔나요?

"다친 군인들과 함께 산길을 따라 쉬엄쉬엄 내려오다 보니 어느덧 경기도 시흥에 도달했어요. 한 농가에 들어가 신세를 지게 되었지요. 아들이 현역 군인이라는 그 주인은 아들의 안위를 걱정하면서도 우리 일행을 자기 자식 대하듯 따뜻이 대해 주었습니다. 우리는 여기서 국군의 후퇴가 어디까지 갈 거냐, 미군은 참전할 거냐 안 할 거냐 등 갖가지 전황을 예상으로 열띤 토론을 하면서 공산화 도미노를 막기 위해서라도 미군의 참전은 불가피하다는 쪽으로 결론을 내리고 말았지요."

- 시흥에서 일행이 전열을 가다듬었죠?
"김 대위와 박 상병은 시흥 육군 예비사단으로 들어가고 우리 민간인 셋은 민가에 머무르면서 다음 일정을 구상했지요."

05

전선 시찰하는 맥아더 장군 조우(遭遇)

- 그런데 시흥에서 더글러스 맥아더 장군 일행을 만났다면서요? 진짜인가요?

"그날 밤 어느 농가의 헛간에서 하룻밤을 자고 6월 29일 아침 수원을 향해 터벅터벅 걷고 있는데, 갑자기 분위기가 뒤숭숭하더니 지프 몇 대가 먼지를 날리며 서울 쪽으로 달려가는 게 아니겠어요."

- 그게 맥아더 장군 일행인지 어떻게 알았습니까?

"나중에 확인해 보니 색안경 끼고 파이프 문 채로 지프 앞자리에 앉은 사람은 우리가 사진으로 본 맥아더 장군 바로 그 사람이었어요. 그러면서 우리는 다시 한번 희망을 갖게 되었죠. 맥아더가 한 번 시찰 온 것일 수도 있겠지만, 적어도 한반도에 대해 미국이 포기하지는 않을 것이라는 기대를 할 수 있었으니까 말이오."

1950년 9월 15일 인천상륙작전을 지휘하고 있는 더글러스 맥아더 장군. 국가기록원.

- 다음 여정은 어떻게 되었나요?

"동진이 형이 적어준 KLO 아지트로 추정되는 수원 사무소에 들렀으나 문이 닫혀 아무도 들락거리는 이가 없어, 결국 사흘을 걸어서 대전 충남도청 앞 선화동에 있는 대전 KLO 연락사무소로 향했지요. 대전 시내로 들어가는 길목에서 형사로부터 또다시 문초를 받는 처지가 되었는데, 이번에는 박규백 군이 형사에게 KLO 요원이라고 위협 반 거짓말 반으로 윽박질러 위기를 모면하게 되었지요."

- 끼니나 숙박은 어떻게 해결했나요?

"저녁이 되어 대전 시내로 들어가다가 언덕 밑 마을에 있는 나지막한 교회를 봤어요. 내가 어릴 때 고향에서 다니던 교회와 모든 게 비슷했고 마침 찬송가 소리도 들려와 우리 셋은 무작정 교회 안으로 들어갔죠. 들어갔더니 포탄에 맞아 심하게 다친 한 학생의 간증 시간이었어요. 예배를 다 마치고 집사인 듯 한 사람이 사연을 물어 와 사흘 전 식사한 후 지금까지 허기를 채우지 못했다고 얘기했더니 고맙게도 숙식과 함께 빨래까지 해결해 주는 거였어요. 그분들에게 전장의 상황을 설명해 주고, 우리는 선한 사마리아 사람의 도움으로 여러 가지 어려움을 해결한 셈이죠."

- 김동진 씨를 만났나요?

"이튿날 선화동 KLO 사무소에 갔더니 '빨리 대구로 오라'는 김동진 선배의 전갈만 달랑 남아 있었어요. 나는 대구로 가는 빠른 방법으로 기차나 트럭 신세를 지자고 제안했지요. 결국 대전역으로 가서 특수요원처럼 뺑을 쳐서 열차 승강장까지 나갔죠. 공무원과 군경 가족만이 승차할 수 있는 열차에 막무가내로 올라타 유일하게 남아 있는 기관차 꼭대기에 세 사람이 겨우 올라탔습니다. 마침 우리가 기관차에 오르려 할 때, 군경 모녀 둘이 도와달라고 해 둘을 먼저 올려보내고 우리는 다음으로 올라가 탔지요."

- 기관차 위 여행은 어땠습니까?

"처음엔 그런대로 시원하고 괜찮았어요. 한여름에 마치 거대한 선풍기 바람을 맞는 것 같은 느낌이었으니까. 문제는 터널에 들어갈 때였어요. 기관차 연통에서 나오는 연기가 터널 천장에 부딪혔다가 막 바로 떨어지니 피란민들은 숨이 막혀 죽을 지경이었죠. 기관차는 배기가스를 계속 뿜어대고, 연소 중인 석탄 가루가 사람들의 머리카락 사이와 옷 속으로 스며들게 되고. 그보다 더 힘든 것은 섭씨 100도가 넘는 뜨거운 매연이 콧구멍을 통해 허파로 들어가니 숨이 콱 막힐 지경이었어요."

대구 가는 기관차 위에서 죽을 고생

- 특단의 조치가 필요했겠네요.

"우리는 함께 기관차 위에 올라탄 모녀의 도움을 받기로 했어요. 우선 양준철 군은 아주머니가 준 치마로 마스크를 만들어 쓰고, 나는 여학생의 치마를 마스크로, 박규백 군은 보자기 둘로 마스크를 만들어 쓰고 터널에 대비하기로 했죠. 결국 셋은 모녀가 준 치마와 보자기 등으로 방독 마스크를 만들어 대구역까지 몇 차례의 터널 통과를 무사히 단행하게 되었습니다."

- 서울에서 대구까지 파란만장한 피란 여정을 거치셨군요.

"뒤돌아보니 이 모두 절대자의 배려와 역경을 헤쳐 나갈 적자생존의 잠재력 덕분이었다는 생각을 하지 않을 수 없더군요. 맨손으로 뗏목을 만들어 한강을 건넜고, 구걸하지 않고도 허기를 채우고 잠자리를 제공받는 등 우리에겐 난국을 뚫고 나갈 DNA가 내재되어 있다는 확신이 서더군요."

- KLO 요원이 되는 과정은 어땠나요?

"대전에서 기관차 꼭대기를 타고 고생스럽게 대구에 도착하자마자, 김동진 선배가 써준 주소를 들고 박규백, 양준철 군과 함께 찾아갔더니 그곳이 KLO 대구연락사무소였어요. 김동진 씨는 우리가 능력을 발휘할 수 있는 곳으로 생각하니 입대 시험에 응시해 보라는 쪽지를 써놨더군요. 바로 요원 입대를 위한 시험에 응시했죠. 시험 성적이 우수하면 간부 요원, 그렇지 못하면 행동대원이 되거나 탈락하는 조건이었어요."

- 시험과목은 어떤 것들이었습니까?

"우선 오전엔 가정환경, 교우관계, 국가관과 세계관, 민주주의와 공산주의 체제의 차이와 모순, 감명 깊게 읽은 책 내용, 존경하는 인물과 그 이유, 국제문제에 관한 소양, 희망 분야, 한반도 및 주변 정세와 해결 방안 등을 간단히 써냈죠. 점심 후엔 어학시험으로 일단 자기소개와 몇 가지 항목은 영어로 기술하도록 되어 있죠. 그밖에 구사 가능한 외국어과 수준을 상·중·하로 기입하고 그것을 입증할 단어나 문장 들을 적어내야 합니다. 또 자신의 특기사항, 그리고 IQ 검사 같은 문제도 더러 나왔죠."

- 체력 검사도 했을 텐데요.

"당연하죠. 이튿날 오전은 체력 테스트였어요. 사실 우리는 일주일간 제대로 먹지도 못하고 잠도 못 자 나중에 하기를 원했지만, 전날 필기시험 성적이 우수해 참모진에서 불치병만 없다면, 모두 간부 요원으로 채용키로 내정한 상태이고 평소 상부의 신망이 두터운 김동진 형이 책임지고 추천하는 후배들이라니 체력테스트는 요식행위에 불과했죠. 하지만 그걸 알 리 없는 당사자들은 죽을힘을 다해 체력 테스트에 응했습니다. 100m와 400m 달리기, 턱걸이, 줄넘기, 높이뛰기, 50kg의 짐을 지고 200m 달리기, 주먹으로 나무판 격파 등이었고 수영은 구두로 대신했어요."

KLO 요원 시절의 이창건. 망중한을 이용해 한 왕릉에서 사진을 찍었다. 개인 소장.

06

KLO 요원 시험 합격

- 면접이 마지막 과정이었겠네요.

"그전에 간단한 신체검사가 있었죠. 면접은 셋 다 어학에 뛰어난 자질을 보인데다 모두 북한 출신이라 북한 사투리가 유창해 가산점까지 추가로 받았고. 우리는 이틀 후 교육 훈련받을 때까지 휴식을 취하면서 KLO부대 분위기 익히기에 들어갔습니다."

- 훈련은 어땠습니까?

"입대 수속이 끝난 다음 KLO 사무실 겸 훈련소로 급히 개조한 대구 변두리의 어느 정부청사에 들어가 전문 교관들로부터 3주간의 훈련을 받게 되었죠. 우리 피교육자 20여 명은 부대 고문관들로부터 장렬한 훈시를 들었어요. 그들은 한반도가 지난 2,000년간 1,000번 이상 외침을 받은 역사적 사실로부터 시작하여 KLO가 지닌 엄중한 책무를 설명하는 것은 물론, '여기서 악마(독일)를 제압할 물건(원자폭탄)을 언제까지 내놓을 것인가를 학수고대할 것이다. 여러분의 분발을 촉구하며 신의 가호를 빈다'고 설파한 맨해튼 프로젝트의 총책임자였던 로버트 오펜하이머의 명

언까지 맨 끝에 덧붙이며 대원들의 분발을 촉구했어요."

- 결심이 대단하셨을 것 같네요. 교육 훈련 커리큘럼은요?
"제1부는 이론으로, 국가별 영토, 인구로부터 정치형태, 역사, 경제력, 기술력, 군사력 등 일람을 소개한 후에 국제공산당 태동의 배경과 실체에 더하여 조선노동당, 남로당, 조총련의 조직과 활약상 및 북한의 대남전략 등을 소개했지요."

- 남북 간의 현실과 차이도 설명해 줬겠죠?
"우선 북한군의 조직, 기능, 특성, 배치, 주요 무기, 계급, 복장, 특정 군사용어 및 국군과의 장단점을 가감 없이 비교해 주었죠. 그리곤 6·25전쟁의 배경과 전망 및 소련과 조선노동당과의 관계 등이 재차 소개되었어요."

- KLO 요원으로 기본 소양을 갖춰야 할 부문도 있었어야 했을 텐데요?
"KLO 성격상 주요 전쟁에서의 정보전과 그 평가 및 심리전, 민주주의와 공산주의의 차이와 모순, 인간의 본성과 전쟁 등에 관해 설파하고 마지막으로 KLO 기능에 관해 상세히 설명함으로써 이론 교육은 막을 내렸죠."

實戰 방불하는 실습

- 실습은 어떻게 진행되었나요?
"우선 독도법(讀圖法)을 배운 후에 무전기 작동 및 수리법, 암호

작성(Coding)과 해독법(Decoding), 전화도청 기술, 자물쇠 및 열쇠 구조 파악, 항공기 및 선박과의 교신 및 구출법, 식용 가능 버섯, 풀, 뿌리, 열매, 곤충 및 식량 구하는 법, 청진기 사용법 및 각종 응급처치 및 주요 질병 진단법을 실습했습니다."

- 생존 귀환 방법의 습득도 가장 중요한 사항 중 하나에 들어갈 텐데요?

"맞아요. 무기, 탄약 및 폭발물 취급과 그 설치법, 검술 훈련 및 태업(Sabotage) 방법, 차량 운전, 선박 운항법, 돛배 조정법 및 노 젓기, 기관총 구조 파악, 로프 매는 법과 암벽 등반, 비트·참호 파기와 위장술, 수영, 격파 및 담 기르기 등이 그에 해당하는 과목들이었어요."

- 생존 비법을 배우다 필승 비법의 귀한 지혜를 배우기도 하셨다면서요?

"일종의 생존술인데요. 정말 다양한 비법을 배울 수 있었습니다. 일례로 초기엔 눈에서 먼 명치나 낭심을 불시에 공격하는 격파술이라든가, 횡격막 근방으로 때리는 권법이라든가 등등. 여기에 고대 올림픽 경기에서 금기시되어 온 각종 반칙도 공작원으로선 굳이 지킬 필요 없이 편법을 써서라도 어떻게든 적군을 이기는 방법을 구사하라고 지시받았지요."

각종 담력 및 생존 훈련법 터득

- 요원들의 담력을 키우기 위해 특별한 훈련도 하셨다면서요?

“훈련생들을 한밤중에 공동묘지로 보내 놓고 동료로 하여금 기습하여 겁을 주거나, 병원에서 사자의 옷을 갈아입히게 하거나, 해부학 실습용으로 보관 중인 의대 실험실에서 시신의 신체 일부를 탈취해 오는 등 험악한 담력 키우기 시도를 진행했어요.”

- 훈련이 끝난 후 박사님의 임무랄까 활동 사항은 무엇이었나요?
“내 임무는 주로 북한에 침투할 기획 업무 및 대원들에 대한 보급품 전달, 정보 분석, 그리고 밤에 무전으로 정보를 보내오면 해독하는 거였어요. 그래서 다시 답신을 만들어 보내곤 하는 게 주 업무였죠. 밤새도록 기다려야 하는데, 그 시간이 지루해. 그때 기다리면서 세계 명작을 50권 정도 읽었어요. 그것이 피가 되고 살이 되었다고 생각해요.”

- 무전으로 보내오는 전문 해독은 어떻게 했나요?
“침투 요원들이 난수표로 보내온 전문을 해당 부서에서 암호 해독하여 사무계통을 통해 보고하는 것이죠. 한번은 미국 상관들이 암호해독을 번역 회사에 맡겨 받는 것을 보고 내가 영어와 한글 대역으로 육하원칙에 따라 다시 작성해 보고했지요. 국군, 미군, 인민군, 중공군을 색깔별로 구분 보고해서 중공군과 미군 등의 배치 상황을 지도에 표시하고, 평북 선천과 평남 성천을 명확히 구분하고, 여기는 군단, 저기는 사단 등을 자세히 보고했어요. 그랬더니 다음부터 영어로 직접 작성하라는 주문이 내려왔지요. 그때 영어가 좀 늘었어요.”

- 미 고문관으로부터 특별한 대우를 받았다는 얘긴 뭡니까?
“고문관 중 예일대 법대 출신의 엘리트가 있었는데, 나에게 호감이 있었나 봐요. 한 번은 『Animal Farm(동물농장)』, 『1984』 등 조지 오웰의 책 4권을 주는 거요. 그걸 통독한 결과, 세상 보는 눈이 밝아지긴 했죠."

- 동료 중 양준철 씨의 경우는 더욱 특별한 미션을 수행하셨다는데 그 내용 좀 소개해 주시죠.

"그는 KLO 요원 선발 시험 성적이 워낙 출중해 KLO 본부에 배속되어, 주로 한반도 정세 전반을 분석해 일본 도쿄의 연합군 최고사령부(GHQ/SCAP) 정보본부와 다이렉트로 주고받는 일을 했고 출장 다닐 때는 늘 항공기를 이용했죠. 그를 뒷받침해 준 것은 역시 폭넓은 지식과 남다른 어학 실력이었습니다."

- 양준철 씨는 KLO소집 해제 후 인생역정을 달리하셨다면서요?

"그는 나와 전기공학과 한 반이었지만, 4년 만에 대학을 졸업하고는 미국에 가서 의대에 입학했고, 졸업 후 동료 의사 둘과 함께 병원을 공동 운영하다가, 나중엔 혼자서 병원을 도맡아 많은 환자를 돌보아 수입을 많이 올려 호화로운 주택에 고급 집기류를 갖추고 살고 있었더군요. 내가 한 번 그 집에 가봤는데 수영장과 테니스코트는 물론, 경주마 두 필이 뛸 수 있는 넓은 공간, 그리고 손님 접대용 별채 건물이 따로 있었어요. 응접실에 전문 피아니스트가 선호하는 뵈젠도르퍼(Bösendorfer) 그랜드 피아노도 구비되어 있었고요."

- 도미해서 성공하셨군요.

"문제는 희극배우 김희갑 씨가 그 집에 와보고는 '청와대보다 더 좋고 화려하다'고 말하는 바람에 사달이 났죠. 돈 뜯으러 오는 직업적 브로커는 말할 것도 없고, 청와대를 능가하는 저택이라는 표현을 문제 삼는 직업적 정치 아첨꾼들 때문에 도저히 정상 생활할 수 없었다고 해요. 결국 다른 도시로 이사 갈 수밖에 없었다고 합니다.”

- 양준철 씨 모친과의 각별한 인연도 있으시다죠?
“그가 도미하면서 나에게 홀어머님을 잘 돌봐달라고 했죠. 얼마 후 결국 어머님도 도미하셨는데, 이따금 전화를 걸어와 ‘야! 창건아, 나는 지금처럼 화려하고 복잡한 생활보다 한국에 있을 때처럼 조용히 사는 것이 더 행복하다고 생각해’라며 아쉬워하셨죠.”

- 다시 박사님 얘기로 돌아와서요. 당시 특별한 발명품 또한 고안해 내셨다면서요?
“적진의 산간 오지에 투입된 대원들이 부상하거나 인민군 지휘관을 체포했을 때, 그들을 끌어오기 위한 장치를 개발했죠. 산꼭대기의 나무 중 양쪽에 있는 큰 나무만 한 그루씩 남겨놓고 나머지는 다 잘라버립니다. 그리고 남아 있는 두 나무 사이를 밧줄로 잇고 거기에 부상 대원이나 납치한 포로, 노획물자 등을 매달아 놓고 비행기가 와서 낚아채 끌어오는 방법입니다. 우리는 사전에 비행기로 끌어 올리는 연습을 수십 번 한 끝에 자신을 얻었고, 그 방법을 잘 이용하다 정전을 맞았죠. 이 장치의 요점은 양쪽줄과 비행기에서 내려오는 줄에 있는 충격흡수기들이 충격을 얼마나 잘 흡수하는가에 달려있습니다.”

- 직접 적진에 침투해서 작전을 펼치신 적도 있으시다던데 어떤 작전이었습니까?

"김일성의 다급한 요청에 따라 중국 측이 이른바 '항미원조(抗美援朝)'라는 명목으로 야금야금 한반도를 공략하기 직전이었어요. 압록강 하류의 신도와 비단섬엔 다른 두 팀이 들어가고, 임 동지와 김 대원 등 두 사람을 데리고 한 팀을 이룬 나는 평북 곽산으로 들어가 한적하고 아담한 기와집을 근거로 자리를 잡았어요. 우리는 집주인의 도움을 받아 주민들을 포섭하여 중공군의 압록강 월경 여부를 정탐케 했어요. 중공군의 개입 징조는 얼마 지나지 않아 명백하게 드러났고 다른 팀에서도 비슷한 보고가 올라오더군요. 급기야 1950년 10월 11일부터 수십 개의 부대로 야금야금 한반도를 유린하던 중공군은 10월 25일엔 '인민 의용군'이란 이름으로 42만 대군이 야음을 틈타 얼어붙은 압록강과 두만강을 건너 평북과 함경도의 산악지대로 침투한 거요."

- 이미 중공군의 인해전술로 초토화되기 시작한 북한 땅에 더 이상 머물러 있을 수는 없는 것 아닙니까?

"우리 팀은 초저녁에 돌아왔고, 임 동지는 다음날, 그리고 압록강 쪽으로 보낸 마을 주민들은 각각 2~7일 후로 귀환이 예정되어 있었는데, 평양 지부에선 '정탐 활동을 중단하고, 될수록 빨리 철수하라'는 암호 메시지를 보내왔어요. 우리 팀은 일단 민가로 복귀했으나 다른 팀과 마을 주민으로 구성된 정찰팀은 복귀하지 않은 상태에서 평양으로의 복귀를 서두를 수밖에 없었죠. 거의 고별 저녁이 될 법한 주안상이 차려지고 민가 주인이 전세(戰勢)에 대해 심각하게 묻는 거예요. '유엔군과 국군이 더 이상 버티긴 쉽지 않을 것 같다'고 솔직하게 답해주고 우리도 철수 명령받았음을 이실직고하면서 그간의 도움에 감사하며 대가를 치렀죠."

- 정산은 어떻게 했나요?

"방값을 비롯해서 그동안 발생한 제반 비용과 현지 정탐 요원들에게 줄 사례비 등을 일일이 계산해서 현금으로 정산하는 거죠. 그동안 마을의 시설을 사용하거나 마을 분들에게 어떤 미션을 부탁했을 때 지불해야 할 소정의 사례비를 일일이 명단에 기입했다가 계산해서 주는 방식을 취한 것입니다."

신세진 집 여식(女息)과 만리장성 쌓을 뻔

- 그날 밤 자칫 만리장성을 쌓을 뻔한 해프닝도 있었다면서요?

"홀아비인 민가 아지트 주인에게 영진이라는 여식이 하나 있었는데, '세월이 하수상하니 하룻밤만 거둬 달라'는 거요. 그러면서 주안상을 차려 주는데, 아무리 전쟁 중이라도 그렇지. 내가 부모님의 허락 없이 그처럼 무책임한 일을 벌일 수가 있나! 밤새 술만 주거니 받거니 하다가 날을 샜다오."

- 주인집 따님은 어떻게 했습니까?

"아지트 주인의 간곡한 부탁으로 우리 지프의 트레일러 안에 짐과 함께 숨겨 태워 평양으로 같이 철수했죠. 철수하는 과정에서 대원들과 가까워져서 커피도 같이 끓여 마시고 농담도 주고받곤 했죠."

- 평양으론 무사히 철수했나요?

"며칠에 걸쳐 천신만고 끝에 저녁나절 평양에 도착하니 거리는 인기척이 거의 없는 그야말로 유령도시, 그 자체였어요. 전에 노동당 청사였던 KLO 평양 사무소에 도착하니 서울 본부로 집결하라는 쪽지만 덜렁 남아 있었고…. 이젠 무엇보다 대동강 도강이 큰 과제였죠."

- 대동강 다리 역시 한강 인도교처럼 폭파된 지 오래지 않았습니까?

"게다가 무너진 다리 북쪽엔 이미 수많은 피란민이 우왕좌왕 헤매고 있어 쉽게 건너기 어려운 상황이었죠. 그 와중에 탱크 포와 소총 소리가 가까워지는 것으로 보아 중공군과 인민군이 지척까지 쫓아오고 있는 게 확실한 상황이라 다른 방도를 강구해야 했어요."

- 묘안을 생각하셨나요?

"나는 대원들을 데리고 대동강 상류로 차를 몰게 했어요. 그리곤 도강하기 좋은 입지를 살피기 시작했죠. 우선은 날이 저물고 배도 출출해서 먼저 허기를 채우고 도강 작전을 꾸몄지요. 식사 후 지프와 트레일러를 강기슭으로 끌고 가 타이어 일곱 개를 빼내어 로프로 얽어맸죠. 트레일러의 천막 밑을 받쳤던 기둥 네 개가 요긴하게 쓰였어요. 다음엔 트레일러와 타이어 뗏목을 따로 강가에 끌고 가 그 위에 물건을 실었어요."

- 어떤 것들이었나요?

"각종 문서는 물론이고, 통신기기, 무기류, 탄약, 비상약 등은 트레일러에 싣고, 옷, 신발, 식량, 침구류, 휘발유 통, 그 밖의 짐 꾸러미는 뗏목을 덮은 천막 위에 올려놓았죠."

- 도강하기가 쉽지 않았을 텐데, 도강용 도구는 무엇으로 만들었습니까?

"양은그릇으로 물갈퀴를 여러 개 만든 다음 칼로 구멍을 뚫어 끈으로 발에 맬 수 있게 만들었습니다. 한편 강 가운데는 아직 얼지 않은 부분이 더러 있지만, 강 가장자리엔 두께 2~5cm의 얼음이 덮고 있어 누군가 쇄빙선(碎氷船) 역할을 해야 뗏목이 진전할 수 있는데, 쇄빙 작업은 대원 두 사람이 도끼와 삽으로 해결하기로 했어요."

타이어와 트레일러로 대동강 渡江

- 도강은 순조롭게 이뤄졌나요?

"우선 지프차에 휘발유를 끼얹어 소각한 후, 도강을 시작했습니다. 적군에게 운송 수단을 넘겨줄 순 없으니까요. 다음엔 타이어 뗏목과 트레일러를 연결해서 대원 3명과 영진 아가씨까지 전원이 한 조가 되어 도강을 시작했죠. 우리는 깨어진 얼음덩어리가 둥둥 뜬 물속에 들어가 발로 물갈퀴를 저으며 뗏목을 강 건너 쪽으로 밀기 시작했습니다. 얼음을 깨면서 건너느라 그야말로 얼어 죽기 직전까지 가는 추위 속에서 갈퀴를 저어야 했죠. 아군으로부터 오인 사격이라도 받지 않기 위해서 눈치를 살피며 도강을 시도한 끝에 1시간쯤 후에 가까스로 도강에 성공하고 몸을 말리는 작업에 들어갔어요."

- 다음 일정은 어떻게 됐나요?

"혹시 뒤쫓아 올 적군을 피하기 위해 밤새도록 도보로 행군하다가 허름한 산막에서 하루를 묵었어요. 잠들기 전 나뭇가지로 산막 둘레를 덮었지만, 한기는 그대로였어요."

- 서울까지의 일정이 만만치 않았을 텐데요.

"지도를 펴놓고 후퇴 계획을 짜 보니 중화→황주→사리원→신원→해주까지 4~5일, 그다음 해주에서 배를 못 탈 경우, 연백→개성→문산→서울까지 1주일 가량 걸어야 할 것으로 전망되었죠. 물론 그건 어디까지나 적과 대치하지 않는다는 가정 아래 추산한 것이고, 또 도중에 차를 얻어 타지 못한 채 짐을 지고 걸어갈 때 소요되는 행군 시간이었어요."

- 궁극적으로 택한 코스는 어느 코스였나요?

"우리는 거리가 좀 짧은 사리원→평산→금천→개성 경로를 택하지 않고 사리원→신원→해주→연백→개성 코스를 택하기로 했는데 거기엔 충분한 이유가 있었어요. 우선 평산과 금천은 내륙이어서 유엔군 북진 때 산속으로 피신한 공비 잔당이 중공군의 남진 소식에 용기를 얻어 출몰할 가능성이 크고, 다음으로 '해주로 가면 배를 얻어 탈 수 있지 않을까?' 하는 막연한 기대 때문이었죠.

그리고 사리원과 신원 중간에서 좀 떨어진 재령과 신천에선 유엔군이 북진하기 전 이미 반공청년들이 후퇴하는 인민군의 무기와 탄약을 탈취하는 무장봉기를 일으킨 곳이어서 안전하리라는 판단도 섰던 것이었지요."

南下하다 미군 부대 만나는 행운

- 남하하다 미군 부대를 만나셨다면서요?

"이틀 동안 도보로 걸어온 우리는, 사리원 부근에서 미군 부대를 만났지요. 최전방에서 적과 대치하다 후퇴하던 중 적의 장거리 포화를 맞고 사상자와 차량 폭파로 후방 부대의 지원을 기다리고 있는 대기 부대였지요. 나는 신분을 밝히고 미군 부대의 참모장과 정보참모를 만나 우리가 파악한 중공군의 규모와 무기, 주력부대의 남하 방향, 야간의 기습전 특성, 예상되는 전술 등을 아는 대로 알려주었어요. 게다가 KLO 본부에서 보내온 거시적인 전세 판단·분석 자료도 곁들여 설명해줬죠."

- 많은 도움이 되었겠네요.

"우리는 따뜻한 식사를 대접받고 목욕도 하고 무전기의 배터리 교체도 하고, 며칠 분의 식량과 군복 및 군화도 얻어 네 사람 모두 같은 복장을 할 수 있었죠. 이들로부터 쉽게 도움을 받을 수 있었던 것은 역시 그들이 필요로 하는 최신 정보를 적기에 제공한 덕분이고, 그 정보는 상부에 무전기로 보고하기 위해 육하원칙에 따라 잘 정리되어 있어 간단명료하고도 많은 궁금증을 풀어주는 내용인 까닭이었소. 우리는 일반 군부대나 야전에서도 사회에서처럼 '기브 앤드 테이크'가 통하는 것을 깨닫게 되었다오. 우리 국군에도 같은 정보를 제공했지만 워낙 열악한 형편이라 지원받을 형편이 되지 않았어요. 우리는 미군 부대에서 기다리다가 차를 얻어 탈까 했으나 해주를 경유하지 않고 평산, 금천 쪽으로 갈 것 같아 다시 걷기로 했지요. 도중에 미군에게서 지원받은 비상식량과 캔 및 초콜릿을 주고 민가에서 잠자리를 해결했고요. 해주에 오니 대동강을 건넌 지 닷새가 지났더이다.”

- 해주 탈출 과정은 순탄했나요?
“해주엔 내 매형의 계모가 계셔서 어느 정도 도움을 받으려 했으나, 그분 역시 아들의 안위를 걱정해야 하는 형편이라 결정적인 도움을 받기는 어려웠지요. 특히 우리도 속히 철수해야 할 입장이라 그분을 도울 수도 없었고…. 해주에서 배편을 구해 남하하려 했으나, 화물선이고, 어선이고 도무지 배가 없어, 결국 도보로 새해에 서울까지 들어왔죠. 거리엔 벌써부터 중공군이 밀려온다는 소문으로 뒤숭숭했고, 시민들의 절반은 다시 피란을 떠난 상태였지요.”

- 이제 대원들의 전열을 가다듬어야겠죠?
“집에 잠깐 들렀더니 아버님은 인천상륙작전 때 척추에 파편을 맞아 운신이 어려운 상태셨고, 할머니를 비롯한 열 식구를 어머니 혼자서 감당하는 것을 보고도 어쩔 수 없이 집을 떠나야 했습니다. 큰 누님이 전쟁 초기에 유탄에 맞아 운명하셨기 때문에 어머님에겐 외손자와 외손녀 등 네 명을 데려다 키우느라 식구가 그만큼 늘어난 것이었습니다. 우리는 영진 양을 내 스승이신 홍 교수님 댁에 맡기고 서울을 철수키로 했습니다. 1951년 1월 4일, 흔히 사람들이 1·4후퇴라 부르는 바로 그날 서울을 떠난 겁니다. 그 뒤론 6·25전쟁의 전황에 따라 밀고 올라가거나 밀리는 것을 반복하면서 임무 수행에 전념했죠.”

- 어찌 됐든 전쟁은 다시 일어나서는 안 되고, 어떻게든 남북이 화해해야 할 텐데요. 그래도 전쟁 때 활약하신 KLO부대 요원 중 어려운 분들이 많이 있는 것 같더군요.

"우선 KLO부대에서 3년 동안 고생했는데도 불구하고 사회에 나오니까 병역 기피자 신세에요. 한국 군대를 갔다 오지 않았다는 이유만으로 저희는 군 경력을 인정받지 못해 동기생보다 3년 늦게 진급해야 했습니다. 그리고 다른 유공자는 보상받는데, 저희 대원들은 보상에서 제외됐습니다."

07

2023년, 정부 초청 참전용사 대우받아

- 그래도 지난 2023년 6·25 발발 73주년 기념행사 때 정부 초청 행사에 참석하시지 않았습니까?

"전에도 두 번 다른 부대의 사열을 받은 적이 있습니다만, 그때는 군에서 특강을 하기 전에 받은 사열이었습니다. 그러나 이번엔 사열 4개월 전인 2023년 2월엔 소정의 보상금까지 받았습니다. 정식으로 KLO부대원의 경력을 참전용사로 인정해 준 거죠. 6월 14일엔 청와대에서 열린 국군의장대 사열에서 참전용사 대표로 단상에 올라가는 영예를 누리기도 했고, 대통령 주재 오찬 대접까지 받았습니다."

- 보람을 느끼셨겠습니다.

"당시 박민식 국가보훈부장관 바로 옆·옆자리에서 VIP 대접을 받았습니다만, 밥이 제대로 넘어가지 않더군요. 희생된 수많은 동지 생각 때문이었죠. 오찬 전에 거행된 사열 행사에서도 맨 앞줄에 배정받아 단상에 올라갔지만, 떳떳하지 못했던 것은, 희생당한 동지들 덕에 극진하게 대접받고 있다는 자괴감 때문이었습니다. 특히 국군의장대가 '받들어총!' 하며 나를 처다볼 때 '인민군이 북한에 침투하다 체포된 우리 대원들을 세워놓고 저렇게 무자비하게 처형하지 않았을까?' 하는 생각이 들어 눈물이 앞섭니다."

침투했다 희생당한 동지들 감회(感懷)

- 정말로 남다른 감회셨군요.

"북한에 침투했다 희생당한 KLO 동지들의 무덤은 산이고, 들이고, 바다이고, 아무 데나 입니다. 찬 바람 부는 비탈에 버려진 시신을 관에 넣어줄 이도, 땅에 묻어 줄 이도 없어 들짐승들이 건드렸을지도 모릅니다. 그들의 비석은 북한 산속 어느 바위이거나 나무일 것이며, 별이 내려다보이는 밤이면 하늘을 향해 바람이 소리를 내어 우리 대신 비문(碑文)을 읽어준다고 믿고 싶습니다."

- 아무튼 비통하기 짝이 없으셨겠습니다.

"회상해 보면 정전협정이 임박해서 상당히 의미 있는 작전도 있었습니다."

- 어떤 작전이었나요?

"이승만 대통령이 제임스 얼워드 밴플리트 미 8군 사령관에게 중공군이 점령 중인 강원도 철원과 화천 지역의 탈환을 강력히 요청했습니다. 하지만 미 참모부는 극구 반대했어요. 곧 휴전하면 병사들을 안전하게 귀가시킬 수 있는데, 왜 위험한 산악전을 무모하게 펼쳐야 하느냐는 거였죠. 특히 참모들 모두 '북한의 산악전에서 우리가 얼마나 당했습니까?'라며."

KLO 동지들의 눈물겨운 활약상

- 그래서 어떻게 했습니까?

"밴플리트 장군이 정찰기를 출격시켜 보니 거기에 엄청난 규모의 무기가 배치되어 있다는 것을 발견하고 거듭 폭격했으나, 그후에도 인해전술로 중무장한 중공군이 배치되었죠. 급기야 저희 KLO에 중공군의 실상을 파악해 달라는 요청이 왔죠."

- 수색 결과가 어떻게 되었습니까?

"3개 조가 침투해 파악한 결과 중공군 목수부대가 탱크, 대포, 중화기 등을 전나무로 제작하고 있는 것을 침투 요원 오죽송조가 발견했답니다. 이들은 가짜 무기를 만들다 버린 전나무 가지, 가짜 무기 및 작업장, 대피호와 중공군 간부 사진 등을 휴대하고 귀환했습니다. 오 동지는 만주의 중국 촌에서 자라 한국말보다 중국어가 더 유창하고 또 배짱이 두둑해 중공군 본부에 들어가 대접받으며 첩보 활동을 했다는 것입니다. 물론 우리는 그들의 출발 전 베이징에서 발행되는 최신 간행물과 북한 화폐 등을 지급하는 등 준비에 만전을 기했죠."

- 미군 측으로서도 할 말이 없었겠군요.

"최규봉 KLO 대장(隊長)이 귀환한 오죽송 동지를 대동하고 밴플리트 장군에게 가서 신상을 직보하자 유엔군과 국군 6사단이 작전에 나섰죠. 연합부대는 목수부대가 점령 중인 지역을 공격해

무혈 점령하게 됩니다. 중공군의 허허실실 작전이 실패한 거죠. 중공군이 반격을 시도했으나 전력 부족으로 대패해 청평호에 중공군 시신 14,000여 구가 떠내려왔습니다."

- 이승만 대통령이 중공군 격파 기념으로 화천의 저수지 이름을 개명했다죠?
"이 대통령이 오랑캐를 물리쳤다는 의미의 파로호(破虜湖)라고 이름을 바꿔 비석을 세워주셨고, 나중에 KLO 전우회에서도 내가 한수원 고문으로 있을 때 회사 지원으로 비석을 세우고 성대한 기념식을 거행했죠. 그런데 일부 좌파 단체가 중국과의 관계가 나빠진다며 파로호 명칭의 개명을 요구하고 있다는데 참으로 어처구니없는 현실이 아닐 수 없습니다. 엄연히 우리가 승리해 쟁취한 곳에 대한 지명인데…."

- 유엔군 철수 위기를 넘긴 얘기는 어떤 내용인가요?
"일부 북한 피란민에게서 흑사병 의심 질환자가 속출했습니다. 그것이 사실이라면 유엔군이 한국에서 철수해야 할 수도 있는 절박한 상황이었죠. 그러자 KLO 요원을 원산에 투입해 환자를 업고 나오는 데 성공했고, 도쿄 연합국 최고사령부(GHQ)는 1주일 후 함흥에 특공대를 투입, 뒤늦게 환자의 가검물(可檢物)을 채취해왔는데 결과적으로 흑사병이 아닌 것으로 판명돼 KLO가 먼저 작전에 성공한 것으로 평가받았어요. 이로써 유엔군의 한국 철수 위험에서 벗어날 수 있었죠."

- 중공군 대부대의 한반도 초토화 작전을 사전에 방지한 작전도 얘기해 주시죠.

"KLO 요원들의 조사 결과, 황해도에서 피란 나온 젊은이들 옷에서 모두 기름 냄새가 심하게 나는 것을 확인했습니다. 군 작전의 성공은 80%가 적기 보급지원의 여부가 좌우하는 것을 감안할 때, 피란 나온 젊은이들 모두가 보급품 운반에 동원되었다는 것을 알 수 있었죠. 이를 확인하기 위해 요원들을 황해도에 침투시킨 결과 막대한 중공군 군수품 저장 실태를 파악해 미 공군에 통보했죠."

- 결과는요?

"미 공군 폭격기가 2주 동안 융단폭격을 감행해, 보급품을 일망타진함으로써 중공군의 대대적인 침공 계획은 사전에 좌절되었죠. 그렇지 않았더라면 중공군이 남해안까지 밀고 내려왔을 가능성이 컸다고 봅니다. 난 이 작전에 참여했던 것을 보람있게 생각합니다. 작전을 기획·주도한 서해안 총책 윤민섭 대장(隊長)은 제대 후 을지로4가에서 한의원을 경영하신 분으로 맥아더 사령관으로부터 포상받기 위해 도쿄로 갔지만, 때마침 맥아더 장군이 해리 트루먼 대통령에 의해 해임되는 바람에 포상이 좌절됐고요."

08

적군과 교전 중 부상도

- 적군과 교전 중에 부상했던 얘기도 좀 해주시죠.

"1952년 대원 15명을 데리고 황해도 구월산 인근에서 작전을 하고 돌아오는 길이었어요. 그때 구월산엔 반공청년 수백~수천 명이 있어 우리는 그들에게 보급품만 주면 충분한 정보와 협조를 얻을 수 있었습니다. 신천과 삼천은 구월산 남쪽에 있고 초도는 구월산 서쪽에 있는데, 구월산에서 남쪽으로 귀환할 바닷가까지 거리가 20km 정도라서 야간 이동 시 이틀이 걸립니다. 도중에 행방불명된 대원 6명을 제외한 9명이 귀환 도중 적과 교전을 치르게 되었습니다."

- 교전이 치열했나요?

"9명 중 세 명이 전사했으니 치열한 편이었죠. 우리 6명은 전사한 전우 3명의 신분증, 지갑 및 자료 등을 수습해서 계속 도피했습니다. 그 와중에 제가 약간 부상을 입었습니다. 오른팔에 유탄을 맞았는데, 다행히 상처가 그리 깊지 않아 응급처치로 마무리할 수 있었습니다. 적군과는 수류탄 공방 끝에 물리칠 수 있어서 무사히 귀환할 수 있었죠."

- 같이 복무했던 동지 중에 특별히 생각나는 분이 있나요?
"그 얘기만 하면 언제나 가슴 아프고 깊은 죄책감에 시달리곤 합니다."

- 왜죠?
"1953년 7월 초 평북 강계 부근에 각각 20~30명씩 2개 조의 공작대원을 투입한 적이 있습니다. 그때는 소대 규모로 적진의 후방에 투입했다가 도보로 돌아와 수집한 정보를 보고하는 방식이 큰 효과를 거두자, 이 같은 모험을 감행한 것이죠. 제 포스트에서도 6명을 보냈습니다. 그렇게 긴박한 상황은 아니었던 것 같은데 아무튼 그들과 교신하면서 적정을 살피던 중 7월 27일이 되었습니다."

- 정전협정!
"27일 낮 라디오 긴급 뉴스를 듣고 머리가 새하얘져 아무것도 생각나지 않는 거예요. 생각해 보세요. 느닷없는 정전에 당황했을 그들. 그때부터 남으로 귀환하기 위해 얼마나 애썼을까를. 다들 어느 집의 귀한 아들이고, 형제일 텐데…. 아무리 고대해도, 다른 루트를 통해 오지 않았나 확인해도 동지 6명의 귀환은 요원, 아니 불가한 것으로 판명이 났죠."

- 북한 현지에선 어떤 반응이었나요?
"교신을 통해 '휴전 바로 며칠 전에 우리를 사지로 몰아넣었느냐' 불평 섞인 비난부터 자신들을 사지로 몰아넣은 데 대한 육두

문자를 쓴 불만. 가장 온건한 것이 앞으로 어찌해야 할지, 탈출 방법을 말해보라는 식의 논의 투였죠."

- 실제 어떤 논의들이 나왔나요?
"해상 구출 등 몇 가지 방안이 구상되었지만, KLO 조직의 위상이 해체 분위기라서 그쪽의 도움을 기대할 수는 없었습니다. 대원들끼리 자금을 모은다, 구출 작전을 구상한다 했는데 정전협정 체결 후부터는 임금과 보급품 지급이 중단되더군요. 더 이상 필요 없으니 나가라는 뜻이었다고 봐야지요. 그렇게 북파 대원 구출 작전은 무위로 돌아갈 수밖에 없었고, 나는 지금도 내가 보낸 6명의 대원을 생각할 때마다 가슴이 미어지곤 해요. 그래서 가끔 대전에 갈 때마다 현충원에 가서 참배하곤 하지요."

- 박사님 KLO 퇴역은 언제 하셨습니까?
"1953년 7월 27일 정전협정이 발효되고 근 1년간 별로 하는 일 없이 세월만 보냈지요. 미군 측에서 더 이상 우리에게 신경을 쓰지 않는 눈치더군요. 그렇게 1년을 버티다 미군이 장비 등을 모두 챙기고 철수하는 것을 보고 그제서야 '우리도 이제 제 갈 길을 가야 할 때가 왔구나'하는 걸 눈치채게 되었죠. 난 학교로 복학해 남은 학업을 끝마치고 1957년에 졸업했어요."

본격적인 원자력 입문 경위

- 그럼, 이제부터 박사님이 본격적으로 원자력에 입문하게 된 경위부터 얘기하죠.

"본래는 1953년에 졸업해야 하는데 KLO부대 근무 때문에 정전협정 4년 뒤인 1957년 대학을 나왔어요. 공대 전기공학과였죠. 피란 시절을 부산에서 보낼 때 노점에서 우연히 미군 도서관 도장이 찍힌 『원자폭탄(Atomic Bomb)』이란 책을 보게 되었어요. 미국 네바다 사막에서 인류 최초로 핵실험을 주도한 과학자들 이야기는 단숨에 나를 사로잡았죠. 공부하겠다고 결심한 순간을 득도(得道)라는 낱말로 표현할 수 있다면 나의 득도는 피란 시절인 그때입니다."

- 그러다가 아주 진한 인연을 만나게 되셨다죠?

"길을 가다가 우연히 공군 소령 계급장을 단 현경호 전기공학과 선배를 만났어요. 그분은 나중에 영국에 가서 원자력 박사학위를 제대로 딴, 명실공히 원자력 두뇌 1호였지요. 청와대 경제 2수석을 지낸 오원철 씨랑 동기예요. 그런데 만나자마자 '자네 공부 좀 해볼래?' 그러시는 거예요. 불감청(不敢請)이언정 고소원(固所願)이었죠. '그러면, 다음 토요일 오후 문교부 별관에 와봐!'라고 하는 거예요."

09

졸업 직후, 원자력 스터디그룹에

- 가셨어요?

"가니까 현경호 선배처럼 전역을 앞둔 공군 현역과 공군 출신들이 모여서 세미나를 하고 있더라고요. 광복 후 최초의 스터디그룹이었지요. 텍스트는 김준명 씨(물리)가 공군에서 전역할 때 동료 미군으로부터 받은 거래요. 그 책으로 세미나 하는 거예요. 그땐 몇 사람 없었는데 한두 사람 모이기 시작해 스터디그룹이 시작된 거죠. 그런데 책이 한 권밖에 없잖아요. 제가 다음 주에 공부할 교재를 타자 쳐, 선배들에게 봉사하기를 자원했죠. 영문 타자를 분당 200자 정도는 쳤거든요. 원지(초를 묻힌 반투명 종이)에 타이핑해서 그걸 먹물 묻힌 롤러(굴리개)로 가리방(등사기)에 굴려 책 열댓 권 만들어서 공부했죠. 참 재미있었던 게 물리 문제를 공부할 때는 물리과 나온 사람이 설명하고, 화학 내용을 공부할 때는 화학과 출신이 설명하는 등 순환식으로 했어요. '에브리바디 티처, 에브리바디 스튜던트!' 그런데 난 늦게 들어간 후배라고 해서 그런지 한 번도 시키지 않더라고요."

1957년 대학 졸업 직후 원자력 스터디그룹에 참여했을 당시 중앙청 한켠에 기대어 서서.
개인 소장.

- 그래서 학부에선 전기를 공부하셨지만 원자력 쪽으로 돌게 되셨나요?

"사실 학교 다닐 때 공부한 건 엉터리였죠. 교재가 모두 일본 거고, 게다가 6·25 동란 중이라 강의라는 게 거의 없었거든. 부산으로 피란해 전시연합대학에서 연세대, 고려대 아이들과 같이 학점 따며 공부했지요. 캠퍼스나 변변히 있었나! 판자촌에서 공부했죠. 나중에 광복동 저쪽 서면 반대쪽에 별도로 만든 공과대학 판자촌에서 공부했어요. 연합대학 학생 수가 너무 많으니깐. 주로 공통과목 가지고 공부했죠. 졸업도 웃기게 했지요. 매번 시험 칠 때, '오늘 무슨 시험 있대'라고 해서 시험 쳤는데, 어느 날 서울에 올라와 시험 치러 갔더니 '너 졸업했대' 그래서 졸업한 줄을 한 학기 뒤에 알았어요. 인천상륙작전 때 척추에 파편을 맞으신 후 거동이 불편하신 아버님께선 내 졸업 소식을 들으시곤 우리 집안에서 첫 번째 4년제 대학 출신이 나왔다고 기뻐하셨죠."

- 이제 본격적으로 원자력에 관해 말씀해 주시죠. 원자력을 박정희 전 대통령이 시작한 걸로 아는 분이 많은데, 시원(始原)은 이승만 박사가 드와이트 D. 아이젠하워 미국 대통령과 1956년 한미원자력협정을 체결하면서 비롯된 거 아닌가요?

"그 애길 하려면 원자력 연구그룹(Nuclear Study Group)으로 명명된 스터디그룹 시절을 좀 더 소상히 설명해야 해요. 당시 교재로는 레이먼드 머리의 『원자력공학 입문(Introduction to Nuclear Engineering)』과 미국 원자력위원회가 발행한 『연구용 원자로(Research Reactor)』가 있었어요. 20대와 30대 초반의 15명 중 10명은 공군 장교였고, 나머지는 대학 조교수, 전임강사 등이었어요. 분야별로는 물리 10명(윤세원, 김희규, 김준명, 이영재, 민광식, 최

창선, 김기수, 이수호, 노재식, 박혜일), 화학 2명(이진택, 정구순), 전기 2명(현경호, 이창건), 기계 1명(이병호)이었죠. 이공계 젊은이들을 양성하면 원자력 이용이 가능하다는 것을 우리는 이미 알아 자발적이고 자생적으로 시작했던 건데, 이 대통령이 원자력 개발에 그토록 열을 올릴 수 있었던 것도 그 15명의 스터디그룹 얘기를 전해 듣고 자신을 가졌기 때문이었던 것으로 짐작돼요. 스터디그룹에서는 1957년에 신설된 문교부의 원자력과 과장에 그룹 내 최연장자인 서울대 물리학과 윤세원 조교수를 천거했죠. 원자력과는 원자력위원회, 원자력원, 원자력연구소 설립을 위한 산파역을 담당했고.”

美·英·日 법 짬뽕해 원자력법 마련

- 1958년 제정된 원자력법과 관련해서도 숨겨진 일화가 있다고요?

“스터디그룹 선배들이 미국, 영국, 일본 원자력법을 ‘짬뽕’해서 원자력법의 기초를 작성한 다음, 문교부 법무담당관을 거쳐 법제처에 가서 검토받아 원자력법을 만들었죠. 나중에 주한미국대사관에서 한국 원자력법이 어떻게 돼 있는지 좀 보자고 해요. 그때 원자력과에서 그 일을 나더러 하라고 해 우리 원자력법을 영어로 옮겼는데 법률 영어에 자신이 없는 나는 상하이에 오래 사셨다는 미국대사관의 피터 서라는 한국계 미국인의 교열을 받아 영문 원자력법을 만들었죠. 눈치를 보니 미국 정부는 ‘이것들이 원자폭탄을 만들 꼼수가 있느냐, 없느냐?’를 살펴보려 한 것 같아요. 실제로 이승만 박사도 그런 생각이 없지 않았거든.”

- 아무튼 1959년에 원자력원이 발족하잖아요?

"그 전에 문교부 안에 원자력과가 먼저 생겼죠. 그 과정에서 산파역을 한 '원자력 스터디그룹'의 수고가 많았지요. 그다음에 원자력원이 생기고. 원래 원자력원을 부총리급으로 만들려 했는데 예산 주무르는 재무부와 총무처, 법제처에 왔다 갔다 하는 동안에 쭈그러든 거야."

- 그때도 관공서 간 힘겨루기가….

"물론이지요. 그 사이 국회를 출입하며 로비하기 위해서 윤세원 선생이 빚을 많이 졌지요. 그래서 할 수 없이 서울 서대문 자기 집을 팔았고, 더 나중엔 경기 용인의 고향 땅까지 팔았다고 해요."

- 아니, 이 대통령한테 말하면 될 거 아녜요!

"그 양반, 맘이 약해. 그리고 이 대통령도 돈이 없었잖아."

윤세원 박사

- 하긴 윤 박사님 작고 전 인터뷰를 한 적이 있는데, 올림픽공원 맞은편에 있는 허름한 빌라에 살고 계시더라고요.

"사모님과 가족이 고생을 많이 했어요. 아무튼 1958년 2월 국회에서 원자력법을 통과시키는 데 우리가 힘을 합쳐 애 좀 썼죠. 당시 원자력위원회 위원으로 과학기술계의 대선배이신 박동길(지질), 이종일(전기), 김동일(화공) 교수님을 모셨고. 1959년 1월 초대 원자력원장엔 문교부 장관과 자유당 원내총무를 지낸 김법린 씨가, 2월에는 원자력연구소장에 문교부 기술교육국장 박철재 박사가 임명되었죠. 김법린 원장은 출중한 리더십과 함께 대정부 및 대국회 교섭에서 뛰어난 능력을 발휘했어요. 프랑스어도 자유자재로 구사했고. 또 정계에서는 불교계를 대표하시는 거물이기도 했지요."

원자력원 발족에 윤세원 박사 고생 많아

- 대한민국으로선 그야말로 전인미답, 맨땅에 헤딩하는 식이었을 텐데.

"복사기가 없을 때니까 원지에 타자 쳐 등사기에 먹물을 발라 손으로 세미나 교재를 하나하나 복사했죠. 또 이 대통령이 원자력문제에 대해 물으면, 문교부에서는 답변과 함께 개발계획안을 공문으로 작성해 경무대에 제출했고. 설상가상으로 그때만 해도 규정화된 원자력 용어가 없어 이 대통령이 내용을 제대로 이해하지 못하기 일쑤였어요. 그러면 공문기안자인 윤세원 과장이 경무대에 올라가 일일이 설명해야 했고…. 이 대통령은 아예 영어 용어를 쓰면 잘 이해하셨다고 해요. 그래서 나중엔 경무대에 제출하는 공문을 아예 국·영문으로 작성하게 되었고, 어쩌다 그 일이 공무원도 아닌 나에게 돌아왔는데 그것은 스터디그룹에 열심히 나갔기 때문이었어요.”

- 원자력연구소 부지 선정도 간단치 않았죠?

“땅을 확보하긴 해야겠는데, 뾰족한 묘안이 나오질 않는 거예요. 결국은 성북구(현 노원구) 공릉동 서울대 공대 옆에 땅 일부를 얻어 연구소가 들어섰지요. 그 아이디어는 의외로 의대 출신으로 서울대 총장이셨던 윤일선 교수한테서 나왔어요. 그런데 이 사실이 알려지자, 서울대 공대 교수들이 들고 일어나며 극렬하게 반대했어요. ‘왜 우리 땅을 빼앗아 가느냐!’는 거지. 그러자 윤일선 선생이 ‘서울대와 공동연구 프로젝트를 하기 위해 예산을 많이 따 놓았다고 말하라’ 했대요. 그러니까 공동명의로 하는 것과 마찬가지라고 해서 윤일선 총장이 준 아이디어로 공대 교수들을 무마시켰다는 거예요. 그러니까 그 일은 윤일선, 윤세원 등 두 파평 윤 씨가 미리 짜고 친 고스톱인 셈이 되었죠. 우리는 여기에 ‘성북동에서 (전기) 특선을 끌어와 같이 쓰겠다’, ‘상수도도 공동 개발해 24시간 쓰도록 하겠다’는 조건을 덧붙여 공대 교수들을 무마했더니 사태가 수습됐습니다.”

10

연구용 원자로 트리가마크-II 최초 가동

이승만 대통령이 1959년 7월 14일 한국 최초의 실험용 원자로 '트리가 마크-II' 설치를
위한 기공식에 노구를 이끌고 참석, 직접 첫 삽을 떴다. 옆은 김법린 초대 원자력원장.
국가기록원.

- 이제 한국 최초의 100kW급 연구용 원자로 트리가마
크-II(Training, Research, Isotope Production, General Atomics
Mark-II) 얘기 좀 해주시죠.

"한국 최초의 100kW급 연구용 원자로 트리가마크-II는 국가
재건최고회의 시절인 1962년 3월 30일 가동을 개시했어요. 하지
만 기실 자유당 정권이었던 제1공화국 시절 이승만 박사의 주도
면밀한 용미(用美) 외교의 결실로 연구용 원자로의 도입이 결정되
었고, 1959년 7월 14일 설치 기공식을 거행했지요."

- 그런데 당시 미국 인사가 족집게 같은 예측을 했다면서요?

"그랬죠. 트리가마크-II 설치 세 해 전, 미국 디트로이트 에디
슨 전력회사의 회장을 역임한 전기공학의 대가인 워커 리 시슬러
(Walker Lee Cisler) 박사가 한국에 왔습니다. 시슬러 박사는 제2
차 세계대전 직후 유럽 주둔 드와이트 D. 아이젠하워 총사령관
의 청을 받고 전쟁으로 파괴된 유럽의 전력 설비를 조기에 복구
한 전력계의 명사였죠. 즉, 마셜 플랜으로 서유럽의 전기 설비를
예산 범위 안에서 예상 밖으로 빨리 복구해 세상을 놀라게 한 분
이었지요. 1956년 그가 경무대를 방문했을 때, 이승만 대통령은
그에게 만성 부족 상태인 우리나라의 전력 문제 해결을 위한 획
기적이고 근본적인 방안이 없겠느냐고 물었답니다.

그러자 시슬러 박사는 갖고 간 '에너지 박스'라는 이름의 나무
상자를 꺼내더니 '이 박스 안의 핵연료 1g으로 석탄 3t의 에너지
를 낼 수 있습니다. 같은 무게일 때 우라늄은 화석연료의 300만
배의 에너지를 방출한다는 것이 원자력의 원리입니다'라고 설명
했다고 합니다. 그 얘기에 눈이 휘둥그레진 이 대통령이 '어떻게
해야 한국도 그런 에너지를 이용할 수 있겠느냐?'고 묻자 '이 에

너지는 땅에서 캐내서 태우는 화석연료와 달리 사람 머리(Human Brain)에서 창출해 내는 기술 에너지'라고 설명했다는 거예요."

　- 이 대통령이 정신이 번쩍 들었겠네요.

"시슬러 박사는 자부심에 차서 '유능한 과학기술자만이 이 에너지를 만들 수 있다'라고 했고, 이 박사가 '우리도 그런 에너지를 창출해 낼 수 있겠느냐?'라고 했더니, '물론, 헌신적이고 머리 좋은 이공계 젊은이들을 양성하기만 하면 가능하다'라고 답했대요. 그러면 언제쯤 가능하겠느냐고 하니까 한참 머뭇거리더니 '아마도 20년은 걸려야 할 거요'라고 했다더군요. 그 후에 열린 국무회의에서 이 문제를 꺼내자, 입을 여는 장관이 아무도 없었답니다. 다만 최규남 문교부 장관이 '우리 문교부 창고에서 몇 년 전부터 세미나를 하는 젊은이 10여 명이 있기에, 뭐 하는 거냐 물었더니 원자력을 공부하고 있다는 것으로 보아, 이 민족이 조건만 갖춰지면 원자력발전을 충분히 할 수 있을 것으로 생각한다'라고 말했답니다. 이 대통령은 최 장관의 얘기에 힘을 얻어 원자력발전에 '올인'했다고 합니다. 이 대통령은 미국 미시간 대학교 물리학과 박사 출신인 최 장관의 말을 전적으로 신뢰했다는 것입니다."

11

시슬러 박사 예언, 22년 후 적중

- 1978년 4월 29일 고리원자력발전소가 상업 운전을 시작했으니 대략 맞춘 셈이네요.

"시슬러의 '아마도 20년'이 '확실한 20년'이 된 셈이죠. 그리고 그로부터 다시 20년 후엔 우리나라 전력수요의 40%를 원자력발전이 공급하게 되었죠. 지금은 30%대를 유지하고 있으면서 공칭 세계 5위의 원자력발전국 지위에 올라 있고요."

- 하지만 처음부터 원자력 에너지 이용의 성공 가능성을 확신한 것은 아니지 않습니까?

"맞아요. 곳곳이 지뢰투성이였죠. 얼마나 큰 용량의, 어떤 노형을, 언제, 어디에서 도입해, 누가, 어디에 건설할 것이냐가 큰 과제였어요. 전력계에선 어느 발전소건 '단일기 용량이 전력 계통 설비용량의 10%를 넘으면 안 된다'라는 원칙이 있죠. 그런데 1960년도 한국의 발전시설용량은 37만kW뿐이어서 원자로를 전기 계통에 투입할 처지가 아니었습니다. 다만 시설용량이 해마다 급격히 늘어났기에 기다리기만 하면, 조만간 발전용 원자로 도입이 가능하게 될 것으로 내다보였을 뿐이죠."

　- 발전시설용량 얘기가 나왔으니 말인데요. 건국 초부터 우리는 만성적인 전력 부족에 심하게 시달리지 않았습니까? 대한민국 출범 당시 우리 전력 사정은 어땠나요?

　"1948년 5월 14일, 그러니까 제헌 국회의원 선거 나흘 후 북한이 대남송전을 일방적으로 중단했습니다. 해방 직후 강점기 시절 일본이 운영하던 발전 설비의 87.6%, 발전량으로는 96%가 북한지역에 몰려 있었죠. 평균 생산 전력은 38선 북쪽이 94만 2,000kW, 인구가 북쪽의 두 배인 남쪽은 4만 2,512kW에 불과했어요. 그런데 갑자기 전기를 끊어버리니 난리가 났죠. 우리는 북한의 송전 중단이 경제적인 선전포고이고 남침 준비라고 해석했어요."

　- 어떤 대책이 있었나요?

　"미군정이 이에 미리 대비해 2만kW급 발전함 자코나(Jacona)와 6,900kW급 엘렉트라(Electra)를 각각 1월과 3월 부산과 인천에 입항시켰습니다. 엘렉트라호가 가동되고 한 달 뒤인 5월 14일 북한은 송전을 중단했죠. 6·25전쟁이 터지자, 인천에 있던 엘렉트라 발전함은 적에 넘어가지 않도록 자폭시켰습니다. 정부는 추가로 투입된 소규모 발전함 4척과 응급 복구된 발전소로 전국에 전력을 공급했고요. 이들 발전함은 1955년 9월 본국으로 귀환했지요. 그때까지 대한민국 필요 전력 가운데 3분의 1은 이들 발전함에 의지했습니다. 그런 점에서 우리는 미국 당국에 고마워해야 해요."

발전로 용량을 확대해 준 크림 단장

- 그런 와중에 귀인을 만났다면서요?

"바로 IAEA의 원자력발전 예비조사단의 루릭 크림(Ruric Krymm) 단장이었죠. 크림 단장은 우리가 단일기 용량을 15만 kW급에서 20만, 30만, 50만, 60만kW로 상향 조정할 때마다 발전로의 기술성, 경제성, 안전성에 대해 긍정적으로 평가하며 발전로를 도입할 수 있도록 적극 밀어주었죠. 즉, 우리가 작성한 예비타당성 조사보고서를 늘 뒷받침해 준 은인이에요. 그래서 우리는 총발전 설비용량이 700만kW일 때인 1978년 4월 29일 58만 7,000kW의 가압경수로(PWR: pressurized water reactor)인 고리 1호기(점유율 8.2%)를 가동하게 된 거죠."

- 원전 건설에 있어 가장 고심했을 부분은 역시 노형(爐型) 선정이었을 테고요.

"정부 보유 달러로 영국에 가서 훈련받은 연구원들 대부분은 영국의 가스냉각로(Gas-cooled Reactor)를 지지했고, 미국에서 훈련받은 저 같은 기술 인력은 미국의 경수로형을 선호했죠. 더욱이 영국은 유대계 자본을 끌어들여 차관을 알선해 주겠다고 했고, 터빈 발전기 및 보조기기 계통과 부품은 유럽 대륙에서 값싸고 좋은 조건으로 조달할 계획이라고 발표해, 발전로의 도입 선경쟁은 유럽 및 이스라엘과 미국 간의 각축이 되고 말았어요. 우리는 여러 명의 유럽국 대사들과 이스라엘 대사의 예방을 받고, 가스냉각로의 우수성과 경제성에 관한 설명을 들었죠. 당시 영국 가스냉각로는 이미 이탈리아와 일본에 수출된 바 있어 국제시장

마케팅 면에서도 유리한 고지를 선점하고 있었어요."

- 교통정리가 필요한 시점이었겠군요.
"기술계의 의견 양극화 사이에 낀 정부는 난감한 입장이었죠. 결국은 한국전력의 기술 이사인 김종주라는 분이 판정관을 맡게 되었죠. 일제강점기 말기에 도쿄 제대에 다니다가 광복 후에 서울대 공대 전기공학과에 들어와 2회로 졸업했어요."

- 박사님하고는?
"제 스승이죠. 우리한테 강의를 아주 잘해 주셨으니깐. 김 선생님이 한국인으로선 처음으로 영국에서 가스냉각로 훈련을, 미국에서 가압경수로 훈련을 모두 받은 유일한 엔지니어였어요. 능력이 출중한 분이었죠."

- 그분 같으면 객관적으로 볼 수 있는 안목을 갖고 계셨겠네요.
"그렇지. 게다가 기술계에서 존경받고 있었거든. 정부로부터 '당신이 책임지고 공정하게 평가하라'는 명령을 받고 후배들을 데리고 기술평가를 했다는 겁니다. 우리 앞날의 원자력 개발을 초점에 두고…."

경수로냐, 가스냉각로냐? 경수로 압승

- 어떻게 결론이 났습니까?
"그의 결론이 '가스냉각로보다는 경수로가 좋고, 경수로 중에는 PWR이 가장 낫다'라고 했대요. 그걸 태완선 당시 부흥부(현

기획재정부) 장관이 청와대에 가서 박정희 대통령 사인을 받아 온 거지, 뭐."

- 근데 가스냉각로에 문제가 생겼다면서요?
"아이젠버그라고 영국의 가스냉각로를 우리한테 팔아먹으려고 무던히 로비를 벌이던 국제 장사꾼이 있었죠. 근데 몇 개월 후 영국이 '가스냉각로에 안전상 문제가 있다'는 걸 발견하곤 이를 더 이상 수출하지 않겠다고 선언하고 나왔습니다. 천만다행이었죠. 만약 영국산 가스냉각로를 샀더라면 그 후유증을 어찌 감당했겠소? 아무튼 가만히 놔두었더라면 가스냉각로로 넘어갈 뻔한 것을 김종주 선생의 자문 덕으로 결국은 PWR로 결정했어요."

- 그러다 우리가 캐나다·프랑스 등과도 기술 도입을 추진하잖아요?
"프랑스는 나중 일이고요. 맨 처음 고리는 미국의 웨스팅하우스 기술이고."

- 원래는 컴버스천엔지니어링이었잖아요.
"웨스팅하우스에 흡수·병합당했지. 그런데 그걸 사 오기 전에 이승만 박사 시절 10년간 238명을 외국에 훈련을 보냈거든. 일종의 연수지. 그중 5분의 4가 미국에, 나머지가 영국과 캐나다에 갔거든."

- 초기 미국 연수생 중에 박사님도 포함됐죠? 그때 얘기 좀 해주세요. 선발은 어떻게 했나요?
"우선 영어, 국어, 국사, 수학, 원자력 등 필기시험으로 당락을 결정했는데, 가장 배점이 높은 과목이 역시 원자력이었죠. 우리 스터디그룹 출신들은 과목 전제에서 모두 좋은 성적을 받았고, 특히 원자력에서 뛰어난 평점을 받아 전원 합격하는 영광을 누렸어요. 내 경우는 가정 형편상 연수를 미루다가 합격 2년 후 7기생으로 미국행을 하게 되었지요."

- 연수 비용도 만만치 않았을 텐데요

"내 기억으론 훈련비가 1인당 연 6,000달러 정도였는데, 그게 얼마나 큰 돈이냐 하면, 당시 우리나라 1인당 GDP가 80달러였으니 75명분의 인당 GDP를 쓴 셈이에요. 그것을 10년간 약 400명에게 퍼부었으니, 이승만 정부의 결의를 알 만하지요. 난 처음으로 국가 돈으로 공부하며 연수비를 아껴 집으로 보냈고…."

12

초기 원자력 연구생으로 아곤연구소 행

- 미국 최초의 국립연구소인 아곤국립연구소(Argonne National Laboratory) 소속의 국제 원자력학교에 배치되셨다면서요?

"아곤연구소는 냉전 시대 소련이 드브나 원자력연구소에서 공산권 과학기술자들을 훈련시키는 데 맞서 세운 교육기관이죠. 시카고에서 남쪽으로 약 50km 떨어진 레몬트에 위치한 아곤연구소는 한마디로 별천지였어요. 한 끼가 아쉬운 기근 상태에 있다가 매끼를 푸짐하게 먹을 수 있다는 것 자체가 기적 같은 일이었는가 하면, 듣도 보도 못하던 입자가속기와 전자계산기가 휙휙 돌아가는 그곳 연구소의 시설은 경이로움 그 자체였지요."

- 그곳에는 다른 나라에서 온 연수생들도 많이 있었겠네요.

"아이젠하워 미국 대통령이 '원자력의 평화적 이용(Atom for Peace)'을 선언하고, 그 일환으로 각국의 학생들 뽑아 미국에서 연수시키는 프로그램을 진행한 것이죠. 당연히 유럽 각국과 일본, 인도, 이스라엘 및 남미 여러 나라 등 세계 각처에서 온 기라성 같은 원자력 학도들이 운집해 모이를 구하는 참새처럼 지식에 목말라 하루하루를 학구열로 불태웠죠. 유럽에서 온 몇몇 연수생의 경우 이미 박사학위를 소지한 엘리트도 있을 정도였으니까요."

- 연수생 중에 특별히 기억에 남는 사람이 있나요?

"이스라엘에서 온 시몬 이프타(Shimon Yiftah)라는 친구가 아직도 얼굴까지 생생하게 기억이 납니다. 그 친구는 자기 지도교수가 프랑스에서 노벨상 받은 분이라고 상당히 자랑하곤 했는데, 나중에 보니 그는 이스라엘 원자폭탄 개발의 아버지로 이스라엘에서 추앙받는 인물이 되어 있더라고요. 그래서인가 국제회의에서 만나면 경호원으로 보이는 젊은 요원 두 명이 늘 그를 호위하고 있더군요. 이프타 얘기가 나왔으니 말인데, 하루는 이프타가 나더러 일본말로 '굿모닝'을 어떻게 말하느냐고 물어와 메모지에 이렇게 써줬죠. 'Bbagayaro'라고요. 그랬더니 그 친구와 유럽 친구들이 한동안 아침마다 일본 친구들만 보면 '빠가야로(馬鹿野郎), 빠가야로'하는 바람에 일본 친구들이 화를 내기도 했죠."

연수 끝낸 후 GA社서 트리가마크-Ⅱ 연수

- 아곤연구소에선 얼마나 연수를 받았나요?

"레몬트에서 6개월 연수받기 전, 노스캐롤라이나대학에서 6개월 연수받은 것은 거기에 연구용 원자로가 있기 때문이었지요. 특히 그 대학엔 우리가 스터디그룹 교재로 사용한 원자력공학 입문의 저자 레이먼드 머리 교수가 있는 곳이기도 해 안성맞춤이었죠. 그리곤 아곤에서 연수를 끝내고, 한 달간의 산업시찰 후 귀국하려고 샌프란시스코에 갔더니 이번엔 우리 정부에서 캘리 포니아주 남쪽에 있는 제너럴 아토믹스에 가라는 거예요."

- 거긴 왜요?

"그 회사가 우리에게 원자로를 공급하기로 했으니, 거기에 가서 연수받고 미국원자력위원회의 원자로 운전면허증을 취득하고 오라는 거예요. 그것도 자비로. 그 회사는 우리가 도입할 트리가 마크-II 설계·제조사거든. 그러니까 트리가 마크-II를 도입하면 그걸 운용할 요원으로 쓰기 위해 연수를 받으라는 거였지. 그때야 불평을 터트릴 새도 없이 당연히 내 돈으로 연수받을 수밖에. 4명이 연수받았는데 그중 한 분이 노태우 정부 시절 과학기술처 장관이 된 이관 박사였어. 그 후 우리는 미국원자력위원회에서 실시하는 자격시험에 최종 합격해 트리가 원자로 운전면허증을 취득하고 돌아왔지요."

국내 첫 원자로 트리가 Mark-II. 과학기술 연구시설로는 최초로 문화재에 등록 되었다. 한국원자력연구원.

- 트리가 마크-II 설치 및 운용과 관련된 얘기 좀 해주시죠.

"트리가 마크-II 설치 당시 원자로 설치는 제너럴 아토믹스가 맡고, 주변 시설 건설은 홈즈 앤 너버가 맡았어요. 우리는 완공 후 인수만 하면 됐지만, 모든 건설 과정과 장비 설치 작업에 하나하나 참여했습니다."

- 왜죠?

"계약상 설계 도면을 주지 않기 때문에 고장 나거나 보수가 필요할 때를 대비하기 위해서였죠. 공급회사 직원들이 자리를 비우면 몰래 도면을 복사하거나 사진을 찍었고, 그림 실력이 뛰어난 장지영 연구관은 주요 부품과 장비를 상세히 그렸어요, 일종의 특허 복사인 셈이었죠. 이런 노력 덕분에 동위원소 생산장비가 고장 났을 때 자체 제작에 성공해 상당한 외화 유출을 막을 수 있었죠."

연구소 개소했는데 정작 임시직 임용

- 연구용 원자로 운영에 필요한 농축우라늄 확보를 놓고도 해프닝이 있었다면서요?

"1959년 7월 14일 트리가마크-II 연구용 원자로 건설이 착공됐죠. 그런데 연구용 원자로를 운영하려면 20w/o(Weight Percent) 농축우라늄 확보가 필수였지만, 당시 미국 원자력법은 농축우라늄을 비롯한 특수 핵물질의 판매나 해외 유출을 금지하고 있었어요. 1961년 저는 농축우라늄과 실험기기에 필요한 부품 3,000여 종을 확보하기 위해 워싱턴 D.C.로 가라는 명령을 받고 그리

로 떠났습니다. 미국원자력위원회와 스무 차례의 끈질긴 협상을
했죠. 결국 20w/o 농축우라늄을 판매가 아닌 대여받는 조건으
로 확보할 수 있었습니다.”

- 그해에 원자력연구소가 개소됐는데, 정작 박사님 등 일부 아곤
출신 요원들은 정규직이 아닌 임시직으로 임용이 되었다면서요?
“옆문으로 들어온 권력자의 자제들이 자리를 먼저 차지하는 바
람에 우린 찬밥 신세가 되었지요.”

- 억울하셨겠어요.
“그래도 윤세원 부장이 연구소 설립 과정에서 받았을 정치적
압력을 생각해서 스트라이크는 일으키지 않았어요. 그 시기 다
른 요원들은 야간대학 시간 강사로 나갔고, 나는 가득률이 높은
외국 번역물을 맡아 수입을 올렸지요. 그것도 그리 나쁘지는 않
았어요. 결국 1년 반 만에 정규 요원으로 임용되긴 했으니까. 다
만 그동안 우리의 직급이 ‘일용잡급’이라서 체면이 말이 아니었
지요.”

5·16으로 트리가 마크-Ⅱ 설치 難航

- 5·16으로 곤혹을 치렀다는 얘기도 있던데요.
“제가 수많은 부품회사와 공급대행사를 접촉하며 부품 구매
를 마무리할 무렵, 한국에서 5·16 군사정변이 일어났어요. 한국
에 군사정권이 들어서자, 미국 정부는 농축우라늄 대여를 유보했
고, 모든 부품 공급회사가 거래를 피했죠. 자칫하면 원자로 건설

이 백지화될 비상사태에서 무작정 기다릴 수밖에요. 거기에 본국 정부가 출장비를 보내주지 않아 생활비까지 바닥났죠."

- 어떻게 난국을 타개했나요?

"우선 주미한국대사관 지하실에 기거하며 숙박과 세탁 문제를 해결했죠. 주말엔 외국 대사관 축하연에 참석해 배를 채운 다음 일주일을 견디는 초인적인 방식으로 20주를 버텨 원자력 업무를 완수하고 귀국했어요. 1962년 3월 19일 트리가 마크-II 원자로가 임계에 도달했고, 정부는 3월 30일 준공식에 맞춰 원자로 가동기념 우표를 발행했습니다."

이창건 박사가 서울 공릉동 옛 원자력연구소(현 한전인재개발원) 자리에 있는 트리가 마크-II 원형 아래서 포즈를 취하고 있다. 이 연구용 원자로는 핵심은 다 해체되고 외형은 근대문화유산인 등록문화재 제577호로 지정됐다. 박종인.

- 첫 연구용 원자로의 출력은 얼마나 됐나요?

"100kW였는데 몇 년이 지나자, 트리카 마크-Ⅱ의 중성자 속(束) 밀도가 낮아 실험데이터를 얻기 힘들다는 문제가 제기됐죠. 그러나 제2의 원자로를 도입할 예산이 없기 때문에 원자력공학 연구실은 출력 증강을 대안으로 제시했어요. 다수의 연구실에서는 5~10배의 출력 증강을 요구했지만, 저는 원자로 운영의 건전성과 핵연료 안전성을 이유로 들어 2.5배 출력 증강을 관철했죠. 특히 노심 해석·제어 계통 개조·출력 보정(補正) 작업에 전력을 다했어요. 냉각 계통설계와 설치는 그 분야 전문가인 이관 박사가 수고해 주었고, 1969년 6월 24일 아마도 세계 최초로 시도한 출력 증강 계획은 트리가 마크-Ⅱ의 노심 출력을 250kW로 증강하면서 성공적으로 완료했죠. 그때가 빗방울이 떨어지는 주말 늦은 저녁이었는데, 우리가 버스를 타기 위해 기다리는 동안 옆집의 중국음식점에서 나는 냄새가 우리를 자극했습니다. 나는 아직도 그날 일행 중 술을 좋아하는 남성우와 고영재를 중국집에 데리고 들어가지 못한 내 주머니 사정을 크게 후회합니다. 지금은 사정이 풀려 그들 모두를 중국집에 데리고 갈 순 있으나 이제는 그들이 없거나 연락이 안 됩니다."

중성자 원에 구매 돈 안 쓰려는 아이디어도

- 원자로의 방아쇠 역할을 하는 방출식 중성자 원(Po-Be)을 구매하지 않기 위해 아이디어를 내시기도 했다죠.

"원래는 2년마다 외화로 구매했죠. 그런데 가만히 생각해 보니까 안티모니(Sb)가 중성자를 흡수하면 강력한 감마선을 방출하고, 그 감마선이 베릴륨(Be) 원자핵을 때리면 중성자를 방출하는 원리에 주목해서 스스로 충전되는 재생식 중성자 원(Sb-Be)을 만들 수 있는 거예요. 결국 영국 금속회사에 직접 설계한 도면을 보내 재생식 중성자 원을 제작시켰죠."

- 덕분에 자체적으로 중성자 원 공급 문제를 해결해서 외화 유출을 막았고, 이것이 원자력 국산화의 효시로 평가받는다고 하죠. 그런데 박정희 정부가 원전 도입을 위한 본격적인 움직임에 나서지 않습니까?

"1962년 박정희 정부는 원전 도입을 위해 '원자력발전 추진계획안'을 수립했고, 소요 부지·예산·인력·기술개발·노형·용량·국제협력 등의 구체적 사업계획을 수립했죠."

- 박사님이 가장 중요한 첫 원전 부지 선정 사업 책임을 맡았잖아요.

"전국 유망 지점을 지도상에서 모두 검토했죠. 우선 냉각수 확보·기기 수송·안보 문제를 감안해 해안 지역을 우선순위에 뒀습니다. 다음으론 지질조사소, 중앙관상대(현 기상청), 한국전력 토목부, 문화재관리국(현 국가유산청) 등의 협조를 얻어 정밀 조사한 끝에 경남 동래군(현 부산 기장군) 장안면 월내리, 길천리 및 고리를 1호 부지로 선정했죠. 그것을 발표하려 하자 사회경험이 많으신 원자력 위원들께서 그렇지 않아도 한국제라면 믿지 않는 분위기가 팽배해 있으니 좀 기다리며 다른 대안이 있는지 생각해 보자고 해서 발표하지 않았지요. 그때 현지 답사비는 원자력원 기획조사과의 이민하 과장이 마련해 주었어요."

- 출장비가 턱없이 모자랐다면서요?

"그때는 1일 출장비가 실비의 3분의 1도 안 되는 현실을 감안해 이민하 과장이 미리부터 직원들을 출장 보낸 것으로 만들어 내 출장비를 마련해 주었지요."

- 부지 선정 평가 과정에서도 약간의 트러블이 있었다고요. 그때 박사님의 역할에 관해 설명해 주시죠.

"원자력원은 우리가 선정한 원전 부지에 대해 국민과 언론이 신뢰하지 않을 것에 대비해 IAEA 부지조사단의 평가를 받기로 했습니다. 하루는 퇴근 시간에 상부에서 부지 조사보고서 3권을 영문으로 번역해 다음 날 아침까지 책자로 만들어 내놓으라는 것이었어요. 나는 타자 잘 치는 인쇄소 여직원과 그 일을 밤새워 해냈고, 인쇄소에선 번역문 20권씩을 IAEA 조사단이 나타나는 사무실 책상 위에 배포해 놓았죠. 그중 한 권은 사진첩이어서 번역할 분량이 많지 않았어요."

- IAEA 조사단의 평가는 어땠나요?

"나는 이튿날 아침 IAEA 조사평가단에게 우리가 조사한 부지의 위치 및 방법 등을 설명했어요. 평가단은 IAEA에서 개발한 최신 기법과 한국 왕릉 선정 방법을 융합한 저의 독창적 부지 조사 방식을 높이 평가했습니다."

- 현지 평가에서는 오히려 조사단의 도움을 받았다면서요?

"조사단은 현지에 가서도 내 번역문을 놓고 질문 공세를 펼쳤는데, 기자들이 고리에 가까운 양산 단층대(Fault Zone)가 위험하지 않으냐고 물고 늘어지자, 미국 지질조사처에서 온 조지 캘

러헌(George Callahan)이 '그것은 공학적으로 보강이 가능하다'
며 외국의 여러 사례를 열거하며 설명해 넘어갔죠. 기자들의 질
문은 풍문으로 엿들은 것이었고, 캘러헌의 답변은 외국의 여러
사례를 수치적으로 들어 설명한 전문가의 답변이었기 때문에 신
문에 실릴 때는 큰 차이가 났어요. 캘러헌의 일방적인 승리였습
니다. 나는 사회 경험 많으신 원자력 위원들의 권고에 감사했고,
또 IAEA 조사단을 적기에 초빙했고 또 내 출장비를 마련해준 원
자력원의 이민하 기획과장의 선견지명에 사의를 표했습니다."

13

原電 후보지 답사 중 간첩 누명, 곤욕도

- 원전 부지 선정 과정에 구체적으로 어떻게 관여하셨나요?

"당시 연구관 시절이었는데, 정부로부터 부지 조사의뢰를 받았죠."

- 조사비는 제대로 나왔나요?

"웬걸요. 당시엔 원자력청이나 연구소 예산에 부지 조사비가 책정되어 있지 않아 원자력청 기획조사과 직원들에게 몇 달간 드문드문 출장 명령을 내리는 편법으로 부지 조사비를 조성했어요."

- 그렇게 해서 시작된 부지 조사는 구체적으로 어땠나요?

"미리 지도에서 조사해 놓은 지점들을 집중 현지답사를 했지요. 그리고 한전 토목부, 대한석유공사, 대한석탄공사, 지질조사소, 중앙관상대 등의 도움을 받아 전국 해안을 조사했죠. 내륙지방은 중량 하물 교량 통과 시의 애로와 냉각수의 취·배수 문제들을 예상하여 아예 선정 대상에서 제외했습니다."

- 원전 후보지 선정은 제대로 됐나요?

"몇 달간의 현지답사 결과 전국 해안의 28개 후보지 중 최종적으로 한강 하류의 경기 행주산성 인근(행주 외리)과 경남 동래군 등 세 곳으로 압축했어요. 그 후 관련 부처와 협의 과정에서 행주 외리는 휴전선과 너무 가깝다는 국방 당국의 의견과 잦은 편서풍이 서울지역을 통과한다는 것 때문에 적절치 않다는 중앙관상대의 권고를 받아 예비후보에서 제외했죠."

- 부지 후보지 조사 과정에서 지울 수 없는 끔찍한 경험을 하셨다는데 뭔가요?

"유망 후보지를 찾아 동해안을 훑어 내려오던 중이었어요. 동해안에서 사진을 찍다가 군사기지를 정탐했다는 혐의를 받고 보초병들에게 체포됐죠. 해안 경비를 맡고 있던 해병대원들에게 불심검문을 당해 걸린 거예요."

- 무슨 출장 명령서 같은 거라도 있지 않았나요?

"당연히 신분증과 출장 명령서를 내놨죠. 그런데 검문 병사는 '북괴가 그런 건 얼마든지 위조할 수 있다'면서 주둔부대로 끌고 가 상급자들에게 인계하더군요. 해병 하사관들은 제가 갖고 있는 소지품 검사를 하던 중 가방 속에서 지도, 망원경, 카메라와 필름, 줄자 및 수첩 등이 나오자, 나를 간첩으로 오인한 거예요."

- 그것만으로 간첩이라 단정하다니….

"수첩에 적힌 여러 가지 약자(전문용어)가 암호처럼 보였고 특히 내가 평안도 사투리까지 쓰잖아요. 원자력청과 원자력연구소에 연락해 보면 알 것 아니냐고 항의했지만, 당시는 군부대와 정부

관청 간의 연락망이 전혀 연결되지 않을 때라 그들의 판정이 그대로 현실로 굳어지고 말았습니다."

마구잡이 구타로 몸에 이상

- 어찌 되셨습니까?

"법은 멀고 해병대의 주먹은 가깝고도 무자비했죠. 실신할 정도로 심한 구타를 머리와 가슴을 가격하는 바람에 땅바닥에 쓰러져 있다 몇 시간 만에 깨어났어요. 마침 해병대 사령부에 참모로 있는 배재중학 김 선배 이름이 간신히 생각나 풀려나게 되었습니다. 그때의 구타 후유증으로 숨쉬기가 여의치 않아 60년이 지난 지금까지도 호흡 보조기구를 끼어야 잠이 들곤 합니다."

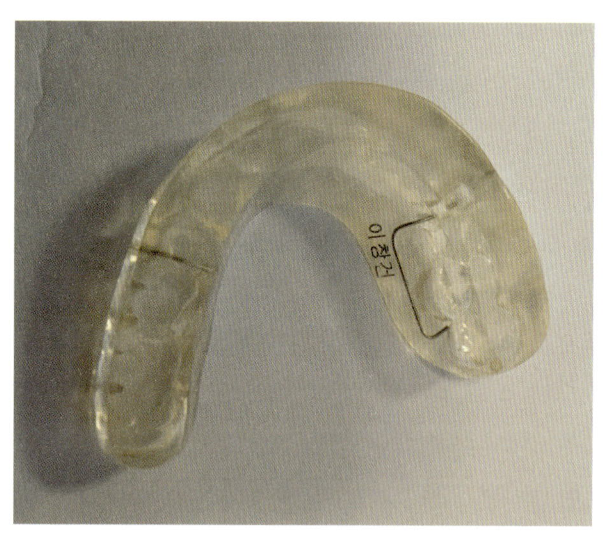

이창건 박사가 수면 시 착용하는 호흡 보조기구. 개인 소장.

- 그런데 호흡 문제는 이전에 발생한 불상사 때문에 더 악화된 측면도 있다면서요?

"4·19 혁명 전 제가 원자력원이 있는 중앙청 옆 건물에 가끔 방문할 적이 있었죠. 그곳은 경무대(현 청와대)로 가는 길이어서 대통령이 지날 때마다 교통이 통제되곤 했어요. 자유당 말기엔 대통령 차가 지날 때 행인들에게 손뼉 치라고 강요하는 형사들이 있었는데, 그럴 때면 나는 슬그머니 뒷골목으로 자리를 옮겨 손뼉 치기를 피하곤 했지요."

- 그러다 봉변을 당하셨다고요?

"하루는 같은 상황에서 뒷골목으로 피하다 형사의 불심검문에 걸려들었어요. 내 소지품 전체를 털어도 아무런 불온한 것을 발견하지 못한 형사가 책갈피에 끼어 있던 사진을 보고 시비를 걸어오는 거예요."

- 어떤 사진이었는데요?

"내가 존경하는 알베르트 슈바이처였죠. 그의 저서 세 권을 읽고 그를 흠모하게 되어 그분의 컬러 사진을 책갈피에 끼우고 다녔죠. 형사는 사진의 주인공이 누구냐고 물었고 나는 슈바이처라고 계속해서 주장했지만, 그는 '이건 (이오시프) 스탈린!'이라고 계속 우겼고, 경찰서 안에 있는 모든 이에게 물어도 슈바이처와 스탈린을 구별할 수 있는 사람이 없어 결국은 감방으로 끌려가 실신하기까지 얻어맞다가 의식을 회복해서 경찰 고위직 아저씨의 이름을 대고 간신히 풀려났죠. 그때 이미 한쪽 코로 숨쉬기라 어려운 상태가 되었다가 원전 부지 후보 선정 과정에서 발생한 불상사 때문에 코를 비롯한 호흡기 계통이 더욱 악화된 거예요."

- 아무튼 우여곡절 끝에 조선시대 왕릉 선정 기법을 가미한 원전 부지 후보가 1969년 1월 IAEA 부지 조사평가단의 지지를 받아 한국 원전 1호기 부지로 동래군 월내·길천·고리를 묶는 고리 원전 단지가 공표됐고, 1977년 1월 19일 고리 1호기가 시험 가동을 시작하면서 한국은 세계 21번째 원전 보유국이 됐죠. 이와 관련한 에피소드 좀 소개해 주시죠.

"고리 1호기는 1971년 3월 19일 당시 경남 동래군(현 부산 기장군) 장안읍 고리 현장에서 박정희 전 대통령이 참석한 가운데 기공식을 갖고, 1978년 4월 29일 상업 운전을 시작했죠. 시슬러 박사가 '20년 후에 원자력발전을 할 수 있을 것'이라고 예측한 것이 1956년이었으니까 꼭 22년 후가 되었죠. 얼추 맞은 예측이었어요. 2017년 6월 영구 정지될 때까지 39년 동안 우리에게 전력을 공급해 온 고마운 전력원이었죠."

1977년 1월 19일 고리 1호기 준공식에 참석해 연설하는 박정희 전 대통령. 고리 1호기는 1978년 4월 29일 상업운전을 시작한 국내 첫 상업용 원자력발전소다. 한국수력원자력.

- 당시 사업비 규모가 대단했다면서요?

"고리 1호기 총사업비는 약 1,560억 원이었는데요. 착공 연도인 1971년 우리나라 정부 예산 규모가 5,242억 원이었으니까 국가 예산의 30%가 고리 원전에 들어갔다고 해도 과언이 아닐 정도로 국가적 과제였죠. 산업 발전이 절실했던 박정희 정부는 미국과 영국으로부터 차관을 얻어 비용을 충당했죠."

- 1979년을 뒤흔든 제2차 석유파동을 겪으면서 우리 정부는 원자력의 기술 자립과 국산화를 본격적으로 추진하게 되잖아요?

"한국전력은 울진 1·2호기 입찰서에 기술 공여 비중을 높여 최고기술 제공사를 공급자로 선정한다는 방침을 세웠습니다. 프랑스는 파격적 조건을 제시하면서 입찰 불발 시 한국과 외교 단절도 불사하겠다는 강력한 압박을 가해서 입찰에 성공했죠."

- 줄곧 웨스팅하우스와 일했던 한전 입장에서 마찰이 불가피했겠는데요.

"가장 대표적인 사례가 원자로 계통 수압시험 기준 문제였었어요. 한전은 관례대로 미국 기술 규정에 따라 1991년 울진 1호기의 수압시험(설계압력의 1.25배) 계획서를 한국원자력안전기술원(KINS)에 제출했습니다. 그러나 규제기관인 KINS는 원전이 프랑스 설계이므로 프랑스 규정(설계압력의 1.33배)에 따른 수압시험을 시행해야 한다고 요구하면서 마찰이 생겼죠. 갈등이 격화되자 정부는 원자력학회에 중재를 위임했고, 당시 학회장이던 저와 김남하, 송달호, 김영진, 이억섭 등이 실무담당을 했는데 그 과정에서 제가 책임자로 선임되었습니다."

- 어떻게 문제를 해결하셨나요?

"우리는 미국, 캐나다, 프랑스, 독일, 스위스의 기술 표준을 엄밀히 조사한 끝에, 미국 규정을 따라도 문제가 없다는 보고서를 제출했어요. 그러나 결정 과정은 치열했습니다. 교수진은 프랑스 규정을, 기술진은 미국 표준을 지지하며 수차례 회의를 거듭했지만, 결론이 안 납니다. 어느 날 밤, 회의가 열 시가 넘어도 입씨름만 이어지자, 제가 회의실 문을 잠그고 선언했습니다. '나는 원자력 전공이라 잘 모르겠다. 기계 전공인 여러분 소관이니 오늘 밤 안으로 결론을 내야만 저 문을 나갈 수 있다' 그 말을 계기로 태도가 바뀌었고, 결국 새벽 1시경 합의점을 찾을 수 있었습니다."

- 이 사건을 계기로 전력 산업기술의 표준화와 국제화의 필요성이 절실하게 되었다고 들었습니다.

"당시는 우리 기술력과 자금이 부족해서 선진국의 기술과 제품을 도입할 수밖에 없었습니다. 원전을 비롯한 국내 전력 설비는 미국·프랑스·캐나다와 일본, 영국, 독일 등 여러 나라의 표준이 혼재돼 있었고, 그로 인해 언어와 기술기준의 차이로 인한 소통 부재, 과도한 해외 인증 비용 등의 문제가 발생했습니다. 예컨대 국내 한 회사가 제작한 밸브를 미국 업체가 25달러에 수입한 뒤, 미국 기술기준에 따른 문서와 인증 절차를 거쳐 다시 우리에게 275달러에 판매한 사례가 확인되었습니다. 이런 문제는 앞으로도 반복될 수 있으므로 하루빨리 우리의 기술기준과 인증 절차를 마련해야 한다는 공감대가 형성되었습니다. 물론 울진 원전 수압시험 사건이 그 필요성을 인식하는 데 결정적인 역할은 하였지만요."

14

한국전력산업기술기준(KEPIC) 제정

이창건 박사는 1992~2024년 한국전력산업기술기준(KEPIC) 정책위원장을 맡아, 원자력과 화력 발전소 및 송배전 설비에 필요한 모든 기술과 제도적 요건을 집대성했다. 개인 소장.

- 한국전력산업기술기준(KEPIC)의 제정은 언제 시작되었나요?

"KEPIC(Korea Electric Power Industry Code) 제정은 김남하 씨 제안으로 1987년 과학기술부가 한전에 요청하면서 시작되었어요. 한국전력기술(KOPEC)이 1988년 9월 『원자력발전소 산업기술기준 제정 기초조사 용역보고서』를 한전에 제출했습니다. 제목에서 알 수 있듯이 원자력발전 기술을 중심으로 출발했으나, 당시 한전 이종훈 부사장이 원자력뿐 아니라 화력, 송전, 변전, 배전 분야까지 범위를 확대할 것을 요구하면서, 전력산업 전 분야를 아우르는 KEPIC으로 발전하게 되었습니다. KEPIC은 우리나라 전력 설비 전반에 걸쳐 제품의 품질, 재료, 설계, 제작·건설 및 운영에 필요한 모든 기술과 제도적 요건을 집대성한 것입니다. 1992년 본격적으로 착수하여, 1995년 약 3만 쪽에 달하는 초판이 대한전기협회 명의로 발행되었습니다."

- 박사님의 역할은 무엇이었나요?

"나는 2단계인 1992년부터 정책위원장을 맡아, 품질·화재 예방·원자력·전기·토목 구조·기계 분야 전문위원회와 그 산하 분과 위원회에 참여한 300여 명의 전력 관련 교수와 기술자들의 다양한 의견 조율하는 역할을 담당했습니다. 김남하 사업책임자(Project Manager)는 '울진 원전 수압시험 문제 해결에서 보여준 리더십이 널리 알려져 만장일치로 추대되었다'라고 말하곤 했습니다."

- KEPIC의 기술 범위 설정이 쉽지 않았을 것 같은데요?

"원자력발전소는 원자로 계통(NSSS; Nuclear Steam Supply System)과 터빈·발전기 계통으로 구분됩니다. 연료에 따라 원자력, 석탄, 석유, 가스 발전소로 나뉘지만, 터빈·발전기 계통은 큰 차이가 없습니다. 이에 따라 원자력은 영광 3·4호기, 화력은 태안 1·2호기에 적용된 기술기준을 조사하여, 그 가운데 국산화가 이루어졌거나 임박한 기술기준을 제정 범위로 삼았습니다. 이 두 발전소는 역사적 의미가 큽니다. 당시까지의 실적과 경험을 토대로 원자력은 1,000MW, 석탄은 500MW로 계통을 표준화했으며, 외국 차관에 의존하지 않고 우리 자금으로, 우리 업체에 발주한 첫 발전소 건설 프로젝트였기 때문입니다."

- KEPIC과 미국 표준의 차이는 무엇인가요?

"기술기준은 크게 행정요건과 기술 요건(Requirements)으로 구분됩니다. 원자력 분야의 기술 요건은 대부분 원전을 보유한 국가들이 미국 표준을 따르고 있으며, 각국은 이를 자국어로 번역해 사용하기 때문에 언어만 다를 뿐 내용은 동일합니다. 중국과 러시아 역시 미국 표준을 번안한 수준입니다. 다만 이들은 로열티를 회피하기 위해 IDT(Identification) 대신 MOD(Modification)로 표기하는 방식을 사용했습니다. 행정요건은 우리나라 행정 시스템에 맞도록 수정하였습니다. 따라서 KEPIC에서는 미국 것과의 차이를 기술 요건은 IDT로, 행정요건은 MOD로 규정하고 있습니다."

- 로열티 문제를 어떻게 해결하셨습니까?

"1994년 김남하 PM과 함께 미국 기계학회(ASME), 미국 전기전자학회(IEEE), 미국 원자력학회(ANS), 미국 철강구조학회(AISC) 등을 방문해 협상을 진행했습니다. 지금도 특히 기억에 남는 것은 IEEE 방문입니다. 이름은 학회지만 회원 수가 70만 명을 넘고, 상주 직원만 600명 이상으로 웬만한 중견기업 수준이었습니다. 당시 행정본부장이 우리에게 자사 표준을 사용해 줘서 감사하다며 상징적으로 250달러만 내라고 했고, 그 자리에서 비용을 지불하고 합의서를 작성했습니다. ASME 역시 400여 명의 직원과 10만 명이 조금 넘는 회원을 보유하고 있었으며, 주요 수입원은 보일러 및 압력용기 기술기준(BPVC; Boiler and Pressure Vessel Code) 판매 수익으로, 매년 예산의 60% 이상을 차지한다고 했습니다. KEPIC의 분량 중 절반 이상이 BPVC를 참조했기 때문에, 약 4만 달러를 지급했던 것으로 기억합니다."

- KEPIC이 원자력 제품 국산화 촉진제 역할을 했다고 하셨지요.
"그렇습니다. 기술기준은 공고 졸업 수준의 학력이면 충분히 이해할 수 있는 내용인데, 영어로 되어 있어 쉽게 접근하지 못했던 것입니다. 그러나 한글판을 읽어보니 별로 어려운 것이 아니었습니다. KEPIC 초판이 발행되면서 중소기업도 대한전기협회의 인증제도에 따라 자사 제품을 인증받아 원자력발전소에 직접 납품할 수 있게 되었습니다. 매년 열리는 KEPIC-Week에서 만난 두산중공업(현 두산에너빌리티) 김태우 부사장은 'KEPIC 때문에 회사 매출이 30% 이상 줄었지만, 국가를 위해 감수한다'라며 투덜거림 속의 칭찬을 하기도 했습니다. 2000년대 초반 KEPIC의 기여도를 조사해 보니, 발행 이전보다 적게는 20%, 많게는 80%까지 가격이 인하된 제품이 상당수에 달했습니다."

- 제품 가격 인하와 건설비 절감 요인을 어떻게 설명할 수 있습니까?
"과거에는 우리나라 회사가 제품을 제작하려면 해외 발주자의 기술지도(Technical Consulting), 검사, 인증을 받아야 했기 때문에 많은 비용과 시간이 소요되었습니다. 그러나 KEPIC이 도입되면서 모든 문서가 우리말로 제공되었고, 한전이 KEPIC에서 정한 자격을 인정받은 회사에 발주하면 그 회사는 우리말로 된 기술규격서(Technical Specification)를 참고하여 KEPIC 요건에 맞게 재료를 선정하고 설계·제작할 수 있게 되었습니다. 이후 대한전기협회의 자격시험에 합격한 공인 검사관(Authorized Inspector)의 검사를 거쳐 제품을 납품할 수 있었기 때문입니다."

- KEPIC이 적용된 국제 사례가 있나요?

"KEPIC은 UAE 바라카 원전 건설에 적용되었습니다. KEPIC은 5년 주기로 개정되는데, 2판 발행 후 앞서 언급한 기여도 조사에서 자신감을 얻은 나는, 국제화에 대비해 한글·영어 양국어판(Bi-lingual Version) 제정을 제안했습니다. 그 결과 2005년에 양국어판을 발행하여 국제화에 대비할 수 있었고, 적기에 발행된 덕분에 2009년 UAE 원전 건설에 채택되었습니다. 조선시대의 영의정·좌의정·우의정 순서처럼 왼쪽을 우선하는 전통을 반영해, 양쪽 칼럼에서 왼쪽은 한글, 오른쪽은 영어로 구성했습니다. 해석에 차이가 있는 경우에는 한글을 우선하도록 명확히 규정해 두었습니다."

- 우리가 개발한 APR1400이 미국 원자력 규제 위원회의 인증(Certificate)을 받았다는 기사를 읽었습니다.

"우리 원자력 기술의 또 다른 쾌거라 할 수 있습니다. 한국전력기술(KEPCO E&C)이 미국 원자력규제위원회(NRC: Nuclear Regulatory Commission)에 신청한 **Advanced Power Reactor**

1400 표준설계가 2019년 8월 26일 자로 승인을 받은 것입니다. 이 설계에 적용된 KEPIC 버전이 미국 원자력 기술기준과 동일(IDT)했기 때문에 가능했다고 봅니다. 일본과 프랑스도 신청했지만, 그들의 경우 미국 기준을 수정(MOD) 형태로 적용했기 때문에 승인 시점을 예측하기 어렵다고 알고 있습니다."

- 우리가 개발한 기술이 KEPIC에 채택된 사례도 있나요?

"첫 번째 사례는 서울대 권동일 교수가 개발한 '계장화 압입시험(Instrumented Indentation Test)'입니다. 이 기술은 2005년 KEPIC 재료시험 분야에 처음 채택된 이후, ISO, KS, ASME Code Case로 이어져 국제표준으로 확대되었습니다. 기존에는 파괴시험을 통해서만 인장강도를 측정할 수 있었는데, 이를 비파괴 방법으로 가능하게 한 획기적인 기술입니다. 그때까지 남의 기술을 정리하는 데 그쳤던 제 자존심을 권동일 교수가 채워준 셈이지요. 현재는 삼성, 현대, LG, SK 등 국내 기업들이 개발한 기술이 국제표준으로 등재되는 사례가 점점 늘어나고 있습니다."

- KEPIC 정책위원장으로 30년 넘게 봉사하셨다고 들었습니다.

"돈을 받지 않았기 때문입니다. 1992년 김남하 PM이 KEPIC 정책위원장으로 추대되었다며 대우 문제를 물어왔을 때, 저는 '지금은 먹고살 만하다. 남은 생은 국가에 봉사할 계획으로 수락하니 돈 문제는 접어두자'라고 답했습니다. 당시만 해도 이런 자리의 연봉이 수천만 원을 넘었습니다. 이후 몇몇 인사가 자리에 관심을 보이며 보수 문제를 물었지만, 없다고 대답하니 아무도 탐내는 사람이 없었답니다.

2024년부터 건강 문제로 외출이 어려워져 2025년 초 스스로 위원장직을 내려놓았습니다. 정년퇴직 이후부터 33년 동안 KEPIC 정책위원장으로 일했는데, 노년을 저만큼 보람 있게 보낸 사람도 드물 것이므로 스스로 자랑스럽게 생각합니다. 2025년부터는 프랑스에서 학위를 받은 전 한국원자력안전기술원(KINS) 원장 박윤원 박사가 후임으로 추대되었다며 인사하러 왔습니다. 그는 저보다 더 훌륭하게 봉사할 것이라 확신합니다."

- KEPIC 미래에 바랄 것이 있다면 한 말씀 부탁드립니다.

"'표준을 지배하는 자가 세계를 지배한다'라는 말이 있습니다. 대표적인 사례가 미국입니다. 레이건 대통령은 취임 직후 '미국 기술의 세계화'를 선언하며, 그때까지 미국 내에서 난립하던 표준 기관과 개발을 단일화했습니다. 또한 정부 기관은 표준 개발을 중단하고, 그 예산을 관련 학회에 지원하도록 했습니다. 레이건과 클린턴 대통령 시절의 경제 호황을 이 정책의 결과로 평가하는 이들도 많습니다.

현재 우리나라에서도 정부 기관과 산하 단체가 유사한 표준 사업을 추진하고 있는 것으로 알고 있습니다. AI시대를 맞아 KEPIC 역시 발상의 전환과 개혁이 불가피하며, 모든 분야에서 국제적으로 통용되는 단일 표준으로 정리·통합되기를 소망합니다."

중소형 원자로(SMART) 개발에 지구촌 들썩

- 중소형 원전의 소요가 증가하면서 새로운 시장을 확보하기 위한 노력이 결실을 맺기 시작했죠?

"대용량·고출력을 추구해 온 세계 원자력 시장은 지리적·경제적 여건상 대형 원전이 부적합한 국가들이 중소형 원전에 관심을 가지면서 변화가 일기 시작했습니다. 우리는 중소형 원전이 세계 원자력 시장의 블루오션으로 떠오를 것으로 예상하고 중소형 원자로 기술개발에 착수했죠."

- 개발 주체는 어느 기관이었나요?
"원자력연구원이었어요. 1997년 개발에 착수해, 2012년 세계 최초로 IAEA로부터 표준설계 인가를 받았죠. 이름은 SMART로 세계 유일의 발전 겸 해수 담수화용 중소형 원자로죠. SMART는 노심·증기발생기·냉각재 펌프·가압기 등 주요 기기들이 하나의 압력용기 안에 내장되어 있어 안전성이 높은 원자로예요. 또 바닷물을 담수로 바꾸는 열에너지를 공급하고 전력을 생산하는 원자로이기 때문에, 하나의 원자로를 이용해 10만 명이 필요로 하는 물과 전기를 동시에 공급할 수 있죠."

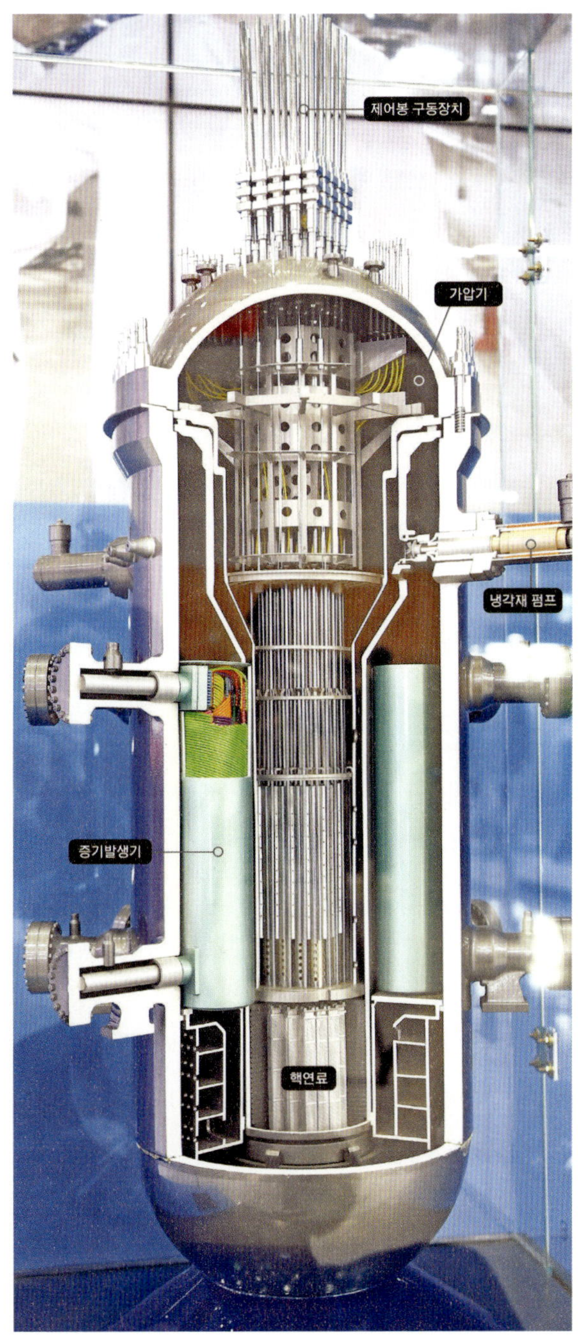

중소형 다목적 일체형 원자로인 SMART. 건설비가 저렴하고, 안정성이 높고, 건설 기간이 짧아 개발도상국에 안성맞춤인 노형이다. 한국원자력연구원.

- 원자력연구원이 IAEA에 SMART를 선보이자 많은 나라들이 관심을 보였다면서요?

"대단위 공업지역의 물과 에너지 부족 문제를 안고 있는 북아프리카 국가들이 대단한 관심을 보였어요. 원자력연구원은 사우디아라비아와 양해각서(MOU)를 체결하고 원자로 건설은 물론 제3국 공동 진출을 추진했죠."

- 박사님이 여기서 몇 가지 특허를 받으셨다는 얘기도 있습니다.

"우선 중동 국가의 전력 70%가 냉동·냉방으로 소비되는 점에 착안해서, 에너지 소비가 많은 전기 대신 SMART에 냉동·냉방 기능을 부착하는 아이디어를 떠올렸죠. 그래서 SMART 원자로의 고온·고압 스팀으로 직접 냉매를 압축·팽창시켜 3배의 열효율이 발생하는 기술을 개발해 국제 특허를 획득했어요."

- 또 다른 특허 얘기도 해주시죠.

"날로 심각해지는 기후 변화와 환경파괴에 대처하는 안전한 원전 이용을 원자력 공학자의 시대적 사명으로 여긴 저는, 원전과 해수 담수화 설비를 병행 운용하는 기술이 지구와 인류의 미래를 보호하면서 기술성과 경제성 향상을 도모한다고 생각했습니다. 그런데 발전소는 에너지의 3분의 1만 전력 생산으로 사용하고 나머지 저온·저압 에너지는 주변에 버리거든요. 이 버려지는 에너지가 지구 온도 상승과 환경 오염의 원인이 됩니다. 저는 버리는 에너지를 이용해 담수화용 해수를 예열(豫熱)하는 정교하고 특수한 복수기(Condenser) 얼개를 개발해 국제 특허를 획득했습니다. 기존에 폐기 에너지를 활용하는 특허 수는 많았지만, 제 특허는 환경 부담과 해수 담수화 비용을 동시에 낮추는 데다 원전

과 화력발전소에 공통으로 적용할 수 있어 시장 가치성이 높은
기술로 평가받고 있습니다."

15

지휘 계통보다 연구직에 주로 종사

- 1959년 원자력연구소(원자력연구원 전신) 창설 멤버로 들어가 주로 어떤 직책을 맡으셨어요?

"연구원, 원자로관리실장, 원자력공학부장, 연수원장 등 한직이지 뭐. 나는 사람 상대하는 기술이 서투른 탓에 지휘관 자리엔 적합하지 않은 인물이죠. KLO부대에 있을 때도 계급으로 치면 대위 정도는 됐지만, 지휘관이 아니었던 기획 참모였던 것처럼."

- 그때 연구원이나 책임연구원으로 계시면서 어떤 분야에 천착하셨나요?

"원자로기술부장을 지낸 이후 연구위원 직책을 맡게 되었어요. 자의반·타의반이죠. 직원들의 진급을 위한 논문 심사를 하는 일인데 이게 만만한 작업이 아니에요."

- 에피소드가 더러 있을 텐데요.

"논문 제출 후 그 내용을 설명하겠다고 찾아오는 직원의 경우는 논문의 질이 대개 거기서 거기고, 반대로 논문 제출 후 아예 연락도 없는 사람의 것은 틀림없이 우수한 논문이었죠. 특히 직속상관이나 선배들을 통해 논문에 대해 이렇다 저렇다 추가 설명하는 이의 논문의 질은 거의 형편없었고….”

- 논문 평가를 어떻게 했나요?

“우선 남의 논문을 제대로 인용했는지, 또는 그것이 새로운 발상인지, 다른 데서 먼저 내어놓은 아이디어는 아닌지를 엄격히 선별하고 외국 논문 인용 시 제대로 번역되었는지도 자세히 선별했죠. 그런데도 원자력연구소가 좋은 직장이라는 평가를 하게 된 것은, 내 작업에 관해 연구소장이나 외부에서 압력을 받은 적이 단 한 번도 없었다는 사실입니다.”

- 아주 까다롭게 논문 심사했던 직원으로부터 긴 세월이 지난 후에 뜻밖의 반응을 접했다는 사례도 있으시다면서요?

“한 연구원의 논문을 좀 아는 타 부서 연구원이 계속해서 잘 봐달라는 투로 부탁을 해와 불쾌하기도 해서, 더욱 깐깐하게 심사하고 수정해서 마지막 순위로 겨우 통과시킨 적이 있어요. 그런데 25년쯤 세월이 흐른 후에 원자력학회 총회에서 그를 만났더니 반색하면서, 저녁을 같이하자고 이끄는 거예요.”

- 그분이 그토록 반색한 이유는 어디에 있었나요?

“아들까지 대동하고 와서 식사에 초대해 저녁을 먹으면서 그가 털어놓은 얘기는 이랬습니다. 그때 나에게서 지적받은 사항들 때문에 자존심이 상해 잠도 제대로 못 잤으나, 나중에 석사·박사 과정을 밟으면서 매번 지적받은 것이 바로 연구소 시절 나에게서 지적받은 사항과 같은 점을 알게 되었다는 것이죠. 그러면서 자기 저서까지 한 권 가져온 그 연구원은 내 덕분에 한 사람의 확실한 연구원으로 성장할 수 있게 되었다며 거듭 감사의 표시를 하더군요."

- 연구소에서 수백 편의 논문을 다룬다는 사실이 알려지자, 논문 감수 요청이 들어왔다면서요?

"제일 먼저 한국전력기술 주식회사에서 외국으로 나가는 논문을 감수해 달라는 요청이 왔어요. 논문 중엔 박사학위 신청 용도 있어 논문을 읽으면서 최신 정보를 입수할 수 있는 기회도 갖게 되었죠. 그런데 서울대, KAIST, 포스텍 등은 박사학위 과정을 끝내도 그 논문이 SCI등 외국 일류 학술지에 게재되지 못하면 학위를 받지 못하도록 엄격하게 규제하고 있다는 거예요."

- 논문 심사 과정이 어떻게 됐나요?

"외국 학술지에 논문을 게재하려면 5명의 심사위원의 심의를 받는 것이 원칙입니다. 그 5명 중 한 사람은 지도교수이시고, 다른 한 사람은 지도교수와 나이가 비슷한 동료 교수인데 문제는 나머지 3명이에요. 그들은 모두 최근에 해당 분야에서 박사학위를 받아 최첨단을 걷고 있다고 자부하고 있는 혈기 왕성한 학자들이거든."

- 어떤 일이 있었나요?

"KAIST 직원 중 박사학위 신청자와 심사를 맡은 젊은 미국인 교수 사이에 쟁론이 벌어졌대요. 내가 보기엔 우리 학생의 논리가 맞는 것 같은데, 그 교수는 자기 '지위'를 이용해 박사학위 논문 신청자를 윽박지르는 등 감정대립이 막바지에 이르렀지. 직원이 내 제자인 직장 상사를 통해 SOS를 쳐 왔지요."

- 어땠나요?

"서류를 1주일간 검토한 결과 내가 보기엔 학생의 논리가 맞는 것으로 나타났어요. 문제는 학생이 혈기방장한 논문 심사위원의 자존심을 건드린 거예요. 나는 학생의 직장 상사를 불러 '박사학위란 논문의 학술적인 면도 고려해야 하지만, 인격 수양도 50%는 참작하는 것으로 알고 있다'라며 그 학생은 이번 기회에 자기와 의견이 다른 사람과 어떻게 화합하고 대척점에 선 심사위원을 설득하는 방법을 배워야 한다고 충고해 주었어요."

- 그 학생은 박사학위를 받았나요?

"다행히 논문이 통과되었다는 소식을 들었어요. 제 충고가 통했는지 모르지만, 아무튼 좋은 결과가 나와 다행스럽게 생각했어요."

- 대학 강의도 한동안 나가셨다죠?

"서울대 원자력공학과에서 요청이 와 내가 저술한 『원자로 실험(Nuclear Reactor Experiments)』을 영어 텍스트로, 서울대가 관악 캠퍼스로 통합할 때까지 꼭 20년 동안 강의를 나갔죠. 이 교재는 아마도 영문과 이외에선 첫 번째 영어 교재였을 거예요. 잘 모르는 이들은 내가, 대학 교수인 줄 착각할 정도로 정말 열정을 다해 가르쳤어요. 미래의 동량(棟樑)들이라 생각하고…. 그러다가 캠퍼스 거리가 멀어지자, 시간 관계로 학교와 발길을 끊게 되더군요."

- 논문 관리는 부수적인 업무일 터이고 주 업무는 아무래도 원자력 관련이었을 텐데요.

"주로 노심관리 쪽이었어요. 핵연료를 어떻게 유용하고 안전하게, 또 에너지가 많이 나게 하는가 하는가를 연구하는 분야죠. 앞서 국제 특허받은 얘기를 했지만, 그 부분도 이에 해당한다고 볼 수 있죠."

- 결국은 청춘을 거기서 다 보내신 거네요.

"35년 평생을 바친 거죠. 트리가 마크-II를 사 왔을 때, 각 연구실에서 실험기자재를 신청하겠다고 해서 난리였죠. 외자가 어디 있어요? '이가 없으면 잇몸으로 씹어라'라는 옛말처럼 각자 만들어서 쓰려고 연구원들이 설계도를 얻어다가 기기를 만들었고, 처음 만들다 보니 청계천을 몽땅 뒤지고, 주문하면 장사꾼들이 어디에선가 물건을 구해 오기도 하고. 하지만 역시 중요한 건 미국에서 사 와야 했죠."

트리가 마크 연구용 부자재 확보 전쟁

- 그럼 어떻게 했어요?

"미국에서 꼭 사 와야 할 것만 적어내라 했더니 3,000가지가 나오더라고요. 다음으로 농축우라늄을 얻어 와야 하잖아요. 미국 원자력법에 농축우라늄 같은 특수 핵물질은 판매할 수 없게 돼 있거든. 저보고 워싱턴 D.C.에 있는 주미한국대사관에 찾아가라는 상부의 명령이 내려왔어요."

- 그때 대사가 누구셨어요?

"서울대 총장을 지내신 장리욱 박사님."

- 그분 아주 인격자시죠.

"인격자인데다, 일제강점기에 우리 고향 중학교 교장 선생님을 지내셨어. 내가 타이프를 빨리 치니까 하루에 100개 회사에 물건을 주문했거든. 회사에 물건을 주문하고 저쪽의 질문에 답변하는 데만 한 석 달이 걸렸어요."

- 농축우라늄은 얻었나요?

"판매는 안 되니까 소유권은 미국이 갖는 대신, 우리가 당분간 빌려 쓰는 조건으로 했지요."

- 그 정도까지 해줬네요. 한미 원자력협정 때문이었나요?

"그것 때문이기도 했고, 자기들도 원자로를 팔아야 하니까 특수 핵물질을 빌려주는 식으로 꾸며서 그건 해결이 됐는데, 3,000여 점의 부품들이 문제였어요. 절반 정도만 확보한 상태였는데, 그 와중에 5·16 군사정변이 나니까 장리욱 대사님이 쫓겨나고 설상가상으로 담당 고 공사님도 쫓겨나고. 그것까진 그렇다 치고 본국에서 생활비가 안 와요. 알아서 해결하라 이거지. 혁명정부니까 생활 문제도 혁명적으로 해결하란 뜻이었겠지요."

부자재 구하러 워싱턴 D.C. 대사관에 기거

- 그럼 어떻게 지내셨어요?

"처음에는 보딩 하우스 비슷한 곳에 있었죠. 그런데 땡전 한 푼 안 오니까 대사관 지하실 보일러실 옆에 판자와 포장박스 깔고 잤지. 자는 건 됐는데 먹는 게 문제 아녜요? 이따금 친구들이 밥을 사주곤 했어요. 주말엔 워싱턴 D.C.에 있는 각국 공관 파티에 가서 실컷 먹고…. 원자력 훈련받다가 설상가상으로 정신질환자된 사람이 두 명 있었어요. 정신병원에서 요양 중이더군요. 그 둘을 데리고 가라고 대사관에서 연락이 왔어요. 그것 때문에 5개월을 더 있었죠."

- 돈이 안 오는데 어떻게 계속 계셨어요?
"처음엔 깡통 속에 고기가 들어가 있는 것은 못 먹고, 완두콩 들어 있는 싸구려 같은 거만 먹었지요. 그리고 주말마다 각국 대사관 파티에 가서 먹고."

- 위가 확장되면요?
"그래서 내가 위 질환이 있어요. 지금은 많이 나아졌지만, 그때 내 위는 17일 동안 아무것도 안 마시고 안 먹고도 400kg의 짐을 지고 400km의 사막을 횡단하는 낙타의 생리를 닮아가고 있었지요."

- 아무튼 그런 각고의 노력 끝에 우리나라가 원전 강국으로 떠오르게 되었잖아요?
"이승만 박사가 국가 발전의 원동력인 에너지 확보를 겨냥해 원자력 기술 습득에 심혈을 기울인 결과가 오늘 여기까지 왔죠. 1956년 체결돼 올해로 70주년을 맞는 한미 원자력협정, 고리 원전 1호기 상업 운전 48주년을 맞은 우리의 원자력발전 현황은

괄목할 만합니다. 현재 모두 26기의 원전이 가동되고 있으며 전체 전력의 30% 안팎을 공급하고 있습니다. 이 모두 애초에 원자력 세미나를 같이 했던 원자력 1세대의 노력의 결과일 것인데, 그들은 모두 가고 그 결실을 나 혼자 받게 되니 민망하기도 하고 영광스럽기도 합니다."

16

"대한민국은 원전 세계 2위 강국"

- 우리나라를 세계 5위의 원전 강국이라고 하는 데 맞나요?

"나로서는 세계 최고 수준의 원전 건설 및 운영 기술을 보유하고 있고, 시설 운영까지 포함해 총 90조 원 규모의 UAE 바라카 원전을 수출했으며, 26조 원 규모의 체코 두코바니 원전까지 수주한 데다, 원전 가동률 세계 1위라는 측면에서 우리나라가 명실공히 세계 2위라고 말해도 된다고 봐요. 대규모 원전 국제 입찰에서 영국은 침묵 상태이고, 우리와 프랑스가 맞붙는 경우가 대부분입니다. 그런데 UAE에서도, 체코에서도 우리가 이겼으니 결국 우리가 2위 아니냐, 이렇게 보는 거죠. 특히 공기(工期)를 잘 지키고 공사비 규모 안(On Time within Budget)에서 프로젝트를 끝내며, 또 공사 관련 비리가 거의 없는 게 우리 대한민국 원전 산업입니다. 나는 이걸 가장 자랑스럽게 생각합니다."

- 다른 나라를 순위대로 분석해 주시죠.

"뭐니 뭐니 해도 현재 90기 이상의 원전을 상업 운용 중인 미국을 1위로 꼽아야죠. 세계 전체 원전 발전량의 30%를 미국에서 생산하고 있습니다. 우리 다음으로 프랑스가 꼽히겠는데, 프랑스는 전체 전력의 70%를 원전에 의지하고 있죠. 원전 의존도 세계 1위입니다. 4위는 러시아. 기술력과 수출 능력을 모두 보유하고 있지만 체르노빌 사고가 발목을 잡고 있지요. 그래도 로사톰(Rosatom)은 세계 최대 원전 수출 기업 중 하나로 꼽힙니다. 다음으로 중국인데, 가장 빠른 속도로 원전을 확대하고 있습니다. 2030년까지 세계 최대 원전국을 목표로 박차를 가하고 있습니다. 마지막으로 6위인 일본의 경우 한때 50기 이상의 원전을 보유했으나 후쿠시마 사고 이후 원자력 산업계가 위축돼 침체 일로를 걷고 있습니다. 최근에 원전 재가동 및 수출 재개 노력을 하고 있지만 그동안 입은 데미지가 워낙 커서인지 좀처럼 침체에서 벗어나지 못하고 있어요."

다시 원자력 초기로 돌아가서

- 다시 원자력 연구 초기로 돌아가서요. 아무튼 우리가 원자력 산업을 일구기 위해 얼마나 분투했는가를 엿볼 수 있는 대목인데요. 앞에서도 잠시 얘기했지만 트리가 마크-II 운용을 포함한 연수생 등 238명 중, 5분의 4가 미국행이었고 나머지는 영국과 캐나다로 갔다면서요?

"원자력 선배들이 영국에 많이 갔어요. 현경호 선배 같은 이도 영국으로 갔지요. 원래 영국통에 영국 문화를 좋아하기도 했고."

- 영국도 원자력이 센가요?

"맨 처음 원전을 만든 나라 아니요. 그런데 우리의 경우, 해외에 나갔다 올 때까지는 선후배 사이니까 서로 잘 화합했는데 '노형(爐型)을 정해라' 그랬더니 미국 갔다 온 사람들은 전부 경수로, 영국 갔다 온 사람들은 전부 가스냉각로로 갈라져 싸움이 붙었거든. 그래서 가운데 낀 정부가 곤란해진 거지."

- 뭐가 좋은지 모르는 거죠?

"그때 가장 골치아팠던 게 아이젠버그라는 유대인이 노형을 알선하겠다고 나선 거야. 그런데 이 사람이 원자로는 영국산, 터빈·발전기·펌프 등은 유럽산, 이렇게 제일 싸고 좋은 것을 모아서 값싸게 한국에 지어주겠다는 거였어요."

- 그게 말이 되나요?

"그러니 미국에서 훈련받은 사람들하고, 아이젠버그하고 싸움이 난 거예요. 역시 중간에 낀 정부가 곤란해진 거지. 그래서 박정희 대통령이 '기술위원회에서 평가서를 만들어 내시오'라면서 한국전력공사의 기술 이사이신 김종주라는 분에게 그 일을 부탁했어요. 이분은 일제 말기 도쿄 제대 다니던 엘리트로 광복 후에 서울대 공대 전기공학과엘 들어왔어요. 2회 졸업생."

- 박사님하고는?

"제 스승이시지요. 우리한테 강의했으니깐. 강의를 아주 귀에 쏙쏙 들어오게 잘하셨어요. 김 선생님은 영국에서 가스냉각로를 훈련받고, 또 미국 가서 경수로 훈련도 받은, 즉 양쪽 다 훈련받은 유일한 한국 엔지니어였어요. 능력이 출중한 분이었지요."

- 그분은 객관적으로 볼 수 있는 눈을 갖고 있었겠네요.

"그렇지. 게다가 양심적으로 기술계에서 존경받고 있었거든. 정부로부터 당신이 책임지고 공정하게 평가하라는 명령을 받고 몇몇 우수한 후배들을 데리고 기술평가를 우리 앞날의 원자력 개발을 초점에 두고 했다는 겁니다. 그의 결론이 '가스냉각로보다는 경수로가 좋고, 경수로 중에는 가압경수로(Pressure Water Reactor)가 낫다'라고 했대요. 당시 세계 상용로의 약 70%가 PWR이었거든. 그걸 태완선 부흥부 장관이 청와대에 가서 박정희 대통령권한대행의 서명을 받아 온 거지, 뭐."

– 아이젠버그는 닭 쫓던 개 지붕 쳐다보는 격이 됐겠네요.
"그렇지도 않아요. 그 양반이 호남비료, 동해 화력, 인천제철 등 10여 개 대형 프로젝트 때 자금을 조달했거든. 거기서 이문을 많이 남겨서 이스라엘에 집을 지었는데, 얼마나 화려한지 그게 관광코스가 됐대요. 남미에 거대한 농장도 있고. 그래서 정계에서 영향력이 컸어요."

아이젠버그 농간으로 뒤죽박죽

– 정말이지 재주부리는 상인이군요. 『베니스의 상인』에 나오는 샤일록 같은….
"근데 정작 원전은 못 먹었거든. 그러니까 이 친구가 김종주 이사한테 '네가 뭔데 다 해놓은 밥에 재 뿌리냐!'고 갖은 협박을 하더래. 기술이 출중해서 많은 후배들에게서 존경받는 사람이지만, 턱없이 양순한 김종주 선생님… 압력을 계속 받으니까 할 수 없이 '두 번째 원자로는 영국의 가스냉각로를 사겠다'라고 각서를 써줬다는 거요."

- 가스냉각로?

"그런데 몇 달 후에 '가스냉각로는 안정성에 문제가 있어 영국은 더 이상 수출하지 않겠다'라고 선언했지요. 스스로 문제점을 인지하고 포기한 거지. 그때 가스냉각로를 샀으면 큰일 날 뻔했지. 나중에 들으니, 아이젠버그는 다음번 원자로를 캐나다 원자력공사의 중수로(CANDU)로 바꿨대요."

- 우리도 캔두 노형을 도입했잖아요.

"시설용량 67만 8,700kW. 1976년 1월에 착공, 1983년 4월에 준공한 월성 원전이 가압관 식 중수형 원자로(加壓管式 重水型 原子爐)이지요. 원자로는 주 계약자인 캐나다 원자력공사가 제작하고, 터빈·발전기 계통은 영국·캐나다 합작의 파슨스가, 변전(變電) 설비 등은 영국의 GEC가 각각 제작, 공급했죠. 연간 45억 kWh의 전력을 생산, 연간 2억 달러(당시 가격으로 원유 700만 배럴 상당)의 유류 대체효과를 보았고, 값싼 천연 우라늄을 연료로 사용함으로써 발전 원가를 낮출 수 있게 되었어요. 이 발전소 건설로 한국의 총발전시설은 1,000만kW를 돌파했고, 전 발전량 중 원자력 설비가 차지하는 비율도 12.3%에 달하게 되었지요."

중수로 채택으로 가압경수로 타격

- 그럼, 이것도 아이젠버그의 압력과 농간 탓?

"그래서 가스냉각로에서 중수로가 된 거요. 만약에 그런 압력이 없었다면 가압경수로로 계속 갔을 거예요. 그러면 경제성도 훨씬 높고, 신뢰성도 있고 기술력이 훨씬 올라갔을 거예요. 그랬더라면 우리가 국산화를 더 빨리했을 걸. 근데 중간에 가압중수로가 4기 들어왔거든. 월성 1, 2, 3, 4호기. 이제는 더 이상 안 하기로 했어요. 말하자면 PWR은 본처이고, CANDU와는 당분간 두 집 살림하다가 헤어진 꼴이 되고 만 셈이지요. 월성은 '달빛 내리쬐는 멋진 성'이라는 뜻이니 역시 젊은이로선 한눈팔 만한 매력 있는 지명이기도 하고요."

17

핵연료주기 자립을 향한 야망

- 이제 1970년대 핵연료 국산화 추진 시절로 돌아가 보죠. 우리가 핵연료 국산화를 시작하는데 중수로 핵연료 국산화부터 시작한 이유는 뭔가요?

"어려운 경수로 핵연료 국산화보다는 쉬운 기술이라 우선 이것부터 달성해 놓고, 다음 수순으로 이어가자는 심산이었지요."

- 어떻게 진행되었죠?

"1970년대 초 우리는 핵연료주기(Nuclear Fuel Cycle) 기술 자립에 많은 관심을 가졌습니다."

- 핵연료주기라면 핵무기와도 관련 있는 미묘한 분야?

"아무튼 이를 위해 원자력연구소는 1971년 8월 핵연료주기 기술 확보를 최우선 연구과제로 선정하여, 핵연료 성형가공과 사용 후 핵연료 재처리 기술 확보에 매진했죠."

- 독보적인 기술 확보는 쉽지 않았을 텐데요.

“물론입니다. 1974년 한-프랑스 원자력협정을 체결하고, 이듬해 1월 프랑스 쎄르카(CERCA)로부터 핵연료 성형가공 연구시설을 도입하고, 그해 4월엔 프랑스의 재처리 국영회사인 상고뱅(SGN)과 기술용역 공급 계약을 체결하였습니다.”

- 매사엔 예기치 못한 장애물이 있게 마련인데, 순탄하게 진행이 되었나요?

“웬걸요. 도중에 아주 커다란 장애물이 생겼지요. 프랑스와 기술용역 공급 계약을 체결한 바로 다음 달인 1974년 5월 18일 인도가 핵실험을 단행한 것입니다. 이렇게 되자 미국은 인도에 농축우라늄 공급을 중단하고, 프랑스는 파키스탄에 대한 재처리 기술 공여 중단, 독일은 브라질에 대한 농축 및 재처리 기술 제공을 중단 조치했죠. 대한민국에 대한 프랑스의 재처리 연구시설 이전도 당연히 중단되었고요. 이후 모든 사업은 우라늄 정련 및 변환 사업, 조사 후 시험시설 사업, 방사성 폐기물 처리 시설 사업 등으로 대체되었어요.”

- 그 와중에 핵연료 개발 공단이 발족하는 변화를 가져오기도 했죠?

“핵연료주기 기술 연구를 본격화하기 위해선 아무래도 독립기관 설립이 필요했죠. 충남 대덕연구단지(현 대전시 유성구) 20만 평에 설립되었던 대덕공학센터를 1976년 12월 연구소로부터 분리해 핵연료 개발 공단으로 승격 발족시켰죠. 다행히 이 센터는 프랑스 쎄르카로부터 도입 설치한 10t 규모의 시험시설이 1978년 10월 준공됨으로써, 연구진은 예산과 시간만 제대로 주어진다면 핵연료 국산화 사업은 자력으로 성취할 수 있을 것으로 자신하게 되었습니다."

- 핵연료 개발 공단의 주요 업무는 어떤 것으로 확정되었나요?

"1979년 9월 24일 열린 경제장관 협의회에서 핵연료 개발 공단을 핵연료 국산화 사업 주체로 지정하였습니다. 이에 따라 핵연료 개발 공단은 국산화 사업을 본격적으로 추진하기 위한 조직 개편을 단행하는 등 후속 조치에 들어갔죠."

중수로 핵연료 국산화 진행

- 중수로 핵연료 국산화는 어떻게 진행되었나요?

"1단계 목표는 1983년까지 시제품 완성, 2단계는 1985년까지 실용화 성능시험을 통한 상용화 기술 양산 계획을 설정했습니다. 성능시험을 위해 1982년 7월부터 1년 동안 노외 시험, 1983년 노내 시험, 1984~85년 월성 1호기 부분 장전을 통한 실용화 시험을 진행키로 했죠."

- 중수로 핵연료 국산화 계획이 중장기 개발계획으로 진행됐다죠?

"1980년 7월 5개년 기술개발 계획으로 진행된 국산화 계획은, 1983년 1월 7개 연료봉을 하나로 묶은 중수로 핵연료 시제품이 완성됨으로써 국산화 성공의 길을 열었습니다. 특히 이 사업의 직접 효과는 800만 달러의 기술개발 투자로 캔두(CANDU)형 핵연료를 국산화함으로써 2,200만 달러 규모의 기술 도입비를 절감할 수 있었죠."

중수로 핵연료 주기. 한국원자력연구원.

　- 이제부턴 양산 및 상용화 확대 쪽으로 가닥을 잡아야겠군요.

"그렇습니다. 핵연료 기술개발에만 만족하기보다 기술 검증, 품질 보증에 이어 제품 양산 쪽으로 선회해야 했어요. 핵연료 시제품 성능을 시험할 수 있는 원자로가 없기 때문에 캐나다 초크리버연구소(CRL)에 있는 재료시험로(National Research Universal)인 원자로에서 성능시험을 실시해야 했지요. 그 결과 어렵사리 성능시험을 통과하여 중수로 핵연료 국산화라는 기술 자립의 열매를 맺을 수 있게 되었습니다."

　- 중수로 핵연료의 전량 공급 역시 짚고 넘어가야 할 연료 분야의 쾌거 아닐까요?

"1984년 원자력연구소는 정부로부터 중수로 핵연료 설계 인가를 받았습니다. 이에 따라 이듬해 자체 생산한 이산화우라늄(UO_2) 분말로 제조한 핵연료 24다발을 월성 원전 1호기에 장전·조사시켜 실증시험에 성공했죠. 이를 계기로 1986년 한전과 월성 원전 1호기 핵연료 공급 계약을 체결하여, 1987년부터 연료 전량을 공급하기 시작했죠. 결국 중수로 핵연료 국산화 사업은 원자력연구소가 문을 연 이래 자체적으로 연구개발(R&D)에서 산업화까지 성공한 첫 사례로 기록되게 되었습니다."

- 개량형 중수로 핵연료 개발 비화도 말씀해 주시죠.

"중수로용 개량 핵연료인 CANFLEX(CANDU FLEXible)다발은 43개 연료봉으로 되어 있어요. 기존 원자로 운전 조건에서 평균 20% 출력밀도를 줄이고 핵분열생성물 양을 4분의 1 수준으로 낮추는 데 기여했죠. 열전달 향상용 버튼을 이용해 원자로 운전 여유도를 기존에 비해 5% 늘렸습니다. 결국 1992년 CANFLEX-NU 다발 제조 기술개발에 성공했죠."

사용 후 핵연료 재활용 기술개발은?

- 다음으로 추진한 것이 사용 후 핵연료 재활용 기술일 텐데요. 우선 사용 후 핵연료에 관해 설명해 주시죠.

"사용 후 핵연료란, 원자로에서 일정 기간 핵분열하여 연소된 핵연료를 말하는데, 여기엔 핵분열생성물과 초우라늄 원소를 함유하고 있어 오랜 시간 많은 열과 방사선을 방출하게 됩니다. 천연 우라늄을 쓰는 중수로에선 기당 연간 약 95t의 사용 후 핵연료를 배출하며, 저농축우라늄을 사용하는 경수로는 1년에 기당 약 19t의 사용 후 핵연료를 배출하게 됩니다. 2025년 7월 현재 우리가 임시 저장 중인 사용 후 핵연료는 약 19,000t에 이르고 있습니다.”

- 사용 후 핵연료 처리 방법엔 어떤 것이 있을까요?

“재처리하여 재활용하는 방안과 직접 처분하는 방식으로 나눌 수 있습니다. 재처리하면 사용 후 핵연료에 포함되어있는 플루토늄(Pu_{239})과 우라늄(U_{235})을 추출하여 새로운 자원으로 재활용할 수 있죠. 다량을 확보해 핵무기를 제조할 수도 있고요. 반면 직접 처분은 400~500m 지하 암반층에 처분하는 방식입니다.”

- 원자력연구원은 어떤 방식으로 사용 후 핵연료 처리를 추진해 왔나요?

“국제 비 핵확산 정세를 생각해 플루토늄을 분리하지 않고 우라늄과 함께 추출하거나, 일부 초우라늄(TRU) 원소의 회수가 가능한 핵확산 저항성이 높은 기술개발을 추진해 왔죠. 1983년 캐나다와 공동으로 사용 후 핵연료에서 우라늄과 플루토늄을 비분리 처리하는 핵 저항성 탠덤 핵연료주기 기술개발에 착수했어요. 그 후 탠덤 프로젝트가 중단된 후에도 원자력연구원은 핵연료를 재처리하지 않고 경수로 사용 후 핵 연료량을 줄이는 비분리 처리 관련 연구를 독자적으로 진행해 오고 있습니다.”

- 어떻게 진행했죠?

“경수로에서 연소 되고 나온 사용 후 핵연료에는 U_{235}가 1% 이상 남아 있고, U_{238}의 일부는 중성자를 받아 플루토늄으로 변해 있고, U_{235}와 플루토늄을 합쳐 약 1.3%의 핵분열성 물질이 남아 있게 되죠. 한편 중수로 핵연료에서는 U_{235} 0.7%를 포함한 천연 우라늄을 쓰는데, 경수로에서 나온 사용 후 핵연료에 포함되어있는 핵분열 물질 약 1.5%를 중수로에서 재활용하면 단위 전력 생산 기준 우라늄 자원 이용률을 30% 이상 끌어 올릴 수 있는 장점이 있지요. 더욱 중요한 것은 사용 후 핵연료 발생량을 3분의 1로 줄여, 경수로 사용 후 핵연료의 누적량을 크게 줄일 수 있다는 점입니다."

 - 한편 경수로 사용 후 핵연료를 중수로에서 사용하는 경중수로 연계(DUPIC:Direct Use of spent PWR fuel in CANDU reactors)를 한·미·캐나다 3국 연구로 진행했다죠?

"듀픽 핵 주기는 경수로와 중수로를 함께 운용하는 우리나라에 적합한 핵 비확산성 후행 핵연료주기 기술입니다. 원자력연구소는 1993~1997년 듀픽 핵연료봉을 제조해 캐나다 초크리버 NRU 원자로에서의 성능시험을 거쳐 이듬해에 재시험으로 시설 내 듀픽 핵연료 개발 연구 시설을 구축하고 25종의 원격 제조 및 품질 검사 장비를 설치해 2000~2002년 약 900개의 듀픽 핵연료 소결체(燒結體)를 제조했죠. 이에 따라 한·미·캐나다 3국이 공동 핵연료주기 개발을 거의 완성하게 되었습니다."

열중성자 실험시설. 한국원자력연구원.

18

핵연료 재활용 기술개발 도전

- 그 기세에 힘입어 연구소는 또 다른 사용 후 핵연료 재활용 기술개발에 재도전하게 되죠?

"1998년에 국제적으로 실증된 핵 비확산성 건식 기술인 파이로프로세싱(Pyroprocessing) 개발에 착수했죠. 이 재활용 기술은 건식 기술로 습식 재처리 기술인 퓨렉스(PUREX)보다 핵확산 저항성이 획기적으로 강화된 기술입니다. 우라늄과 플루토늄뿐 아니라 일부 초우라늄(TRU)도 함께 회수할 수 있는 기술입니다."

- 이제 본격적으로 국산 핵연료를 원전에 공급하게 되죠?

"1987년 7월 국산 중수로 핵연료를 월성 원전에 전량 공급하기 시작했습니다. 사업 착수에서 양산까지 7년 6개월이 걸린 셈이죠. 그동안 정말 많은 교훈을 얻었습니다."

- 어떤 교훈이었나요?

"먼저, 이 사업은 기본 구상과 계획이 완벽했고, 여기에 유능한 연구자들의 끈질긴 개발 의지와 노력으로, 관련 부처와 한전의 적극적인 지원에 힘입어 혼연일체가 되어 이룩한 중수로 핵연료 개발 자력 양산이었습니다. 결국 원자력 기술 자립의 길이 얼마나 험난하고, 끈기와 의지, 다수의 결집된 노력을 요구하는가를 보여준 프로젝트라고 하겠습니다.”

- 중수로 핵연료 국산화는 자력 개발임을 감안하면 성능 입증 등의 까다로운 검증 절차가 필요했을 텐데요.
“그렇죠. 노외 시험, 노내 시험 및 월성 원전을 이용한 소량의 실용화 시험 등을 철저하고 완벽하게 시행하여 연구개발에서 산업화까지 일관된 정부의 정책 지원과 한전의 자금지원, 승인까지 받아낼 수 있었습니다. 더하여 대덕이 대규모 핵 주기 시험시설들도 완벽하게 활용할 수 있었고요.”

경수로 국산화 道程에

- 그렇다면 중수로 핵연료 기술보다 어렵다는 경수로 핵연료 국산화는요?
“앞서도 설명했지만, 핵연료 기술은 원전의 경제성과 안전성을 갈음하는 핵심 기술이에요. 특히 핵연료 설계는 두뇌 집약적인 소프트웨어 기술로 부가가치가 매우 높은 종합과학으로 미국, 독일, 프랑스, 러시아, 일본 등 원자력 선진국만의 독점물이었습니다. 따라서 우리나라와 같은 개발도상국에서 기술을 자립한다는 것은 매우 어려운 과제였죠.”

- 원전 기술 자립이 두 차례에 걸친 국제 석유파동에서 기인하였다는 것은 어쩌면 아이러니한 일이라고 할 수 있겠죠?

"1973년과 1979년에 있었던 두 번의 석유파동은 화력발전에 대한 경제성과 지속가능성, 공급의 안정성에 대한 우려가 적잖이 제기된 사건이었습니다. 원유가가 10배 이상 급등해서 비싼 가격에도 원유나 가스를 확보하기 어려운 상황에 처하게 되자, 에너지 안정 수급에 대한 심각한 우려가 제기되기 시작했습니다. 따라서 전체 전력 생산량의 40%를 점하고 있던 원전 자립을 위한 전략이 당연히 제기되었고, 연료의 공급권 확보가 국가 에너지 안보상 주요 과제로 대두되게 되었습니다."

- 그중에서도 당시 발전소의 주종을 이루고 있던 경수로 핵연료의 국산화 기술이 첨예한 과제로 등장하게 되었죠?

"당시 원전 중 경수로형이 8기 운영 중이었지만, 여기에 필요한 핵연료는 전량 수입에 의존하고 있었죠. 핵연료 국산화 사업 목표는 1989년부터 국내에서 소요되는 경수로형 핵연료 전량을 국산으로 대체하자는 계획이었죠. 일종의 10개년 계획이었다고 하겠습니다. 즉, 화력발전소의 연료인 석유를 국산화하자는 것과 마찬가지였지요."

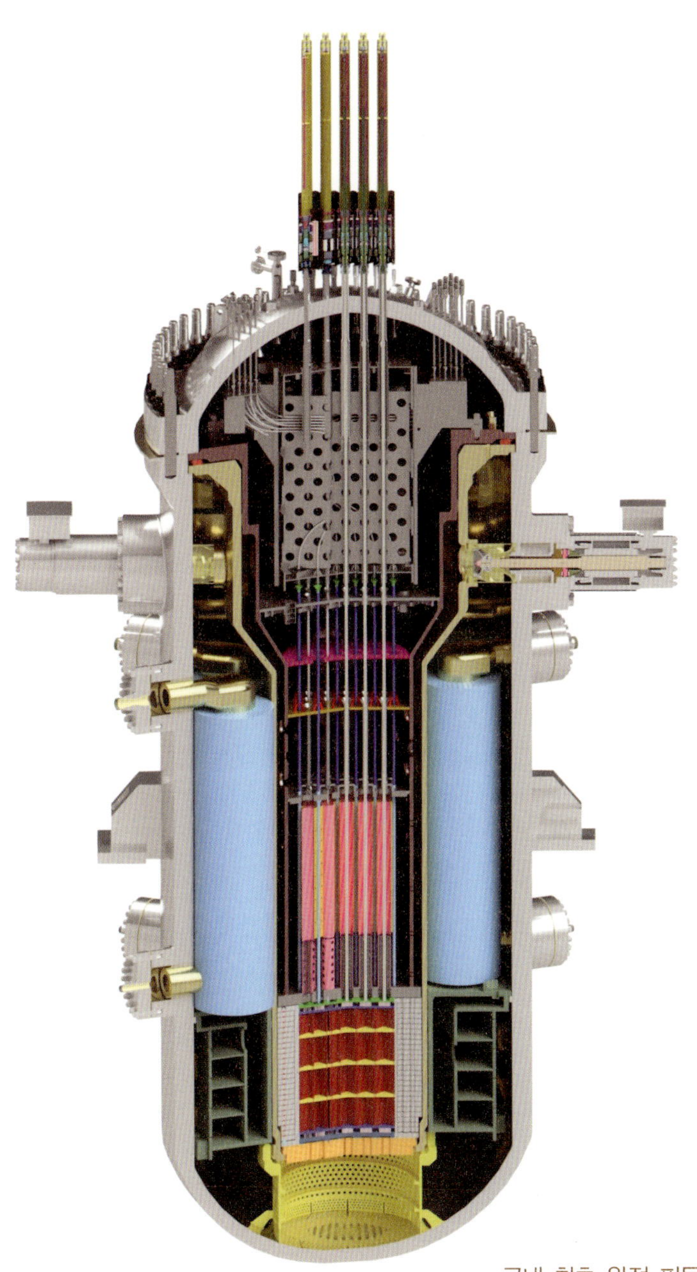

국내 최초 완전 피동형 소형모듈원전에
들어간 표준 핵연료(가운데 분홍색 부분).
한국원자력연구원.

핵연료 기술 추진의 難易度

- 핵연료 기술은 어떻게 구분하고 또 어떻게 추진할 수 있었습니까?

"핵연료 기술은 크게 설계와 제조 기술로 구분되는데, 특히 설계 기술은 핵연료 출력 분포와 연소 등을 파악해 설계하는 핵 설계, 핵반응으로 생성된 열을 증기발생기에 전달하는 유체 계통을 설계하는 열·수력학적 설계, 핵연료봉의 열출력과 연소도의 극대화를 위한 재료 역학적 설계, 그리고 핵연료 집합체의 기계 구조 설계 및 방사선 관리 학위 소유자 등으로 이루어지는 종합공학 기술이죠. 이들 분야는 상호 유기적으로 연계되어 상기 설계 분야에서 진행된 매우 복잡한 물리적·기계적 현상에 대한 예측이 정확성과 신뢰성을 갖도록 정교한 수치해석 방법, 전산 코드 등을 이용하여 핵연료의 안정성을 확보하도록 되어 있습니다."

- 원전 설계 기술이 최근까지도 일부 선진국만이 독점적 지위를 누려온 고부가가치 기술이라는 건 의심할 바 없는 대목이죠?

"우선 핵연료 설계 기술이 두뇌 집약형 종합공학 기술인 데다, 부가가치가 높은 분야로, 원전 기술 중 핵연료에서 발생하는 열을 안전하게 통제해 터빈·발전기를 돌리는 증기 생산 시스템인 원자로 계통에 대한 설계가 핵심이거든요. 이 같은 고밀도의 열을 발생하는 핵연료를 통제해 안전하고 경제적으로 사용하는 것이 핵연료 설계 기술이에요. 원자로 계통설계 중 핵연료 및 원자로의 노심 설계 기술은 발전소의 경제성과 안전성을 좌우하는 모든 첨단기술이 집약된 기술의 핵심 분야라 할 수 있고요."

외국 기술 합작키로 결정

- 외국과 합작하면 수월할 텐데, 방침은 어떻게 정해졌나요?

"1981년 7월 31일 경제장관 협의회에서 '경수로 핵연료 국산화 사업계획'이 결정되었습니다. 주요 사업 내용으로 연산 200t 규모의 경수로 핵연료 성형가공 공장을 건설해 1987년부터 교체용 핵연료를 전량 생산·공급하기로 했고, 초창기엔 핵연료 제조회사 설립 후에 외국 기술 합작 선을 선정하기로 결정했죠."

- 관련 회사 설립은 어떤 지분으로 구성되었나요?

"한국전력 50%, 에너지연구소(원자력연구소) 15%, 외국 업체 35%로 합의되었고, 그해 9월 16일 결정되었습니다."

- 이후의 일정은요?

"1982년 11월 11일 외국 자본 합작을 전제로 연산 200t 규모의 경수로 핵연료 제조공장과 핵연료 설계 및 제조를 담당할 한국 핵연료 주식회사(KNF)를 설립했죠."

- 그런데 나중에 합작 선 없이 독자적인 국산화 쪽으로 가닥을 잡았어요?

"원자력연구소 측은 당초 외국과의 합작을 원하지 않았어요. 특히 국가의 장래를 생각할 때 핵연료 국산화 사업은 그 중요성에 비추어 국내 자율 경영권을 확보하는 것이 낫겠다고 생각하게 된 것이죠. KNF의 기능 또한 당초 설계와 제조를 일원화하기로 했던 것을, 제조만 담당하고 설계는 연구소가 담당토록 방침을 바꾼 것입니다."

- 최종적으로 어떤 구성이 되었나요?

"1984년 7월 30일 동력자원부에서 변경안이 확정되었습니다. 변경된 핵연료 국산화 사업계획 변경(안)에 따르면 당초에 결정되었던 외국과의 합작 및 기술 도입 방식에서 선회하여, 합작하지 않고 기술만 도입하는 방식을 택한 것이죠. 그리고 앞서 얘기한 것처럼 KNF의 설계 업무를 연구 경험이 축적된 원자력연구소에 이관키로 했습니다. 일정 역시 다소간의 변경이 있어, 상용화 시기를 당초 1987년에서 1988년으로 1년 늦추고, 재변환 공장은 1989년 이후 상용화하는 것으로 바꾸었습니다."

5개 선진 회사에 입찰 의뢰

- 기술 도입 선 결정이라는 중요한 과정은 어떻게 진행되었나요?

"KNF는 핵연료 노심 설계 및 핵연료 제조 기술 도입 선을 선정하기 위해서 1984년 9월 외국 기술 선진 회사들에 입찰 안내서를 보냈죠. 그 결과 미국의 웨스팅하우스, 컴버스천엔지니어링 및 엑슨, 프랑스의 프라게마, 독일의 KWU(Kraft Werk Union)가 응찰서를 보내왔습니다. 우리는 유관기관 합동 태스크포스를 구성해 응찰서 평가에 들어갔습니다. 엄정한 응찰서 평가를 위해 두 개 팀으로 평가팀을 나누어 진행했죠."

- 입찰이 순조롭게 진행됐나요?

"웬걸요. 5개 회사가 제시한 조건들이 만족스럽지 못해 1985년

1월과 4월, 두 차례에 걸쳐서 재입찰공고를 냈습니다. 특히 기술 자료 제출의 보완을 요구했죠. 한마디로 '응찰회사가 보유한 경수로 핵연료 설계와 안전성 분석에 필요한 기술자료 모두를 내놓아라'라고 압박한 것이죠. 그 결과 독일의 KWU가 도입 선으로 선정되었는데, 이유는 국산화 사업에 가장 좋은 조건을 제시했고, 우리의 핵심 사항인 기술 자립을 가장 효과적으로 달성할 수 있는 파트너라는 사업성과 맞아떨어졌기 때문이었죠."

- 웨스팅하우스가 이의를 제기해 왔다면서요?
"웨스팅하우스 측은 기술 수준이 최고인 자기 회사를 탈락시킨 것은 선정이 공정하지 못했음을 의미한다며 강하게 항의해 왔어요. 이에 대해 우리 평가단은 '기술 수준만이 아니라 기술이전과 경제성도 중요 평가 기준으로 삼았기 때문'이라고 반박했습니다."

- 핵연료 설계 업무에 있어 가장 중요한 부분이 인력 문제이겠는데, 그건 어떻게 해결했나요?
"실제로 연구소가 이 사업을 시작한 1984년, 경수로 핵연료 설계 인원은 10여 명에 불과했습니다. 턱없이 부족한 규모였죠. 연구소는 해외 두뇌 유치 방안을 쓰기로 했습니다. 그 방안의 하나로 경수로 핵연료 설계를 할 수 있는 재외 한국인 과학자 목록을 작성하여 이들을 만나기 위해 미국으로 날아갔습니다. 유명 대학에서 박사학위를 획득했거나 받게 될 과학자들을 직접 면담하여, 그들에게 연구소의 비전, 경수로 국산화 사업계획, 귀국 시 유치 지원 패키지 등을 내세워 귀국을 적극 권장했습니다. 이에 따라 김병구 박사, 김시환 박사 등 30여 명의 고급 원자력 두뇌가 핵연료 설계팀에 합류할 수 있게 되었죠."

초유의 공동 설계 추진

- 연구진용은 갖춰졌다지만, 주요한 건 각종 사업비의 마련과 공기(工期) 지키기였을 텐데요.

"기술 도입비, 설계참여자 훈련비 등 사업비를 어떻게 확보하고 공기 안에 품질이 보증된 핵연료를 공급할 건가가 과제였죠. 특히 정해진 기간에 어떻게 기술을 습득하고, 품질이 확보된 핵연료를 공급하느냐가 문제였죠. 이에 대해선 한전뿐만 아니라 연구소 측도 기술 자립에 대한 의구심이 없진 않았습니다."

- 그래서 시도하게 된 방법이 공동 설계 개념이었나요?

"그렇습니다. 연구소와 외국 설계 기술 제공사가 인력을 반반씩 투입해 설계하기로 계획하였고, 설계에 대한 품질 보증은 기술 제공 회사가 책임지도록 했죠. 또 훈련은 설계과정에서 받기로 했기 때문에 별도의 훈련기간 없이 바로 들어갈 수 있었습니다. 훈련비 없이 추진하는 공동 설계 개념, 즉 '배우면서 일하는(Working by Learning)' 방식인 셈이었죠. 외국 전문가들이 보기엔 전혀 이해가 되지 않는 억지 논리였지만, 아무튼 우리는 이 방식으로 일을 진행했습니다."

KWU 본사에 사무소 개설

- 기술 제휴 선인 독일 회사와는 어떤 방식으로 일을 추진했나요?

"우선 1985년 10월 KWU 본사가 있는 독일 에를랑겐에 사무소를 개설했죠. 그해 공동 설계를 위한 예비 작업으로 가공분 핵연료 제조에 필요한 우라늄 소요량을 미리 산정하기 위해 연구원 3명을 파견했어요. 이듬해엔 공동 설계 연구원 제1진 27명을 파견해 KWU 측과 공동으로 1989년 가공분 핵연료와 교체 원자로 노심 설계 업무에 들어갔습니다. 한편 국내에선 현지 사무소와 연계하여 도입된 기술의 자체 소화를 위한 각종 분석과 반복 설계팀을 구성함으로써 이원 체제를 구축하고 있었죠."

- KWU 측이 맡은 분야는요?

"KWU는 예비설계와 최종 설계 등 2단계로 나누어 공동 설계했습니다. 국산 핵연료의 도면, 규격서, 핵연료 설계보고서를 작성해 정부로부터 핵연료 설계에 대한 인허가를 받았고요. 최종 공동 설계는 핵연료를 안전하고 경제적으로 태우기 위한 원자로 노심 설계였고, 가공분 핵연료 설계를 성공적으로 수행하여 국산 핵연료봉과 핵연료 집합체의 도면, 규격서 등 핵연료 제조에 필수적인 자료를 핵연료 주식회사에 공급한 뒤, 국산 핵연료를 국내 원전에 장전해, 핵적·열수력적 및 기계적 양립성 분석 보고서와 원전의 안전성을 분석한 보고서를 정부에 제출해서, 인허가를 받았죠."

- 최종 공동 설계의 결과는 어떻게 되었나요?

"우리 공동 설계팀은 세계 어느 곳에서도 유래를 찾아보기 어려운 3년이라는 최단 시간에 선진 기술을 흡수하는 데 성공했을 뿐 아니라, 그 기간 안에 기술 자립과 설계 업무수행이라는 2개의 임무를 동시에 추진하여 기술 보고서를 완성했어요. 완벽한 마무리까지 일단락한 거죠."

- 그러한 쾌거에는 역시 우리 연구진들의 몸을 사리지 않는 열정이 뒤받쳐 주었기 때문 아닐까요? 그만큼 애로사항도 있었을 텐데요.

"그렇습니다. 우선 우리 팀과 독일 기술진과의 의견상의 괴리가 컸습니다. 현지에 나가 있는 우리 기술진의 말에 따르면, 매사에 완벽을 추구하는 우리 기술진과 달리, 독일 팀은 관행적으로 일하려는 습관이 몸에 배어 있는 것이었습니다. 가장 심각한 것은 기술자료에 대한 우리 팀의 접근을 독일 팀이 제한하는 거였다고 합니다. 최악의 경우 우리 중 안전 해석 팀은 더 이상 현재에 머물 필요가 없다고 판단해 독일로부터 철수를 불사하겠다고 하자 그들의 태도가 누그러졌다고 했죠."

- 그들이 독일로 떠나기 전 사전을 만드셨다지요?

"나는 그들이 독일어 용어에 불편을 느낄 것 같아 독일에서 공부한 구정의 박사와 함께 한·독·영 원자력 사전을 만든 바 있습니다. 도움이 되었다는 얘길 독일 갔다 온 후배들이 얘기하더군요."

- 야근을 밥 먹듯 하는 우리 연구진의 관습도 얘깃거리가 되었을 텐데요.

"KWU 기술진은 오후 5시면 퇴근했지만, 우리 연구진들은 책임감과 부담감으로 새벽 출근과 밤샘 작업을 수시로 했거든요. 그러다가 우리 관습대로 담을 넘어 퇴근하는 해프닝을 벌이기도 했지요. 아무튼 이런 과정을 통해 미국 원자로에 독일과 공동 설계한 핵연료를 공급할 수 있게 된 거죠."

- 이처럼 원전 국산화를 위해 해외로 떠나는 연구소 후배들에게 당부하는 말씀을 했다면서요?

"'제2의 문익점'이 되라고 말했지요. '뭔가 결실을 가져와야 한다. 그렇지 않으면 비싼 돈과 소중한 시간을 여러분에게 쏟을 이유가 없다. 여러분은 목화씨를 가져오지 않아도 국민을 실망시킬 것이고, 가져오다 들켜서 처벌받아도 동정할 사람도 없을 것이다. 요행히 우리 연구소의 연구원인 문익점 후손 문갑석 박사의 고향 집에는 문익점이 가져왔다는 목화씨의 직계 종자를 심어 놓은 밭이 있다. 여러분이 돌아올 때 목화씨가 발각되지 않도록 안전한 곳을 알려주겠다. 그곳은 붓대가 아니고 여러분의 머릿속이다. 머릿속에 목화씨를 숨겨오면 아무도 찾아내지 못할 것 아닌가!'라고 말이죠."

경수로 설계 기술 조기 자립

- 다시 경수로 얘기로 돌아와서, 설계 기술 자립 일정은 어떻게 정해졌나요?

"연구소는 원래 1991년 가공분 핵연료부터 독자 설계할 예정이었죠. 그런데 연구소 인력이 설계에 뛰어난 능력을 보였고, 공동 설계 경험에서 얻은 경륜을 바탕으로 쉽게 자립 수준으로 올라설 수 있게 되었죠. 드디어 1990년 핵연료와 원자로 노심 설계 기술 자립을 1년 앞당겨, 거액의 외화를 절감하면서 우리는 세계 11번째로 핵연료 설계와 제조 기술 자립국이 되었습니다."

- 그동안 콧대를 세워온 외국 회사들의 자세가 달라졌을 것 같은데요.

"고자세로 일관해 오던 외국 공급사들은 우리 기술이 완전치 못하다는 것으로부터 비경제적이라는 등 여러 가지 가짜뉴스를 퍼트리기 시작했어요. 결국 외국 핵연료 공급가격에 비해 국산 핵연료가 싼 가격으로 공급되고 원자로 안에서 안전하게 연소되자, 그제야 가짜뉴스가 자취를 감추게 되었죠."

1990년 2월 27일 국산 경수로 핵연료를 고리 원전에 최초로 장전했다.
한국원자력연구원.

19

경수로 기술 100% 자립

- 가압경수로 기술 자립은 공동 설계 단계라 아직까지 완전 자립은 하지 못한 상태였죠?

"KWU와 체결한 가압경수로 핵연료 기술 도입 계약이 1986년 공식 발효됨에 따라 경수로 핵연료 국산화 사업이 본격화되기 시작했죠. 문제는 해당 분야의 인력이 절대적으로 부족한 것이었습니다. 그런 가운데 정부가 같은 해 영광 원전 3·4호기를 착공함으로써 1995년까지 원전 기술의 95% 자립 목표를 천명한 겁니다. 여기까지는 그렇다고 할 수 있는데, 경수로 핵연료 설계팀만은 '초기 노심 핵연료 설계 기술 자립 100% 달성'이라는 무모한 목표를 설정한 것이었어요."

- 여러 가지 난관이 있었을 텐데요.

"우선 전문 설계 인력의 절대 부족, 연구개발 관리 규정에 따른 수행 체제의 문제점, 의구심으로 바라보는 주위 시선 등으로 적지 않은 어려움이 있었죠. 하지만 놀랍게도 핵연료 설계팀은 당초 목표대로 원자로 노심 및 핵연료 설계 기술 자립을 기한 내에

100% 달성할 수 있었습니다. 또 이를 바탕으로 울진 3·4호기를 비롯한 한국형 표준원전의 초기 노심을 독자적으로 설계할 수 있었지요."

국산 핵연료 집합체(왼쪽)와 원자로 장전 후 단면도 모형(오른쪽).
한국수력원자력.

핵연료 기술 자립

- 중수로와 경수로 핵연료 국산화를 성공함에 따라 새로운 도전이 시작되었을 텐데, 그게 과연 무엇이었나요?

"원전 기술 자립 논의가 시작되었죠. 동력자원부와 한전을 중심으로 기술 자립 계획 수립에 들어갔어요. 이에 따라 원자력안전위원회에서 원전 기술 자립을 위한 기관별 역할 분담이 의결되었습니다. 즉, 연구소가 원자로 계통설계와 핵연료 설계를, 종합설계는 한전기술이, 핵연료 제조는 핵연료 주식회사가, 주기기의 설계·제작 및 터빈 발전기와 보조기기 공급은 한국중공업(현 두산에너빌리티)이 맡는 것으로 결정되었죠."

- 기관별 역할 분담도 쟁점 중 하나였을 텐데요.

"그중에서도 가장 큰 쟁점은 핵심 기술인 원자로 계통설계를 연구소에서 주관할 것인가, 아니면 한전기술에서 맡을 것인가가 논쟁거리였죠. 연구소는 이미 교체 노심 핵연료 설계를 독일 KWU와 공동으로 수행하고 있었기 때문에 원자 노심 및 핵연료 설계와 원자로 계통설계는 연계 업무가 많아 이 업무를 서로 다른 기관에서 담당하도록 하는 것은 비합리적인 설정으로 평가했습니다. 결국 한전기술에 비해 전문 연구 인력을 더 많이 확보하고 있고 경험이 많은 연구소가 주관하는 것에 대해선 별다른 이의가 없었습니다."

- 연구소가 영광 원전 3·4호기의 건설 및 원전 기술 자립을 위한 키 멤버가 되었군요.

"연구소는 한전, 핵연료 주식회사, 한전기술, 한국중공업과 공동명의로 외국 하도급 대상 회사에 입찰 안내서를 발급해야 했습니다. 그런데 그 작업에는 기관 간 협의를 위해 상당한 시일이 소요되었어요. 왜냐하면 원전 건설뿐만 아니라 관련 기술 자립을 위한 제반 사항이 계약에 반영되어야 하기 때문이었죠."

- 그래서 응찰에 응한 회사는요?

"3월 미국의 웨스팅하우스(WH)와 컴버스천엔지니어링(CE) 및 엑슨, 프랑스의 프라마톰, 캐나다의 AECL 등 5개 회사로부터 응찰서가 접수되었습니다."

- 결과는 어떻게 되었나요?

"연구소 전문가들은 약 6개월 동안 원자로 계통과 핵연료의 안전성·신뢰성·경제성·기술 전수 조건, 우리 기술진의 설계 참여 범위 등을 고려해 각 회사의 응찰 내용을 평가했습니다. 심층 평가 과정을 거쳐 최종 취합 결과 원자로 계통설계와 초기 노심 핵연료 설계는 CE가 우선협상 대상자로, 원전 종합설계는 사전트앤런디(S&L), 주기기의 제조는 제너럴일렉트릭(GE)이 선정되었습니다."

외국 계약 선과의 협상 난항

- 협상은 무난하게 진행되었나요?

"결코, 그렇지 않았습니다. CE 측은 우리의 전문 지식이나 능력을 과소평가했기 때문에 우리 요구가 무리라고 판단하고 있었죠. 그에 반해 우리는 교체 노심 핵연료 기술 자립 경험에서 습득

한 협상 기법을 토대로 많은 토론과 협상을 통하여 우리의 요구 사항을 대부분 관철시켰습니다. 특히 핵연료 주기비 보증 같은 다소 무리한 사안도 수락받았어요.”

- 그 뒤로는 어떻게 진행되었습니까?

“연구소와 CE 간 ‘영광 3·4호기 핵연료 공동 설계 계약’, ‘원자로 계통 및 핵연료 설계 기술 도입 계약’이 체결되었죠. 한전과 영광 3·4호기 초기 노심 핵연료 공급 계약은 교체 노심 핵연료 공급 계약에 비해 오히려 CE와 순조롭게 체결되었어요. 한전과 핵연료 주식회사가 WH형 경수로 교체 노심 핵연료 국산화 사업 당시 연구소가 보여준 기술력과 사업관리 능력을 신뢰했기 때문이죠. 연구소는 1987년 계약에 대해 정부로부터 승인받고 기술 도입 계약에 의거 해 기술자료, 기술 보고서, 계산서, 설계문서 및 도면 등 1,741종, 비 제한 코드·제한 코드·상용 코드 등 155종을 확보했습니다.”

- 정리해 주시죠.

“우리는 WH형 원전 8기 교체 노심 핵연료 기술을 KWU로부터 도입했고, 1987년 신규 원전 초기 노심 핵연료 설계를 위해 CE로부터 핵연료 기술을 도입 완료했습니다. 1년 5개월이라는 짧은 기간에 이룩한 이중 기술 도입이었던 것입니다. 물론, 이로 인해 핵연료 기술 습득에 어려움이 적지 않았습니다. 또 설계·제조 전문인력이 중복투입 되는 비효율도 발생했습니다만, 만약 경수로 핵연료 국산화가 1년 6개월만 늦추어졌더라면 KWU와 CE의 이중 기술 도입을 피할 수 있었을 것이라는 예측도 가능하지만, 아무튼 그만큼 시간을 벌었다는 점에 대해서는 다행스러운 귀결이라고 할 수 있죠."

- 초기 노심과 핵연료 공급은 어떻게 하기로 결정되었나요?

"노심과 핵연료 설계 업무는 많은 논란이 제기되었죠. 업무 영역에 대한 정의로부터 진행 기관의 선정에 이르기까지 오랜 시간 협의 끝에, 설계 업무 영역은 초기 노심 및 핵연료 설계 등 9개 영역으로 분할되었습니다."

핵연료 기술 역량 확보 여정

- 초기 노심 및 핵연료 설계 기술 역량 확보를 위한 추진은 어떻게 진행되었나요?

"연구소는 1995년 말 영광 3·4호기 초기 노심 핵연료 설계 기술 자립 100% 달성을 추진한 이래 후속 호기인 울진 3·4호기부터는 우리 기술진의 독자 설계로 추진키로 했죠. 이를 위해 영광 3·4호기를 참조해 발전소와 동일 기종의 발전소 건설에 필요한 초기 노심과 핵연료를 필요한 품질 수준의 국내 기술로 독자 설계할 능력을 확보한 것입니다."

- 어떤 설계 방식을 택했나요?

"초기 노심 핵연료 설계 기술을 자체 확보하기 위해서는 기존의 기술 도입 방식을 배제할 필요가 있었습니다. 결국 택한 것이 공동 설계 개념이었어요. 계획된 시간과 예산으로 기술 전수와 핵연료 설계를 병행할 수 있어 설계 품질을 CE가 보장해 줌으로써 원전의 안전성과 핵연료 품질을 동시에 확보하는 방법으로 기술 자립을 추진했죠. 또 지속적인 공동연구와 연구개발 자료를 확보해 기술개발을 위한 지식과 노하우를 배워, 향후 기술개발 주도에 대비했습니다."

- 기술 자립을 완벽하고 효율적으로 단기간에 달성하기 위해선 어떤 방식을 택했는지요?

"미국 현지에서 핵연료 설계가 진행되는 동안 연구소에서는 기술 자립을 지원하는 한편, 우리 기술진이 모의 설계를 자체적으로 추진했지요. 또 전수받은 전산 코드와 기술자료를 활용하여 기술 검토와 자문으로, 당초 기획했던 기간 안에 기술 자립을 달성할 수 있었습니다. 초기 노심 핵연료 설계 분야가 타 분야에 비해 고급 인력을 다소 여유 있게 확보하고 있었던 것은, 교체 노심 핵연료 설계 기술 자립을 위해 국외에서 유치한 과학자들과 모의 반복 설계를 통해 자체 양성된 고급 인력을 충분히 보유하고 있어야 했기 때문이죠."

20

노심 핵연료 설계 기술 자립

- 초기 노심 핵연료 기술 자립을 위해 어떤 방편을 택했는지요?

"공동 설계 개념을 채택하고 공동 설계팀을 CE로 보냈죠. 기술 파트너로 선정된 CE에 원자로 계통(Nuclear Steam Supply System) 설계팀과 공동으로 현지 사무소를 운영하게 되었고요. 결국 CE의 시스템 80을 참조 노형으로 하는 영광 3·4호기의 초기 노심 및 핵연료의 공동 설계가 진행되었던 겁니다."

- 어떻게 세분화시켰는지 궁금합니다.

"초기 노심 및 핵연료 설계팀을 핵 설계(Nuclear Design), 열수력 설계(Thermal-Hydraulic Design), 핵연료 기계 설계(Fuel Mechanical Design), 안전 해석(Safety Analysis), 노심 보호계통(Core Protection System), 핵연료 엔지니어링(Fuel Engineering) 등 6개 분야로 구성했죠. 모두 20여 명의 연구원이 이 작업에 투입되었습니다."

- 단계별 실무교육의 추진은 어떻게 진행되었나요?

"1단계는 CE 엔지니어들의 소내 강의 교육(CRT)을 통해 설계 전반과 설계과정을 파악했고, 2단계는 소내 CRT 수료 연구원들이 현지 실무 훈련(OJT)을 통해 CE 엔지니어 지도로 업무 적응을 훈련받았습니다. 그리고 마지막 3단계로 영광 3·4호기 초기 노심 핵연료 설계 업무를 현지에서 CE 엔지니어들과 함께 공동 설계했죠."

- 초기 노심 핵연료 설계는 어떻게 진행되었나요?

"1990년 초 연구소는 초기 노심 핵연료 설계센터를 CE의 윈저(Windsor)로부터 대덕 연구소로 이전하여 최종 공동 설계를 시작했습니다, 공동 설계팀이 윈저로부터 귀국해 영광 3·4호기 초기 노심 핵연료를 독자적으로 설계해, 국내 기술진으로 하여금 18개월 동안 영광 3·4호기의 반복 설계를 독자적으로 진행했죠. 따지고 보면 영광 3·4호기는 1990년 7월부터 1996년 6월까지 만 6년에 걸쳐 공동 설계를 한 셈이 됩니다."

영광 원전 전경. 현재 모두 6기가 가동 중이다. 한국수력원자력.

영광 3·4호기 상업 운전 시작

- 상업 운전은 언제부터 가능했습니까?

"영광 3호기는 1994년 9월 10일 핵연료를 장전해서 1995년 3월 31일 상업 운전에 들어갔고, 영광 4호기는 1996년 6월 3일 핵연료를 장전해, 그해 12월 말부터 상업 운전에 들어갔지요."

- 이어서 울진 3·4호기도 독자 설계로 이어지지 않았습니까?

"1990년 11월부터 1992년 12월까지 2년 2개월 동안 독자 예비 설계를 진행했습니다. 이어 한국표준형 경수로의 기술 자립을 완성한 2개 원전의 초기 노심 및 핵연료 독자 최종 설계가 1993년 1월부터 1999년 6월까지 6년 6개월 동안 진행되었습니다. 1996년 말 정부의 사업 이관 방침에 따라 연구소가 담당하던 사업과 인력을 핵연료 주식회사로 옮겨가 독자 설계를 한 것이죠. 사실 울진 3·4호기 독자 설계는 연구소로서는 모험이었고, 독자 설계 진행 과정에서 많은 시행착오를 겪었죠. 그러나 영광 3·4호기 설계, 선행 교체 노심 설계 자립 과정에서 기술 역량과 자체적으로 운영하던 시뮬레이션을 통해 쌓아 올린 기술력이 모여 결국 성공에 이르게 된 것입니다."

- 노심 및 핵연료 설계 기술 자립은 언제 달성했죠?

"1998년 울진 3·4호기 초기 노심 핵연료의 독자 설계를 완성하는 성과를 거두게 되었죠. 독일 KWU와의 공동 설계로 확보한 웨스팅하우스(WH)형 원자로의 교체 노심 핵연료 설계 기술을 바탕으로 영광 3·4호기의 교체 노심 핵연료를 설계함으로써 설계 주기 전 과정의 기술 자립을 이루게 되었습니다. 원전 설계에 있어 핵심이 되는 초기 및 교체 노심 핵연료 설계 기술을 100% 자립하게 된 것이죠."

설계센터 이전으로 공동 설계 완성

- 어떤 방식으로 기술확보를 했나요?

"1990년 초 연구소는 초기 노심 핵연료 설계센터를 미국 원저에서 대덕으로 이전하여 최종으로 공동 설계했습니다. 귀국한 공동 설계팀은 CE로부터 자문받아 후속기인 영광 3·4호기 초기 노심 핵연료 독자적으로 설계해, 국내 기술진이 1년 6개월 동안 영광 3·4호기의 반복 설계를 독자적으로 진행했지요. 따라서 영광 3·4호기는 1990년 7월부터 1996년 6월까지 6년에 걸쳐 공동 설계를 한 겁니다."

- 확보된 기술로 확장되는 기술 분야는 없나요?

"우리 연구진이 확보한 개량 핵연료 개발 능력은 현재 국내에서 개발 운용 중인 중소형 원자로 SMART를 비롯해. 고속 증식로, 가스냉각로 등 다방면의 미래형 원자로 핵연료 개발에 크게 기여하고 있습니다."

- 여기서 잠깐, 한국형 표준원전 설계에 관해서도 말씀해 주시죠.

"연구소 설계팀의 첫 목표는 영광 3·4호기의 공동 설계를 통해 정해진 기간 안에 핵연료를 공급하는 것이었지만, 더 중요한 목표는 독자 설계 능력을 키우는 것이었습니다. 설계팀은 자체 기술 능력 확보를 위해 갖가지 노력을 기울인 결과, 초기 노심 핵연료 설계 기술 전반에 해당하는 핵 설계, 열수력 설계, 핵연료 기계 설계, 핵연료 엔지니어링, 노심 감시·보호계통 설계, 안전 해석, 사업관리, 품질 보증 분야 등의 기술 능력을 확보할 수 있 었죠."

- 영광 3·4호기 설계 경험만으로 한국형 표준원전 설계 기술 습득이 충분했나요?

"웬걸요. 반복 설계를 통해 경험을 쌓긴 했지만, 울진 3·4호기 독자 설계는 연구소로서는 엄청난 모험이었고, 독자 설계 진행 과정에서 갖가지 난관에 봉착했었죠. 하지만 영광 3·4호기 설계 와 선행 교체 노심 설계 자립 과정에서 기술 역량과 자체적으로 운영하던 시뮬레이션을 통해 쌓아 올린 기술 능력이 쌓여 결국 은 한국형 표준원전의 효시(嚆矢)를 이룰 수 있었죠."

- 그 과정을 좀 소상히 설명해 주시죠.

"WH형 경수로 핵연료 국산화 사업을 통한 노심 교체 핵연료 설계 기술을 기반으로, 영광 3·4호기 초기 노심 핵연료 공동 설 계에 성공해, 1998년 울진 3·4호기 초기 노심 핵연료의 독자 설 계를 완성하는 성과를 거두었습니다. 이어 KWU와의 공동 설계 로 확보한 WH형 원자로의 교체 노심 핵연료 설계 기술을 바탕 으로 영광 3·4호기의 교체 노심 핵연료를 설계함으로써 설계주 기 전 과정에 대한 체계적 기술 자립을 이룰 수 있게 된 거죠. 이 로써 원전 설계에서 가장 핵심이 되는 초기 및 교체 노심 핵연료 설계 기술을 100% 자립하게 되었습니다. 이 자립으로 APR1400 을 포함해 국내 모든 경수로 핵연료를 안정적으로 공급할 수 있 어 에너지 안보에 크게 기여할 수 있게 되었습니다."

APR-1400(조감도)은 100만 킬로와트급 한국형 표준원자로인 OPR-1000에 이어, 2002년 개발에 성공한 전기 출력 140만 킬로와트급(1400 MWe) 한국형 신형 가압경수로다. 공신력의 개선과 경제성장에 힘입어 개발한 새로운 원자로로 APR-1400 (Advanced Power Reactor 1400)으로 이름 지었다. 한국원자력연구원.

경수로 제조 기술 자립

- 핵연료를 중수로와 경수로로 나눌 수 있잖습니까? 이들의 기술 자립과 관련해 특히 경수로 핵연료 제조 기술 자립에 관해 설명해 주시죠.

"핵연료 제조는 농축된 육불화우라늄(UF_6)을 이산화우라늄(UO_2) 분말로 변환해 우라늄 분말을 소결체로 제조하고 이것을 핵연료봉에 넣어 핵연료 집합체를 만드는 공정이죠. 핵연료 국산화를 위해 핵연료 주식회사는 1985년 독일 KWU와 기술 도입 및 기기 도입 계약을 체결하고, 이듬해 11월 연산 200t 규모의 핵연료 성형가공 공장을 지었습니다. 그리곤 1989년 9월 핵연료 생산공장이 상업 가동에 들어가 국산 경수로 핵연료를 제조하기 시작했죠. 그런데 경수로용 핵연료 집합체 한 다발이 생산하는 전력량은 무려 1억 6,000만kWh로 5만 가구가 1년 동안 사용할 수 있는 전력량에 해당합니다.”

1989년 9월 28일 국내 최초로 경수로 핵연료 성형가공공장이 준공됐다.
한국원자력연구원.

- 경수로 핵연료에 관해 좀 더 상세히 설명해 주시죠.

"경수로는 미국에서 개발된 원자로형입니다, 물을 냉각재와 감속재로 사용하고 3~4%의 저농축우라늄을 핵연료로 사용하며, 성형가공을 거쳐 제조합니다. 경수로 핵연료의 기본인 소결체는 우라늄을 재변환하여 분말을 만드는 공정을 거친 후 압분체(壓粉體)로 만들죠. 이 압분체를 섭씨 1,750도 정도에서 구워내 담배 필터보다 약간 짧은 5.2g의 소결체로 만듭니다. 이 소결체는 직경 8mm, 길이 1cm 정도의 원주 형을 하고 있는데요. 핵연료봉은 원통형 튜브 속에 350개의 이산화우라늄(UO_2) 소결체를 장입한 후 양 끝을 용접해 만드는데, 이것이 피복관, 상·하단의 관마개, 스프링 및 소결체로 구성됩니다."

- 중수로와 결정적인 차이가 무언지 설명해 주시죠.

"중수로 핵연료봉 길이가 50cm인데 비해 경수로 핵연료봉은 380cm로 매우 깁니다. 또 중수로의 경우 천연 우라늄을 사용하지만, 경수로의 경우 U_{235}를 3~5% 농축해 연료로 사용하거든요. 핵연료로 사용되는 U_{235} 1g이 완전 핵분열을 일으키면 200 l 짜리 석유 9통, 또는 석탄 3t이 연소할 때 발생하는 만큼의 열에너지를 생산하기 때문에, 원자로에 소량의 핵연료를 장전해도 3~4년 동안 많은 에너지를 생산할 수 있죠."

21

핵연료 국산화 기술 자립

- 이제 핵연료 국산화 작업 과정을 말씀해 주시죠.

"핵연료 주식회사의 출범으로 핵연료 국산화 사업이 활기를 띠기 시작했죠. 우선 기술적 미흡에 따른 외국 회사 출자에 대비해 입찰 안내서, 계약서 등 서류를 준비하되, 가능하면 외국 투자를 배제하고 경수로 핵연료는 연구소가 수행하며, 기술도입 선은 연구소 주체로 결정하는 쪽으로 가닥을 잡았습니다."

- 하지만 한전 측의 완강한 반대에 봉착하지 않습니까?

"한전 측은 '기술이 뛰어난 외국 원자력 회사가 우수한 품질의 핵연료를 제조해야 하고 더욱이 핵연료 설계만은 반드시 외국 회사에게 맡겨야 한다'라며 '만약 우리 과학자들이 설계하고 제조한 핵연료가 사고라도 일으키면 누가 책임지느냐?'고 강하게 이의를 제기했습니다."

- 그러면 그때 동력자원부와 한전의 강경한 입장을 어떻게 설득했습니까?

"연구소와 핵연료 주식회사는 '국가 정책목표인 원자력 기술 자립을 위해 외국의 간섭을 받지 않는 독자 경영이 필요하다'라는 주장으로 1년여에 걸쳐 정부와 한전을 끈질기게 설득했죠. 이에 따라 외국과의 합작에서 국내 기술 자립으로 바꿔 경수로 핵연료 국산화 사업 방침을 변경하게 되었습니다. 당초 외국과의 합작 및 기술도입에서, 합작은 하지 않고 기술만 도입하는 방식으로 추진하게 된 것이죠."

- 당초 계획했던 대로 이뤄진 셈인데 다음 과정은 어떻게 진행되었나요?

"1984년 7월 30일 경제부총리의 재가로 핵연료 생산을 기술도입에 의한 방식으로 변경했죠. 당초 핵연료 주식회사가 모두 맡기로 했던 핵연료 설계는 에너지연구소에서 담당하고, 핵연료 제조만 핵연료 주식회사가 맡기로 했습니다. 사업추진 기본 방침으로 실증된 최신 상용 핵연료의 설계 및 제조 기술과 핵연료의 제조 및 가공공장 건설에 필요한 설비를 도입하기로 하고, 사업추진 일정도 당초 계획에서 성형가공 시설은 1988년에 준공하고, 재변환 시설은 1988년 이후로 준공 시기를 늦췄죠. 정부 전원개발 계획 변경에 따라 초기 투자를 가능한 줄이고 재변환 기술의 국내 개발 기회를 주기 위한 것이었어요."

- 현장에서의 진행 상황은요?

"정부는 1986년 영광 3·4호 건설을 통해 1995년까지 9년에 걸쳐 노심 핵연료 제조 기술을 100% 자립하는 목표를 설정했습니다. 이를 위해 핵연료 주식회사는 독일 KWU에서 확보한 제조 및 검사 기술과 인적 자원, 기술자료를 활용하기로 했습니다. 또 영광 3·4호기 초기 노심 핵연료부터 외국 기술 도입 없이 우리기술로 제조하여 한국형 표준원전에 공급키로 결정했죠.”

핵연료 제조 기술 도입 선 선정

- 핵연료 제조 기술 도입선은 어떻게 선정했나요?

“사업계획을 변경한 에너지연구소와 핵연료 주식회사는 1984년 8월 3일 기존의 WH 원전에 대한 교체 노심 핵연료 기술 도입 계약 입찰 안내서를 발급했습니다. 핵연료 주식회사는 기술도입 대상업체의 자격 기준을 정했는데, 핵연료 제조업체는 5년 이상의 핵연료 생산 실적과 상용 원전에서의 연소 실적이 5년 이상 있으며, 핵연료 성능이 우수한 업체, 핵연료 설계 및 제조 기술을 전수해 줄 수 있는 조건을 갖춰야 한다는 것이었습니다. 같은 날 이런 조건을 갖춘 미국의 WH, CE, 엑슨, 프랑스의 프라게마 및 독일의 KWU 등 3개국 5개 사가 응찰했습니다. 그리고 이듬해 6월 20일, 응찰서 평가 결과 KWU를 최종 기술 도입 선으로 선정하게 되었습니다.”

- 독일 KWU와의 기술 제휴는 만족스러웠나요?

“우선 핵연료 제조 인력 양성을 위해 KWU의 자회사인 RBU(Reactor Brennelement Union GmbH)에서 이론 교육, KWU로부터는 이전받은 기술과 기술자료에 대한 기술 교육 및 현장 교육을 실시했죠. 현지에서 기술 교육은 핵연료 주식회사 가공공장의 참조공장인 RBU에서 1986년부터 1989년까지 3년간 시행했고요. 또 완벽한 기술이전을 위한 기기 설치 및 시운전, 소결체

제조, 핵연료봉 제조, 집합체 및 부품 제조와 관련한 품질 검사 기술의 세부 사항 습득 등에 대한 교육은 KWU의 전문가를 국내에 초청해 기술 자문을 받았습니다.”

- 기술 자문이나 위탁 교육을 받은 인원은 모두 몇 분이었나요?

“핵연료 가공시설 건설 단계부터 2년에 걸친 시운전 기간까지 55명이 기술 자문을 받았습니다. 또 에너지연구소 중수로 핵연료 성형가공 공장에서 62주에 걸쳐 105명이 현장실무를 교육받았고 모두 267명에게는 국내 전문 기관 위탁 교육을 실시하였습니다.”

- 핵연료 국산화 추진 체계가 당초 계획했던 합작회사에서 국내 법인 형태로 바뀌면서 핵연료 공급 계약 체제가 바뀌게 되었다는 얘긴 뭔가요?

“핵연료 국산화 추진 체계가 국내 법인 형태로 바뀌면서 연구소가 핵연료 설계 부문을, 핵연료 주식회사가 핵연료 제조 부문을 각각 나누어 수행하는 이원화 체제가 되자, 품질 보증 문제와 주계약자 주체에 대한 문제가 쟁점으로 떠올랐죠. 외국의 경우 대체로 설계기관이 대외 창구 및 주계약 업무를 수행하고 있지만, 동력자원부와 한전은 ‘핵연료 주식회사가 주계약지가 되어, 대외 창구 역할을 맡아야 한다’는 입장이었습니다. 결국 1983년 10월 7일 한전은 핵연료 주식회사를 대외 창구로 결정했음을 밝혔습니다. 뒤이어 1985년 11월 1일 한전과 연구소, 핵연료 주식회사가 참여하는 3자 회의를 열었습니다.”

- 3자 회의에서 결정된 사항은 어떤 것들이었나요?

"핵연료 공급 계약 체제는 한전과 핵연료 주식회사가 각각 갑과 을로 계약을 맺고, 연구소는 핵연료 주식회사의 하청계약자로 참여하되, 핵연료 주식회사가 한전과의 계약상 모든 책임을 지고, 연구소는 설계자로서 책임을 지며, 필요시 한전을 측면 지원한다'라고 합의함으로써 계약을 확정지었습니다."

연구소 안에 핵연료 공장 부지 마련

- 이제 핵연료 제조공장 부지를 확보해야 할 단계에 왔잖습니까?

"공장 부지는 원자력법에 의한 부지의 지번, 수문 및 도로 상태, 주변 환경 등의 요건과 함께 부지매수의 용이성, 경제성, 핵연료 설계를 담당할 연구소와의 연계 조건 등을 충족해야만 했습니다. 그 적격지로 충남 대덕군(현 대전 유성구) 탄동면 덕진동 향교골 일대 25만 7,852㎡를 정하고 1984년 9월 '핵연료주기 시설 건설 방침 안'에 대한 대통령의 재가를 받았죠."

- 하지만 제조 공장부지 매입이 말처럼 쉽지는 않았다고 하던데요.

"1985년 8월부터 향교골 일대를 부지로 한 공장설계 작업에 들어갔습니다만, 주민 개별적인 접촉을 통한 부지 매입이 순조롭지 않아 1988년까지 공장을 준공한다는 당초 계획에 차질이 예상되었죠. 이를 해결하기 위하여 '경수로 핵연료 사업 정책위원회'를 구성해 난국을 타개하러 나섰습니다. 사업정책위원회는 1차 회의에서 공장부지의 변경이 불가피하다는 판단 아래 즉시 착공할 수 있고 매수에 어려움이 없는 연구소부지 내의 가능 지역 3개소를 검토하기로 했죠. 그 결과 중수로 핵연료 가공 공장 뒤편을 최적지로 선정하고 1985년 5월까지 기본설계, 안전성 분석 보고서 준비 등 사업 기간 단축 계획을 수립하고 핵연료 주식회사의 사업추진 조직을 재정비 강화하고 연구소 기술진의 전폭적 지원을 받도록 협조를 구했죠.”

- 연구소 안에 부지를 확보할 수 있었나요?

“일단 연구소 안에 8만 2,645m^2를 확보해 핵연료 성형가공 공장을 지었는데, 문제는 이 땅이 그린벨트라는 점이었습니다. 박정희 대통령 시절 개발촉진지역으로 지정했다고 하지만, 그린벨트가 우위 법이기 때문에 건물은 완공되었지만 준공 허가가 나지 않아 한동안 애를 먹었죠. 우여곡절 끝에 나중에 문제가 해결되긴 했지만, 하마터면 여러 사람 곤란하게 만들 뻔한 해프닝이었습니다.”

간단치 않았던 핵연료 공장 건설

- 그렇게 조성된 핵연료 공장의 건설 공정은 어땠습니까?

“가공공장은 1986년 1월부터 8월까지 건물골조 설계를 마치고, 이듬해 3월 마감공사 등 제반 설계를 완료했습니다. 아울러 사옥 설계도 공장설계와 병행했죠. 특히 주 가공공장 건물은 내진 및 방화 겸용 특수 콘크리트 구조로 설계했습니다. 핵연료 제조공장 건설에 원전 건설과 통일한 내진 요건을 적용한 결과 건설비가 많이 들었어요. 원전에 공급되는 제품들의 품질 및 기술기준에 대해 매우 엄격한 규제를 적용한 이유는 원전을 안전하게 운전하기 위해 꼭 필요한 조치이기 때문이었죠. 결국 핵연료 성형가공 공장은 1년여 만에 골조 공사를 끝내고 공장 건설 작업과 병행해서 1987년 9월부터 기기 설치 공사를 시작하게 되었습니다. 한 달 후인 10월 14일 소결로(燒結爐) 설치 작업을 필두로 모두 378종에 이르는 장비가 설치되었습니다. 설치 작업이 끝난 후 설비에 대해 운전시험(Running Test)과 자격시험(Qualification Test)을 통하여 생산 용량에 맞는 기기의 변수를 결정하고 작동의 이상 유무를 점검하는 과정이 이어졌죠. 1988년 2월 27일 소결체 생산용 장비 설치가 끝났고 그해 10월 15일, 총투자 규모 644억 원, 투입 연인원 12만 명(Man-day)의 대규모 건설 사업을 완료하여 기기 시운전 및 안전 점검을 거쳐 핵연료 생산을 시작할 수 있었습니다."

- 핵연료 상용 생산과 성형가공 공장 준공은 언제 가능했습니까?
"1988년에 고리 2호기 용 핵연료 집합체 4다발을 생산하고 1989년 1월부터 공식적인 상용 생산에 들어가 1989년 9월 28일 성형가공 공장 준공식을 가졌습니다."

- 국산 핵연료 생산은 순조롭게 되었나요?
"앞서 설명한 것처럼 1988년 12월 28일 제1호 국산 핵연료가 탄생된 데 이어, 핵연료 주식회사는 이듬해 3월 18일까지 52다발의 고리 2호기 용 핵연료를 생산하게 되었죠. 이렇게 해서 생산된 국내 최초의 국산 핵연료 집합체가 7월 25일 최초로 출하에 성공했습니다."

- 출하와 도착 광경이 대단했다는 뒷얘기가 있습니다.

　"고리 2호기에 장전할 핵연료 집합체를 실은 트럭 12대 앞에 경찰차와 핵연료 주식회사 직원이 탄 차가 향도하고, 뒤에는 연구소 핵연료 연구팀 연구원 2명이 탄 차가 따르며, 고리 원전으로 향했죠. 핵연료 서비스팀은 운송 과정, 핵연료 인수인계 과정을 참관하고, 핵연료가 신 연료 저장조에 무사히 장입되는 것을 확인했습니다. 이렇게 해서 1990년 2월 17일 고리 2호기에 납품된 핵연료는 원자로 노심에 장전되고 시운전 과정을 성공적으로 마쳐 100% 정격 출력에 도달하게 되었습니다."

　- 한국형 경수로 핵연료 제조 기술 국산화에 성공한 후의 진전 사항은 어떤 것이었습니까?

　"고리 2호기 교체 노심용 핵연료 52다발의 첫 출하로 핵연료 제조 기술 자립에 100% 성공한 이후의 과제는 한국표준형 원전에 장전되는 초기 노심 핵연료 국산화였습니다. 이 역시 국산화에 성공하여 1995년부터 국산 핵연료로 공급하고 있죠. 이로써 교체 노심 및 초기 노심 핵연료의 기술 자립과 국산화를 성공적으로 끝낼 수 있었습니다."

　- 이제 핵 개발 얘기 좀 하시지요. 2004년도에 IAEA한테 들통난 거 말고, 박정희 정권 시절 대한민국이 핵을 가지려 시도한 것 맞나요?

　"그건 사실입니다."

　- 자주국방 차원에서?

　"그렇지요. 아시아의 방위는 각각 자기 나라가 스스로 하라는 닉슨 독트린에, 지미 카터 정권이 미 육군 제7사단을 한국에서

철수시키고. 그 와중에 베트남 패망 등 지구촌 돌아가는 게 심상
치 않았거든."

- 그렇다면 1975년부터?
"그렇게 볼 수 있죠. 우리가 자주국방을 안 하면 망할 것 같았
으니까."

- 과학자의 한 분으로서, 또 국민의 한 사람으로서 박정희 대통령
의 선택은 불가피했다고 생각하시는지요?
"이념적으로 난 핵무기 개발에 반대하는 편이지만, 세상이 우리
를 그쪽으로 몰고 간 셈이라고 볼 수 있죠."

핵잠수함 건조 가능성의 대두

- 핵 개발 얘기가 나왔으니 이 문제도 잠시 짚고 넘어가죠. 경주
에서 열린 아시아태평양경제협력체(APEC) 정상회의 기간 중이었
던 2025년 10월 29일 열린 한미정상회담에서 미국이 대한민국의
원자력(핵) 추진 잠수함 건조와 사용 후 핵연료 재처리를 용인키로
하고 11월 14일 양국이 이를 재확인하는 공동 설명자료(Joint Fact
Sheet)를 발표해 빅 뉴스가 되었죠?
"적에게 포착되지 않고 해저에서 장시간 임무를 수행할 수 있
어 '꿈의 잠수함'으로도 불리는 핵잠수함의 보유는 안보 측면에
서 매주 긴요한 과제입니다. 소형 원자로 기술과 연료를 미국에
서 공급받을 수 있을 뿐 아니라 우리 기술 또한 그만큼의 위치
에 올라 있는 상황입니다. 따라서 한국 원자력의 키를 쥐고 있는

미국의 동의만 있다면 핵잠수함 건조는 문제 될 것 없는 이슈입
니다."

- 공동 설명자료에도 언급되었지만 핵 추진 잠수함을 원활하게
운용하려면 핵연료 공급과 재처리가 중요한 과제일 텐데요.
"핵연료에 대한 우리의 독자 처리를 제한하고 있는 한미 원자
력협정을 일부 개정해서, 미국이 연료인 고농축우라늄(HEU)을
공급하고, 팩트시트의 내용처럼 작전 수행 중 발생한 사용 후 핵
연료(Spent Fuel)를 재처리토록 허용한다면 큰 문제는 없을 것으
로 전망할 수 있습니다."

- 그렇게 될 경우 대한민국이 잠재적 핵 보유국으로 가는 첫 번째
단추를 끼는 순간이 될 수도 있는 것 아닙니까?
"이 부분은 매우 민감하고도 미묘한 과제라 한미 양국이 머리
를 맞대고 심도 있는 논의를 해야 할 필요가 있습니다."

최초의 원자력(핵) 추진 잠수함 USS노틸러스. 위키백과.

소련 해체로 北 핵 기술 Quantum-Jump

- 이제는 북한의 핵 개발 이야기로 돌아가 봅시다. 당시 북한은 어느 정도 수준이었나요?

"별로였죠. 우리보다 1년 늦게 소련 기술로 원자력 연구를 시작했어요. 연구용 원자로 역시 1~2년 후에 들여왔을 거예요. 우리보다 조그맣고 보잘것없었죠. 외국하고 교류가 없었으니까. IAEA에 등재된 논문을 보면, 기초는 되어 있는데 응용 수준은 낮았어요. 그러다 점프해서 올라간 것이 언제냐 하면 소련연방이 해체되었을 때예요."

- 그러니까 1991년, 미하일 고르바초프가 소련을 해체하고 보리스 엘친이 러시아를 접수한 직후죠?

"소련 원자력연구소에서 핵 개발하던 기술 인력하고, 미사일 개발하던 사람 각각 100명씩 총 200명을 모스크바에 있던 소련 주재 북한 대사가 비행기로 북한에 모셔 간 다음 후한 대접을 하니, 북한의 미사일과 핵 개발이 점프하게 됐죠. 그야말로 획기적 도약(Quantum-Jump)을 한 셈이었어요."

- 1991년에서 1992년 사이네요.

"그렇죠. 똑같은 일이 이스라엘에서도 일어났지요. 소련 붕괴 후 한 200만 명의 유대인이 이스라엘로 귀환했거든. 그 안에 핵무기, 미사일을 전공하는 전문가들이 수두룩했죠. 결국 이스라엘의 핵 보유 능력이 한층 더 올라가는데 그들이 큰 역할을 한 것으로 볼 수 있습니다."

김정은 북한 국무위원장이 핵물질 생산기지인 영변방사화학실험실과 핵무기연구소 등을 현지 지도했다고 조선중앙통신이 2025년 1월 29일 보도했다. 연합뉴스.

22

거의 우리 돈으로 진행된 KEDO사업

- 핵 보유국 얘기가 나왔으니, 북한의 핵 개발 얘기로 들어가 보죠. 1994년 10월 21일 북미 기본합의서(Agreed Framework)가 스위스 제네바에서 체결되면서 한반도에너지개발기구(KEDO)를 만들잖아요.

"북한 영변에 자기네가 IAEA에 방사화학실험실이라고 신고한 시설이 있었는데, 길이가 210m에 2층이에요. 이건 누가 봐도 핵 개발 관련 시설이지요."

- 말도 안 되는 일이죠.

"폐기물 저장고에서 샘플 채취를 해 가면 다 나오거든. 뭘 장난쳤는지. 그런데 거기는 군사시설이라고 대포 걸어 놓고 접근을 안 시켰죠. 8,000여 개의 핵연료봉을 마구 흩트려 놓아 핵연료 각각의 이력을 알 수 없게 만들기도 했지요."

- IAEA 요원이 가도요?

"그렇죠. 그다음에 영변 안에 5MW급 경수로를 운전 중이었어요. 그리고 50MW짜리를 하나 더 건설하고 있었거든. 그다음에 평북 태천에 같은 노형의 200MW급을 건설하고 있었으니 5+50+200 = 255MW예요. 이걸, 건설과 운전을 동결한다는 조건으로 함남 신포 북쪽 30km 근방의 금호지구에 경수로형 원자로를 2기 지어준다고 하는 계획이 KEDO 사업이었지요."

- 사실 영변과 태천 시설을 그냥 놔두면 플루토늄이 나오고, 그거 가지고 핵폭탄을 만들 수 있고, 그래서 KEDO 계약을 한 거죠. 그런데 돈은 거의 우리가 냈죠?
"약 70%"

- 그런데 그게 2005년에 미국에 의해서 중단되잖아요.
"그전에 이 얘길 먼저 해야지. 북한에 원자로를 지어주면, 미국은 자기네 것으로, 일본은 그걸 가지고 대일청구권 장난쳐서 또 자기네 것으로, 우리는 돈 제일 많이 냈으니 우리 것이라 내세우며 서로 동상이몽(同床異夢)을 꾸고 있었지요. 샌프란시스코에서 한·미·일이 만났어요. 거기에 미 국무부, 일본 외무성, 우리 외교부의 외교관들이 갔는데, 원자력연구소 개발부장인 이병령 박사가 따라갔지요. 이 박사가 가서 하는 말이 '우리나라가 개발한 한국표준형 원자로가 있는데, 이것을 KEDO 원자로로 해야겠다'라고 하니까, 미국 대표가 '무슨 소리냐. 너희가 만든 원자로는 모두 미국 기술 받아서 만든 것이니까 계약상 외국으로 못 나간다고 하지 않았느냐!'라고 대거리를 했대요."

KEDO 경수로 미국에 의해 중단

– 외국은 무슨 외국? 북한도 헌법상 엄연한 한국인데….

"그러니까 이병령, 이 친구가 '그러면 미국 기술의 원천이 어디냐? 당신들은 기술을 영국에서 받았고, 영국은 이탈리아에서 받았고, 이탈리아는 그리스에서 받았고…. 미국 거라는 근거가 어딨어?'라고 했다는 거지."

– 바른 얘기 했네요. 훌륭한 분이군요.

"그러니까 의장이 '잠시 정회합시다' 하고는 커피 타임에 미국 담당자가 워싱턴 D.C.에 전화해서 한국에서 이상한 놈이 와서 떠드는데, 한국이 제대로 개발한 원자로가 있느냐고 물었나 봐. '있다'라는 답을 들었지. 그래도 그 사람들이 오케이를 안 하거든. 그러다가 우리 외교부하고 미 국무부가 옥신각신하다가 대한민국 헌법 제3조에 '대한민국의 영토는 한반도와 그 부속 도서로 한다고 돼 있다' 그러니까 일본하고 미국이 편 짜고 하는 말이 '그러면 너희는 왜 별도로 유엔에 가입했느냐?'고 말도 안 되는 소릴 지껄여 대판 싸웠다나 뭐라나."

– 아무튼 우여곡절 끝에 한국형 표준원자로가 채택됐죠. 그런데 그게 깨진 건 정말 안타까운 일이에요. 인공위성 사진 보면 남한은 불야성인데, 북한은 평양을 제외하곤 깜깜하죠. 인도적 차원에서 북한의 산업 발전을 위해서라도 꼭 KEDO 원자로가 완성되었어야 하는데….

"그 점은 나도 아쉽게 생각해요. 북한이 매번 반칙만 하지 않았더라면…."

- 북한 얘기 하나 더 하죠. 박사님께서 원자력과 관련한 상당히 특이한 책을 쓰신 것으로 아는데.

"『南北原子力 用語비교』를 얘기하는군요. 다른 분야도 그렇지만 원자력 분야의 용어가 천차만별이라 문제였어요. 예컨대, 미국에선 'Signature for the approval of information adjustment and ad hoc inspection on the nuclear residues accounting'이라고 한다면, 남한에선 '핵 잔여물 계량에 관한 정보조정과 수시 사찰 승인을 위한 서명', 북한에선 이것을 '핵 폐설물 회계에 관한 통보조정과 비정기 검열 찬동을 위한 수표'라고 해요. 1994년 제네바 합의에 따른 경수로 원전 건설 결정 이후 용어에 혼선이 오면 원전 짓는데 차질이 있을 수 있고 큰 사고로 이어질 수도 있잖아요. 그래서 김남하와 변종달이라는 후배와 함께 책을 만든 거예요."

23

『南北原子力 用語비교』 발간

- 좀 더 자세히….

"저는 5년마다 한 달간 개최되는 핵확산금지조약(NPT:Treaty on the Non- Proliferation of Nuclear Weapons) 평가 회의에 거의 매번 참석해 왔어요. 1990년 스위스 제네바에서 열린 제4차 NPT 리뷰 미팅 때는 아침저녁으로 만나는 북한 대표들과 농담할 정도로 가까워졌죠. 당시 우리 외무부 이 모 국장이 북한의 윤호진 원자력 참사관에게 나를 지칭하며 '형님뻘 되는 어르신네에게 아침이면 문안드리는 게 젊은 사람의 도리 아니냐!'고 짓궂게 말하자 대뜸 '나 머리 염색해서 그렇지 내가 한참 형님이야!'라며 응수하는 거예요. 체제와 사상 문제가 아니라면 좋은 친구가 될 수 있었을 거라는 생각이 들었죠."

-그래서 용어 사전 만들 것을 제안하셨나요?

"어느 날인가 그에게, '우리 입씨름만 하지 말고 후배들을 위해 남북공동 원자력 용어 비교 사전을 함께 만드는 게 어떠냐?'고 말하면서 '우린 3개 국어 원자력 용어 비교집이 있다'라고 했습니다. 그러자 윤 참사관은 '우리 공화국엔 7개국 용어사전이 있어!' 라며 퉁명스럽게 대꾸하더군요. 귀국한 나는 IAEA의 국제 핵 정보 시스템(INIS, International Nuclear Information System)에서 '7개국 과학기술 용어사전'이라는 북한 자료를 찾았어요."

- 정말요?

"10만 단어를 수록한 실로 방대한 사전이고, 그중 원자력 편만도 과연 두 권에 1,165쪽이나 되더군요. KEDO에서 북한 금호지구에 100만kW급 한국형 가압경수로 2기를 공급하기로 결정했을 때, 나는 남북 원자력 전문가들이 용어 차이 때문에 오해와 실랑이가 많을 것이고 또 같이 일하기가 쉽지 않을 것으로 생각해『남북 원자력 용어 비교』책자를 만들기로 맘먹었죠. 독일에 우리 기술진이 나갔을 때 독일에서 공부한 구정회 박사의 도움으로 한·영·독 3개국(원자력 용어 위주)의 용어 비교표를 만들어 그들에게 준 경험도 있어 그것이 나를 부추긴다고 느꼈어요."

『남북 원자력 용어 비교』표지. 개인 소장.

- 내용이 어떻게 되나요?

"후배인 ㈜한국전력기술의 김남하와 변종달의 도움을 받아 남북 교과서의 과학기술 용어 비교(81쪽)를 포함해 1,200쪽의 용어 비교표를 간행해 외무부의 KEDO 사무국과 한국전력을 통해 북한에도 보냈죠. 북한에 20권씩 두 차례를 건넨 셈인데 잘 전달된 것으로 나중에 간접 확인되었어요. 북한 원자력계가 그것을 요긴하게 쓰고 있다는 사실을 여러 경로를 통해 확인하고는 흐뭇한 생각이 들더군요."

- 추가로 추진된 용어 사전 정비는 없었나요?

"그걸 본받아 국내의 지리학회, 언어학회 등 몇몇 학술단체에서 해당 분야의 남북 용어 비교표를 작성하기 시작했죠. 여러 학회에서 추진했지만, 북한의 NPT 탈퇴로 남북 관계가 나빠지자 모두 중단되고 결국은 원자력 용어사전 하나만 남게 되더군요."

- 『남북 원자력 용어 비교』 발간과 관련하여 잊지 못할 에피소드가 있다는데요.

"책이 발간되었을 무렵 감사의 표시라도 하려고 두 후배를 찾았죠. 그런데 그중 김남하는 간경화 말기로 입원한 상태였어요. 체중도 평소 75kg에서 48kg으로 야위어서 임종을 예감했는지 자신의 묘비에 새겨질 문구('여기 기계공학도의 보람과 긍지로 평생을 일관한, 우리 아버지 김남하가 잠들다')까지 적어 놓은 상태였죠. 바로 그때 충청도에서 폭우로 사고를 당해 뇌사 상태에 있던 15세 소녀의 간을 이식받아 기적적으로 소생하였습니다. 그가 장기 이식받은 1998년 7월 7일이, 제53회 미국여자골프선수권대회(LPGA US Open Championship)에서 박세리 선수가 우승한 날입니다. 자기는 박세리 선수의 기를 받아 소생하였다고 자랑합니다. 장기 기증자가 누군지는 모르지만, 김남하는 그 후 20대 젊은이처럼 왕성하게 활동하고 있더군요. 다행한 일이에요. 김남하의 경우처럼 남북 관계도 하루빨리 건강하게 회복되기를 바랍니다."

24

한국 최초 INSC 회장 당선

- 이번엔 분위기를 좀 바꿔서 2002년 국제원자력학회 협의회 회장으로 선출된 경위를 좀 말씀해 주시죠.

"저는 미국원자력학회(ANS, American Nuclear Society)에 참석할 때마다 그 산하의 국제위원회에 참가해 세계 원자력계의 동향 파악에 나서곤 했습니다. 마침 엔리코 페르미 교수가 세계 최초로 원자핵 분열 연쇄 반응에 성공한 것이 1942년 12월 2일이어서 ANS는 그로부터 50주년이 되는 1992년에 『원자력 50년사』를 발행하기로 했고, 그 일을 위해 1990년 초부터 플루토늄을 비롯한 여러 원소 발견으로 인류 문명의 향방을 바꾼 세기적인 학자 글렌 시보그 교수를 위원장으로 모시고 그 일을 시작했습니다. 아울러 다음 사항도 결의했죠.

'▷세계의 모든 원자력학회를 하나로 묶는 국제원자력학회 협의회(INSC, International Nuclear Societies Council)를 결성하고

▷INSC는 『향후 50년간의 원자력 전망』이라는 책을 저술키로 하며,

▷그 일을 담당할 16인 편집위원회를 구성한다'라고. 저도 바로

그 편집위원의 일원으로 일하게 되는 영예를 누리게 되었죠."

- 시보그 박사라면 그의 제자들이 발견한 106번째 원소 이름 시보귬(Seaborgium)에 들어 있는 그 주인공 아닌가요?

"그래요. 아무튼 그때 제가 16명의 편집인 중 한 사람으로 선임되면서 시보그 교수를 가까이 모시게 되었지요. 우리는 원자력 이용이 인류의 문명 유지를 위해 필수 불가결하며 그것을 안전하고 경제적이며 효율적으로 다루는 것이 원자력계에 주어진 역사적 사명이라는 요지로 책을 써나갔죠. 책 내용이 좋아 그것을 우리말로도 번역해 단행본으로 자비 출판해 관계 요로(要路)에 돌리기도 했어요."

- 그게 INSC와의 깊은 인연의 시작이군요.

"그 일에 참여하다가 1999년에 INSC 제2 부회장으로 2년, 제1 부회장으로 또 2년, 그리고 2002년 최고직인 회장으로 2년간 봉사하게 되었어요. 1958년 INSC 학생회원이 된 지 44년 만의 일이었죠. 그중 제2 부회장은 회장직에 올라가는 첫 단계이기 때문에 각국 학회 간에는 그 자리에 당선키 위한 선거운동이 치열했죠. 우선 ANS와 유럽원자력학회(ENS, 18개국 학회의 집합체)의 지지를 어떻게 얻느냐가 관건이었습니다. 대만은 유엔 안전보장이사국(P5) 자리를 빼앗긴 다음부터 국제기관에 진출할 기회만 생기면 범국가적으로 총력을 기울였죠. 그래서 INSC 제2 부회장에 진출하기 위한 노력이 치열했어요. 자기 나라 외교부와 대사관은 물론 원자력 산업계와 관련 인사들이 오랫동안 뛰어다니며 득표 활동에 애썼습니다. 선거에 앞서 출마자들이 정견 발표하는데, 내 순서는 맨 마지막에 배정되었습니다."

- 어찌 보면 유리하고, 또 어찌 보면 불리할 수도 있는 상황이었네요!

"나는 주로 지난 5년간 저술한 다섯 권의 책을 단상에 올려 놓고 하나하나를 설명하는 것으로 정견 발표했어요. 첫 번째로 한·영·독 원자력 용어 비교 사전을 놓고 우리가 기술진을 독일에 보내 기술을 습득할 때 용어 때문에 고생할 것을 염려해 작성한 것이라고 설명했지만, 사실은 독일학회와 유럽학회의 표를 의식한 설명이었죠. 다음 INSC 주관으로 저술한 『향후 50년간의 원자력 전망』의 영문판과 한국어판에 대해서는 여러 나라 학회에서 번역 출판했지만, 하드 커버 단행본으로 자비 출판한 이는 저뿐이었죠. 그러면서 나에게 그 일을 시킨 시보그 교수에게서 번역판 발행 시 추천사를 못 받은 것이 아쉬웠는데 오늘 그가 건강이 허락지 않아 이 자리에 참석하지 못했다면서 은근히 시보그 교수를 끌어들였어요."

- 마지막으로 등장시킨 책은요?

"『남북 원자력 용어 비교』(1,200쪽)를 흔들면서 우리가 북한에 원자로 2기를 건설해 주고 있는데, 원자력 용어가 서로 달라 고충이 많을 것 같아 이 책을 만들게 되었다고 말을 이었습니다. 그러면서 책 표지가 세 가지 색으로 되어 있는 이유를 설명했죠."

- 어떻게요?

"우리나라 국기는 빨강, 파랑, 검정과 하얀 바탕으로 구성되어 있다. 그것을 본떠 표지를 만들었다. 위쪽의 빨간색은 북한을, 밑의 파란색은 대한민국을 상징하며 빨간 부분이 3분의 1이고 파란 것이 3분의 2인 것은 각각의 인구비를 나타내고 있다'고 설명한 데 이어 '중간의 하얀 줄은 휴전선을 뜻하는데, 이것이 위로 올라가고 밑으로도 하얗게 퍼져 남북한이 평화적으로 통일되기를 염원한다. 그 과정에서 원자력의 평화적 이용이 큰 역할을 하게 될 것임을 의심치 않는다. 아울러 INSC가 그 일의 후견인 구실을 맡아줄 것을 믿으며 저에게 기회를 주시면 버섯구름이 하늘 높이에서 폭발하는 것으로 시작된 원자력을 우리 기술로 원자로 안에 가두어 평화적인 이용으로만 쓸 수 있도록 여러분과 함께 노력하겠다. 원자력이야말로 현대판 연금술이고 INSC는 그 일의 향도(嚮導)이며 한반도의 원자력 평화 이용을 위한 미래의 실험장이다, 감사하다'라고 말했죠."

- 투표 결과는 어땠나요?
"어땠을 것 같아요? 거의 만장일치 찬성으로 당선이었어요."

- INSC회장으로 봉사하신 지 10년 후인 2012년 INSC로부터 봉사상(Global Awards)를 수상하셨을 때 얽힌 화제도 한 말씀 해 주시죠.
"그 상은 정말로 받고 싶을 정도로 영광스러운 상이었는데, 거기다 그날 시상 축하 연설하러 오신 분이 축사가 걸작이었어요. 미국 대통령 세 분의 연설문 작성자였다는 '진'이라는 분이었는데, 그분은 제 평생에 잊지 못할 축사로 감동을 선사했죠."

2002년 국제원자력학회 협의회(INSC) 회장으로 취임해 회의를 주재하고 있는 이창건 박사. 개인 소장.

– 어떤 내용이었나요?

"그분의 축사는 다음과 같았습니다. '세상은 위대한 업적을 이룬 분에게 시상하는 것을 당연한 일로 생각하며 그것이 관례화되어 있다. 그중, 가장 뜻깊은 상은 노벨상이며, 특히 물리, 화학, 생리 및 의학상 등 과학상 3종류가 관심을 끈다. 노벨이 그 상을 제정했을 때는 원자력이 지금처럼 인류에게 공헌하고 인류의 장래를 걱정할 정도로 대단한 줄 몰랐을 때였다. 원자력이 인류의 미래는 물론, 환경정화를 통한 공헌이 지금처럼 심각하게 대두된 때는 없었다. 알프레드 노벨이 그것을 알았다면 노벨상에 원자력상을 우선적으로 제정했을 것이다. 그런 의미에서 이창건 박사에 대한 봉사상 시상은 노벨상 이상의 가치가 있는 상으로 평가할 수 있다'라는 것이었습니다."

25

선대부터 독실한 신앙-그리스語 성경 읽기도

- 이번엔 박사님의 신앙에 관해 말씀 나누죠. 우선 부모님 때부터 설명해 주시죠.

"우리 집안은 한국 최초로 기독교를 받아들인 가정 중 하나라고 들으며 자랐어요. 부모님 대부터 독실한 장로교 가정이었어요. 평북 선천에 살 때는 부친께서 동네의 유일한 교회를 직접 헌당하셨지요. 태평양전쟁 말기가 되자 일본이 쇠붙이란 쇠붙이는 다 빼앗아 갔지요. 그래서 우리는 오리나무로 깎은 식기와 나무 숟가락으로 밥을 먹었습니다. 그런데 그땐 부모님께서 아무 반응도 안 하시더니 교회 건물이 군수물자 저장소가 되고 교회 동종(銅鐘)까지 떼어가자, 부모님께서 목을 놓아 우시기도 했을 정도였지요. 아버님은 인천상륙작전 때 척추에 파편을 맞아 불구가 되셔서 1966년 작고하실 때까지 제대로 운신하지 못하셨죠. 그래도 신앙은 철저히 지키셨어요."

- 박사님은 학교도 미션 스쿨을 다니셨죠?

"1947년 봄, 공산당을 피해 이북에서 내려와 서울에 정착한 후

편입해 들어간 학교가 구제 6년제인 배재중학이었죠. 배재학당은 1885년 미국 감리교 선교사이신 헨리 거하드 아펜젤러 목사님께서 중구 정동에 설립한 우리나라 최초의 근대 교육기관이죠. 학교 분위기가 상당히 신앙적으로 차분하면서도 호연지기를 권장하는 바람직한 환경이었다는 기억이 나곤 해요. 이승만 박사께서도 이 학교를 나오셨으니, 저의 대선배이신 셈이죠."

2023년 '자랑스러운 배재인'에 선정되어 모교 강당에서 수상 소감을 피력하고 있는 이창건 박사. 개인 소장.

- 2023년 '자랑스러운 배재인'으로 선정되어서 오랜만에 모교를 방문하셨을 때 느낌은 어떠셨어요?

"예전 학교에 다니면서 믿음에 대해 고민도 하고 은혜도 받았던 기억이 나더군요. 특히 '크고자 하거든 남을 섬기라'하는 교훈이 교문 입구 커다란 비석에 새겨져 있는 것을 보니 감회가 새로웠어요. 신약 마태복음 20장 26절을 근거로 한 이 교훈을 학교 다닐 때도 열심히 암송했던 기억이 있거든요.”

- 박사님이 신앙과 관련해서 몇 가지 특징을 갖고 있다는 얘길 들었어요. 어떤 겁니까?

“우선 KLO 요원 때 왼쪽 가슴 호주머니에 영어 성경책을 꼽고 다녔어요. 매일 성경 3장씩 읽겠다는 결심을 실천하기 위한 것으로, 그에 더해 심장이 있는 왼쪽 가슴에 성경책을 넣고 다니면, 총알을 맞아도 안전할 것이라는 미신(?)에서 시도한 건데, 그래서인가 전쟁 중에도 끄떡없었던 것을 보면 내 기독교 미신도 괜찮았다 싶은 생각이 들어요. 지금도 새 국제역(NIV) 한·영 성경을 주로 보죠. 학생 때 열심히 보았던 그리스어 성경은 옛날처럼 읽진 못해도 주기도문 정도는 암송하지요. 사실 학생 시절 남들이 영어, 독일어 성경 읽을 때 내가 그리스어 성경을 읽었던 건 일종의 학문적 허영심이었다고 생각해요.”

- 그리스어 성경과 관련해서 각별한 경험이 있으시다죠?

“대학 입학 직후, 그러니까 6·25전쟁 발발 전, 나는 신사훈 박사님이 서울대 문리대 건물에서 인도하시는 학생교회에 출석했어요. 신 박사님은 미국에서 학위과정을 끝냈는데, 일본이 진주만을 공격하는 바람에 태평양전쟁이 끝날 때까지 연구 과정을 연장한 관계로 학문적 깊이가 남달랐지요.”

- 그분과 그리스어 성경과 무슨 관계가 있죠?

"우리는 예배가 끝난 후 그리스어 성경을 읽기 위해 신 박사님으로부터 그리스어 문법을 배웠는데, 6·25가 발발할 때까지 신약성서를 그리스어로 읽을 정도가 되었으며, 주기도문은 달달 외울 만큼 익숙해졌어요. 그것이 나에게 남아 있는 그리스어 성경의 뿌리죠."

다음은 고대 그리스어(코이네 그리스어)로 된 주기도문입니다. 이는 신약성경 마태복음 6장 9-13절의 원문입니다.

Πάτερ ἡμῶν ὁ ἐν τοῖς οὐρανοῖς·
ἁγιασθήτω τὸ ὄνομά σου·
ἐλθέτω ἡ βασιλεία σου·
γενηθήτω τὸ θέλημά σου,
ὡς ἐν οὐρανῷ καὶ ἐπὶ γῆς·
τὸν ἄρτον ἡμῶν τὸν ἐπιούσιον δὸς ἡμῖν σήμερον·
καὶ ἄφες ἡμῖν τὰ ὀφειλήματα ἡμῶν,
ὡς καὶ ἡμεῖς ἀφήκαμεν τοῖς ὀφειλέταις ἡμῶν·
καὶ μὴ εἰσενέγκῃς ἡμᾶς εἰς πειρασμόν,
ἀλλὰ ῥῦσαι ἡμᾶς ἀπὸ τοῦ πονηροῦ.
[Ὅτι σοῦ ἐστιν ἡ βασιλεία καὶ ἡ δύναμις καὶ ἡ δόξα εἰς τοὺς αἰῶνας· ἀμήν.]

- 거기서 어학 천재 한 분을 만났다면서요?
"신 박사님이 제시간에 오시지 않으면 우리끼리 그리스어 문법이나 그리스어 성경 공부를 했는데, 그때 가장 앞서간 이는 역시 영문과의 이한빈 선배였어요. 훗날 경제기획원 장관을 지내기도 한 이 선배는, 스위스 주재 대사를 마치고 귀국할 때, 많은 현지 대사들과 교포들 앞에서 너무 흥에 겨워 독일어로 즉흥시를 작시해 낭송했다고 합니다." – 본문 350쪽 참고

- 박사님의 영어 성경과 관련해서도 잊지 못할 사람이 한 분 있다면서요?

"해주에서 철수할 때 우리 우익 진영에서는 젊은 사람을 남겨놓고 오면, 그들이 나중에 우리에게 총부리를 겨누게 될 것으로 생각해, 젊은이들을 보는 대로 남한으로 가자고 설득했어요. 공산정권이 지긋지긋해 자발적으로 나선 젊은이들도 많았는데, 그 중 한 사람이 민영빈이었어요. 그는 그때 이미 영어에 관심이 많은 것처럼 보였는데, 내가 새벽에 일어나 영어 성경을 읽는 것에, 자극을 받았나 봐요. 그는 나중에 대학에 들어가 영자신문을 창간·운영하기도 했지요. 그걸 보면 그는 학생 때부터 경영 능력을 쌓았다고 봐야 합니다. 그는 자신이 전국 도처에 YBM(Young Bin Min)이라는 상호로 영어학원을 개설할 수 있게 된 것이, 같은 또래의 동료가 영어 성경을 읽고 있는데 충격을 받았기 때문이라고 글과 말로 여러 번 언급했습니다."

- 가족 중에 특이한 신앙 배경을 가지신 분이 있다고 들었는데요.

"저의 누님(1927년생)을 얘기하는군요. 미국에 계시는데, 매형이 돌아가신 후부터 전도사로 살아오면서 남 돕는 일에 매진하셨죠. 요즘도 건강하셔서 활발히 활동 중인데, 나한테 이따금 전화 걸어서 신앙생활 잘하라고 독려하시거든요. 저기 두꺼운 한·영 성경

책도 누님이 나더러 읽으라고 선물로 주신 거예요. 그래서 두 달
에 걸쳐 다시 통독(通讀)했지요.”

- 누님 얘기가 나왔으니 기왕이면 동기간분들 얘기 좀 해주시죠.
“누님은 혼자 몸으로 자녀 셋 모두를 미국 아이비리그에 보냈
습니다. 미국에 사는 누이동생도 80세가 넘었는데, 교회찬양대의
알토 파트에서 정확한 음을 낸다고 합니다. 그녀의 아들 데이비
드(태영) 김은 하버드대에서 박사학위를 받은 다음, 역시 아이비
리그인 펜실베이니아대 교수로 근무하고 있는데 그가 저술한 책
(『The Travelling Artist in the Italian Renaissance』)이 몇 년 전 ‘미
국 최고의 저술상’으로 추천되었다 해서 내가 그 책을 들고 부모
님 묘소를 참배하기도 했습니다. 지금 김 교수는 나와 함께 한국
관련 공동 프로젝트를 추진 중에 있어요. 한편 남동생 이창남은
한국 최고의 건축구조 설계사 중 한 사람이고, 그의 아들도 같
은 서울대 공대 건축과 출신으로 얼마 전 부자 공동명의로 모교
건축과의 설비 일체를 개선해 주어 조만간 큰 상을 받는다고 들
었습니다.”

- 참, 요즘 출석하시는 교회는 어떤 교회인가요?
“서울 송파구 정신여고 강당을 같이 쓰고 있는 ‘주님의교회’에
출석하고 있어요. 제 신앙 기조와 딱 맞는 교회예요.”

- 어떤 게 그렇죠?
“우선 자체 건물을 갖고 있지 않고 학교에 강당을 지어주고 빌
려 쓰고 있는 것이 맘에 들어요. 마모니즘에 빠져 바벨탑처럼 높
이 쌓는 교회들이 너무 많잖아요. 주일엔 학교 운동장을 주차장

으로 쓰고…. 우리는 그것이 교회 경영합리화의 모범적 사례라고
생각해요. 다음으로 연보(헌금)를 무기명으로 낸다는 사실이에요.
교인들의 연보를 독려하기 위해 헌금 액수를 공개하는 경우가
적지 않은데 이 교회는 그런 게 없거든요. 또 헌금의 절반을 사
회구제에 쓰기 때문에 그것도 맘에 들어요."

- 오늘날 한국교회를 어떻게 바라보시나요?
"한국교회가 많이 타락했어요. 마모니즘이 지배하는 교회, 물량
위주의 확대재생산을 추구하는 교회, 그게 가슴 아파요. 나라도
제대로 된 교회에 출석하는 게 바람직한 신앙생활의 일환이 되겠
죠. 나는 주님의교회가 현대적 종교개혁 모델이라고 감히 생각합
니다. 그런데 내 주변의 똑똑한 친구들이 천주교로 개종하는 것
을 보고 우리에게 문제가 있지 않나 자성하기도 합니다."

26

산적한 자료로 집필 정리하는 日常

- 요즘 박사님 일상은 어떻게 됩니까?

"주로 그동안 쌓아 놓은 자료를 정리하는 데 시간 보내고 있습니다."

- 어떻게요?

"여기 보시다시피 각종 자료가 산더미처럼 쌓여 있잖아요. 이 자료들을 재분류해서 다시 정리하는 일에 전념하고 있어요."

- 어떤 자료들인가요?

"가장 많은 게 역시 원자력 관련 자료죠. 여기서부터 저기까지 잖아요. 다음으로 내가 관심 있게 살펴온 음악, 미술, 그리고 문학 분야의 작품들. 중국 가서 관광지를 돌아보고 즉석에서 한시를 지을 때가 있어요. 돌들이 마치 뾰족뾰족한 석림(石林)처럼 뻗어 있는 곳에서 글을 지었더니 동행한 중국 친구(呂廣義)가 '의미는 알겠는데, 끝 자(字)의 운(韻)이 맞지 않는다'라며 수정해 준 거예요."

石林 돌숲

石間林在渺 돌 사이 숲이 있는 것이 묘하구나
林側石林姣 숲 옆에 있는 돌 숲은 너무도 교묘하다
石林仙境美 석림은 신선이 사는 아름다움을 지녔다
雲舞日欽笑 구름은 춤추고 해는 방긋방긋 웃는다

- 파일에 들어 있는 것들은 박사님이 쓰신 각종 칼럼인 것 같은데요.

"사실 저것들이 가장 애착이 가는 자료들이에요. 지난 60여 년 동안 내가 각종 매체에 기고한 원고들인데, 원자력뿐 아니라 앞서 얘기한 음악, 미술, 문학 등 예술 및 인문학 분야를 섭렵했죠."

- 그동안 『코리아 타임스』 등 각종 매체에 쓰신 칼럼 제외하고 내신 책자 좀 정리해 주시죠,

"젊은 시절 라빈드라나트 타고르를 존경해서 그의 명시 '동방의 등불'을 비롯한 글을 번역 출간한 『환상』을 비롯해, 대학 강의 교재로서 이 나라에서 처음으로 영어로 쓴 『원자로 실험(Nuclear Reactor Experiments)』, 『南北 原子力 用語 비교』-공저, 『韓·英·獨 원자력 용어사전』 전 5권(INSC), 『향후 50년간의 원자력 전망』-영문판 및 한국어판(INSC), 『KLO의 한국전 비사』 등 몇 권 돼요. 요즘도 이것저것 자료들을 놓고 내용들을 정리하고 있어요."

- 부디 정리한 자료들을 모아 주옥같은 작품이 더 나오기를 기대하겠습니다.

27

이창건의 생애

1. 청소년기

이창건은 1930년 5월 30일 평안북도 선천(宣川)에서 출생했으나 KLO에서 제대할 때 호적에 1929년에 태어난 것으로 신고해 그렇게 되어 있다. 위로 누나 세 분과 밑으로 남동생 하나, 여동생 하나를 둔 2남 4녀 중 장남으로 태어났다.

선천은 개신교가 중국으로부터 가장 먼저 들어온 곳으로 개화한 도시였다. 현대식 교육시설과 의료시설도 들어왔고, 전국에서 기독교인 밀도가 가장 높았던 곳이고. 이창건의 할아버지와 부모님도 독실한 장로교 인으로 동네에 교회당을 헌당하실 정도로 신앙심이 깊으신 분이었다.

일제말기에 부모님은 딸을 서울의 여자전문학교(이화)에 보내실 만큼 교육열이 높았다. 이것은 그의 집 문화 수준이 높고 교육열이 몸에 배어 있음을 말해준다.

부친은 자작농 겸 소지주로 원산에 가서 건어물을 사서 화물차로 만주에 가져다 팔고, 대신 콩, 옥수수, 광물 등을 국내에 들여오는, 즉 지금으로 말하면 소규모 무역업자이기도 했다. 중산 층쯤 되는 집안이었다. 두 분 모두 근검절약이 몸에 밴 분들이라 자신과 가족에겐 검소하고 엄한 대신 남들에겐 지나치게 후하게 베풀었는데 그것이 딸들에겐 늘 불만이었다. 자기 키가 누나들 이상으로 자라지 못한 것은, 성장기에 배를 곯았기 때문이라고 했다. 그의 남동생 키는 그보다 더 작고, 여동생 키는 남들보다 훨씬 작은데, 그것은 그들의 성장기 때 식량 사정이 얼마나 열악했는지를 보여주는 확실한 증거라고 했다. 게다가 아버님은 상해임시정부와 연관되었다고 하여 탄압을 많이 받았다.

선천에서 중학교에 다닐 때, 태평양전쟁이 막바지에 이르러 평양과 신의주 등지에서 학생들이 소개(疏開)되었다. 당시 이창건의 학급은 또래보다 2~3년 위인 주먹들이 지배하고 있었다. 그들은 전학 온 학생에게 '후꾸로 다다끼'라는 절차를 밟게 했다. 후꾸로 다다끼(袋叩き)란 전학 온 학생에게 보자기를 씌우고, 사방에서 달려들어 때려 길들이는 폭력행위다. 그것을 아는 자들은 미리 뒷거래해서 형식적으로 맞는 척하고, 몸이 약하고 왜소한 학생은 보자기만 씌우고 때리는 시늉만 했다.

그러던 중 체격 좋고 유도 2단이라는 일본 애가 들어왔다. 학급 주먹들이 이 아이를 후꾸로 다다끼 하려 하자, 그는 처음부터 부당하다며 악을 쓰며 반항했다. 며칠간을 옥신각신하던 중 분위기가 이상하게 돌아갔다. 수와 세에 밀린 일본 애가 하루는 일본 형사들을 데리고 와서 주먹들을 모두 체포해 간 것이다.

일본 애는 교탁에 나와 "지금 황군이 일선에서 피를 흘리고 있는데 후방에서 무슨 짓들을 하는 거냐?"며 호통을 쳤다. 그러더니 이제부터는 우리 반의 문제를 자기가 맡아 하겠다고 선언해 버리는 것이었다.

　그러던 중 우리가 근로동원이라며 학교 테니스코트에서 방공호를 파고 있던 그날 정오에 중대 발표가 있을 것이라는 전갈이 왔다. 정오에 발표된 일왕의 연설문 내용이 알쏭달쏭해 확실히 이해할 수 없자, 반장을 교무실로 보내 진상을 파악하도록 했다. 교사 모두 침묵하고 있는 가운데 학생들의 존경을 받고 있던 김영석 선생만이 "일본이 항복했다"고 전해왔다. 그사이 일본 애들은 모두 사라졌다.

　한편 감옥에 갔다 온 학급 주먹들은 일본 애에게 보복할 궁리에 골몰하고 있었다. 그런데 반장이 김영석 선생님에게 이를 알려 김 선생이 개입하게 되었다. 김 선생은 주먹 7~8명의 행선을 따라나섰다. 그들은 일본 애를 죽이러 간다고 했다. 드디어 일본 애 집에 당도했을 때 김 선생님이 그날 처음으로 한국말로 나직이 말씀하셨다.

　"넘어진 자는 짓밟는 게 아니다!"

　정치적 성향이 온건했던 김 선생님은 김일성 집권 후 '반동분자'로 찍혀 잡혀갔다. 끌려간 김 선생님은 시베리아 벌목장에서 중노동을 하고 있다는 소문이 들려왔다. 가뜩이나 몸이 허약하신 김 선생은 일본에서 대학원에 다니다 잠깐 쉬는 동안 교편을 잡고 있었던 것인데, 결국 벌목장에서 작고했다는 소식을 접하게 되었다. 학우들은 펑펑 울었고 어깨들은 통음(痛飮)했다. 이창건은 요즘도 "넘어진 자는 짓밟지 말라!"는 김 선생님의 말씀을 이따금 되새기곤 한다.

　광복 후 소련군이 준동하는 등 극도로 어수선해지자, 부친은 장남, 창건을 서울에 있는 큰딸 집으로 보냈다. 아쉽게도 그는 학생증, 재학증명서, 성적증명서를 챙겨오지 못해 전학이 막막했으나, 매형이 제반 서류를 나중에 제출하겠다는 각서를 쓰고 편입 시험에 응시, 구제 중학(배재) 5학년에 편입하게 되었다.

처음엔 학업 수준이 너무 높아 따라가기 어려웠다. 그것은 그런대로 견딜 만했으나 문제는 끊임없이 이어지는 '이지메(虐め)성 괴롭힘'이었다. 나중에 알고 보니, 남로당 지도부에서 38선을 넘어온 학생들을 괴롭히도록 지령을 내렸다는 것이다. 이른바 공산당 배신자 프레임을 씌운 것이다. 그럭저럭 1949년 8월 배재중학을 졸업하고 서울대 전기공학과에 입학한 지 열 달 만에 6·25전쟁이 터졌다. 학제가 바뀐 탓에 그는 2학년이 되어 있었다.

2. KLO 복무와 원자력 입문

6·25 당시 미군은 이북 출신 청년을 모아 정보수집과 게릴라전을 수행하는 비정규 첩보 조직 KLO(Korea Liaison Office)-8240부대를 운영했다. 이창건은 한국전쟁이 발발하자마자 KLO부대에 입대해 북한 출신의 공대생이라는 이점을 살려 기획 참모로 활약했다. 1953년 10월 KLO는 해체됐고, 이창건은 전기공학도로 복귀했다.

KLO는 최전선에서 위험 임무를 수행했지만, 국적 없는 비정규군이기 때문에 군번이나 제대증이 없어, 정당한 국가적·사회적 보상을 받지 못했다. 훗날 이창건은 KLO부대의 활동을 기록한 저서 『KLO의 한국전 비사』(2005)를 출간해 역사에서 숨겨진 이들의 희생을 복원했다. 정부(국가보훈부)는 이 책 출간을 계기로 이창건 등 KLO 대원들에게 2023년에 와서야 국가유공자로 인정하였다.

이창건은 부산 피란 시절 핵실험 과학자의 이야기를 담은 책

『Atomic Bomb(원자폭탄)』을 읽은 후, 원자력 연구에 심취했다. 그는 야생마 같은 핵반응 에너지를 길들이는 방법을 궁리하느라 밤을 꼬박 새우기도 했다. 6·25전쟁 당시 미군 동료들과 원자력 공부를 함께 했던 우리 공군의 이공계 전공자들은, 제대 후엔 문교부 건물에 모여 레이먼드 머리(Raymond Murray)의 『Introduction to Nuclear Engineering(원자력공학 입문)』과 미국 원자력위원회가 발행한 『연구용 원자로(Research Reactors)』를 교재로 한 스터디그룹을 만들었다. 이창건은 학과 선배의 권유로 스터디그룹에 들어가서 원자력공학 기초를 배웠고, 당시 국제적 추세인 원자력 에너지의 평화적 이용에 관한 자발적 연구를 수행했다.

6·25전쟁 이후 극심한 전력난으로 고심하던 이승만 대통령은 미국 대통령 과학기술 고문 워커 리 시슬러(Walker Lee Cisler) 박사를 만나 조언을 구했다. 그는 디트로이트 전력회사 사장이었다가 제2차 세계대전이 끝난 직후 아이젠하워 유럽군 총사령관의 요청으로, 유럽의 전력 시설을 조기에 복구해 명성을 얻은 바 있다. 시슬러는 이 대통령에게 "우라늄 봉 하나로 석탄 화차 100량에 맞먹는 에너지를 낼 수 있다"라고 하면서 원자력발전 도입을 조언했다. 이 대통령은 자원이 없는 한국으로선 우라늄이 100년을 준비할 수 있는 최적의 에너지라고 생각하고, 원자력발전 사업을 추진했다.

1956년 3월 문교부에 원자력과가 신설됐고, 스터디그룹의 멤버인 서울대 물리학과 윤세원 교수가 과장으로 천거됐다. 이창건은 직원이라곤 과장과 계장 둘뿐인 원자력과를 도와 미국원자력위원회와 국제원자력기구(IAEA)에서 온 공문을 처리하고, 원자력 중장기계획과 원자력법의 초안 작성을 도우면서 실무를 익혔다.

1958년 제정된 원자력법에 따라 이듬해 원자력원과 원자력연구소가 설립됐다. 그리고 대한민국은 미국 지원 속에 1969년까지 국비 131명을 포함해 과학기술자 328명을 미국에 보냈다. 원자력연구소 창설 멤버였던 이창건도, 해외 파견 시험에 합격, 미국에 파견되어 아곤연구소가 운영하는 국제원자력학교에 입학했다.

교육 과정을 마치고 귀국을 준비하던 이창건은 한국과 원자로 도입을 체결한 제너럴 아토믹(General Atomic)에서 트리가마크 (TRIGA Mark:)-II(Training, Research, Isotope Production, General Atomics Mark-II) 운전훈련을 받으라는 긴급훈령을 받았다. 그는 GA에서 한 달 동안 훈련받은 후, 미국원자력위원회 최종 시험에 합격해 한국 최초로 트리가 원자로 운전면허증을 취득하고 귀국했다.

3. 제1세대 원자력 공학자 시절

트리가마크-II 원자로 설치는 GA가 맡고, 주변 시설 건설은 홈스앤드나버(Holmes & Narver)가 맡았다. 이창건을 비롯한 한국 기술팀은 인수만 하면 되었으나, 그들은 모든 설치 과정과 장비 작업에 스스로 참여했다. 계약상 설계 도면을 주지 않기 때문에 고장이나 보수가 필요할 때를 대비하기 위해서였다. 공급회사 직원들이 자리를 비우면 몰래 도면을 복사하거나 사진을 찍었고, 그림 실력이 뛰어난 연구관은 주요 부품과 장비를 상세히 그렸다. 이런 노력 덕분에 동위원소 생산장비가 고장 났을 때 자체

제작에 성공해 막대한 외화 유출을 막았다.

1959년 7월 14일 트리가마크-Ⅱ 연구용 원자로 건설이 착공됐다. 그런데 트리가마크-Ⅱ 연구용 원자로를 운영하려면 20w/o 농축우라늄 확보가 필수였지만, 당시 미국 원자력법은 농축우라늄을 비롯한 특수 핵물질의 판매나 해외 유출을 금지했다. 1961년 이창건은 농축우라늄과 실험기기에 필요한 부품을 확보하라는 정부의 명령을 받고 워싱턴으로 떠났다. 그의 세대는 외국 연구원들처럼 실험 장치나 측정기구를 살 돈이 없어, 그 설계 도면을 보고 직접 만들어 써야 했다. 그때 유행한 말이 "이가 없으면 잇몸으로 씹어라"였다. 그렇게 부품 조달을 위해 백방으로 노력했으나 우리 시장에서 구할 수 없는 부품이 3,000여 종이나 되었다. 그는 미국원자력위원회와 끈질긴 협상을 거쳐 20w/o 농축우라늄을 구매가 아닌 대여받는 조건으로 확보했다. 이창건이 수많은 부품회사와 공급대행사를 접촉하며 부품 구매를 마무리할 무렵, 한국에서 5·16군사정변이 일어났다.

한국에 군사정권이 들어서자, 미국 정부는 농축우라늄 대여를 유보했고, 모든 부품 공급회사가 거래를 피했다. 자칫하면 원자로 건설이 백지화될 비상사태에서 이창건은 무작정 기다릴 수밖에 없었다. 한국 정부가 출장비를 보내지 않아 생활비까지 바닥난 이창건은 한국대사관 지하실 보일러 옆에 기거하며 잠자리를 해결했다. 그는 주말에 열리는 다른 나라 대사관 연회에 참석해 배를 채운 다음 일주일을 견디는 초인적인 방식으로 20주를 버텨 원자력 업무를 완수하고 귀국했다. 그를 비롯한 1세대 원자력 공학자들의 열정과 헌신에 힘입어 1962년 3월 19일 트리가마크-Ⅱ 원자로가 임계에 도달했고, 정부는 3월 30일 준공식에 맞춰 원자로 가동기념 우표를 발행했다.

한국의 첫 원자로 트리가마크-Ⅱ의 출력은 100kW였는데, 몇 년이 지나자 중성자 속(束) 밀도가 낮아 실험데이터를 얻기 힘들다는 문제가 제기됐다. 제2의 원자로를 도입할 예산은 없었기 때문에 원자력공학 연구실은 출력 증강을 대안으로 제시했다. 다수의 연구실에서 5~10배의 출력 증강을 요구했지만, 그는 원자로 운영의 안정성과 핵연료 안전성을 이유로 들어 2.5배 출력 증강을 관철시켰다. 이창건은 노심 해석·제어 계통의 개조·출력 보정(補正) 작업을 맡아 출력 증강에 전력을 다했다. 냉각 계통의 설계와 설치는 이관(나중에 과기처 장관과 울산대 총장 역임)이 맡았다. 1969년 6월 24일 세계 최초로 시도한 출력 증강 계획은 트리가마크-Ⅱ의 노심 출력이 250kW로 증강하면서 성공적으로 완료됐다.

당시 원자력연구소는 원자로의 부싯돌 역할을 하는 알파입자 방출식 중성자 원(Po-Be)을 2년마다 외화로 구매했다. 이창건은 안티모니(Sb)가 중성자를 흡수하면 강력한 감마선을 방출하고, 그 감마선이 베릴륨(Be) 원자핵을 때리면 중성자를 방출하는 원리에 주목해서 스스로 충전되는 재생식 중성자 원(Sb-Be) 아이디어를 떠올렸다. 이창건은 영국 금속회사에 직접 설계한 도면을 보내 재생식(Regenerative) 중성자 원(Sb-Be)을 제작했다. 그의 창의적 아이디어 덕분에 자체적으로 중성자 원 공급 문제를 해결해서 외화 유출을 줄였고, 이는 원자력 국산화의 효시로 평가받는다.

1962년 박정희 정부는 원전 도입을 위해 '원자력발전 추진계획안'을 수립하고, 소요 부지·예산·인력·기술개발·노형·용량·국제협력 등의 구체적 사업을 진행했다. 이에 따라 이창건은 원전 부지 선정 사업 책임을 맡아 전국 유망 지점을 답사했다. 그는 냉각수 확보·기기 수송·안보 문제를 고려해 해안 지역을 우선순위에 뒀다. 지질조사소·기상청·한국전력 토목부·지질조사소·문화재관리국의 협조를 얻어 정밀 조사 한 끝에 고리를 1호 부지로 선정했다.

IAEA 부지 조사평가단은 IAEA에서 개발한 최신 기법과 한국 왕릉 선정 방법을 융합한 그의 독창적 부지 조사 방식을 높이 평가했다. 1969년 1월 IAEA 부지 조사평가단의 지지를 받아 한국 원전 1호기 부지로 고리가 공표됐고, 1977년 1월 19일 고리 1호기의 시험 가동을 시작하면서 한국은 세계 21번째 원자력 발전 보유국이 됐다. 그 과정에서 미국 지질조사국 조지 캘러헌(George Callahan)의 전문 지식이 크게 도움이 되었다고 했다.

이즈음 이창건은 오랜 노총각 신세를 면한다. 39살 때인 1970년 선배 현경호 박사 부인(이정희 선생님)의 중매로 그의 음대 제자인 노승진과 결혼했다. 뒤늦게 박사 과정에도 등록했다. 1970년 서울대 공대 대학원에 입학해 박사 과정을 이수하고 1973년 박사학위를 받았다. 아내와의 사이엔 1남 2녀를 두었다. 장녀는 대학에서 공연예술을 강의하고, 펜실베이니아대 환경 시스템 응용과학과 출신의 장남은 금융업계에 종사, 차녀는 미국에서 데이타 시각화 관련 업무에 종사하고 있다. 이창건은 "이 세상에서 내가 가장 아끼고 사랑하는 사람은 바로 내 손자, 유완"이라고 말한다.

4. 대표업적

"원자력은 한정된 자원을 땅에서 캐내는 것이 아니라 사람 머리(Human Brain)로써 창출하는 기술 에너지다. 자원은 한계성이 있지만, 원자력의 창조력은 무한하다. 원자력 연구관은 발은 땅을 디딘 채 눈은 지평선 너머를 꿰뚫어야 하며, 지엽적·한시적 울타리를 벗어나 인류 역사의 창출을 염두에 두고 오늘을 살아가야 한다.” 세계를 뒤흔든 석유파동을 겪으면서 한국 정부는 원자력의 기술 자립과 국산화를 본격적으로 추진했다. 한국전력은 울진 1·2호기 입찰서에 기술 공여 비중을 높여 최고기술 제공사를 공급자로 선정하는 방침을 세웠다. 프랑스는 파격적 조건을 제시하면서 입찰 불발 시 한국과 외교 단절도 불사하겠다는 강력한 압박을 가해서 입찰에 성공했다. 줄곧 미국 웨스팅하우스(WH)와 일했던 한국전력은 관례대로 미국 기술 규정에 따라 울진 1호기의 냉수 압력시험 보고서를 원자력 안전 규제기관에 제출했는데, 규제기관은 원전이 프랑스 설계이므로 프랑스 규정을 따른 수압시험을 시행하라고 요구하면서 마찰이 생겼다.

한국전력과 규제기관 사이 갈등이 격화되자 정부는 원자력학회에 중재를 위임했고 학회장인 이창건을 책임자로 선임했다. 이창건은 후배 4인의 도움으로 외국의 관례와 기술 문제를 면밀히 조사해 미국 규정을 따라도 문제가 없다는 권고안을 제출했다. 그는 이 사건을 계기로 전력산업기술의 표준화와 국제화의 필요성을 절감했다. 당시 원자력발전소를 비롯한 국내 전력 설비는 미국·프랑스·캐나다 등 다양한 국가의 표준이 적용됐기 때문에 소통의 불합리성과 과다한 해외 인증 비용 등의 문제가 야기됐다.

이창건은 한국전력산업기술기준(KEPIC) 정책위원장(Chairman of Policy Committee)을 맡아 발전소 및 송배전 설비에 관한 설계·제작·조립·건설·운영 및 폐기에 필요한 모든 기술과 제도적 요건을 집대성했다. KEPIC 제정으로 한국어 기술 표준을 사용하면서 현장 작업인력의 편의성이 높아졌고, 외국 표준 및 인증제도 비용이 줄어들면서 기술 수준 증대와 전력 설비 안정성이 향상되는 효과를 거뒀다. KEPIC은 UAE 바라카 원전 4기 건설에도 적용돼, 국제적 표준 기술로 도약하며 국가경쟁력을 높였다.

대용량·고출력을 추구해 온 세계 원자력 시장은 지리적·경제적 여건상 대형 원전이 부적합한 국가들이 중소형 원전에 관심을 두면서 변화가 일기 시작했다. 한국원자력연구원은 중소형 원전이 세계 원자력 시장의 블루오션으로 떠오를 것으로 예상하고 중소형 원자로 기술개발에 착수했다.

원자력연구원이 세계 유일의 발전 겸 해수 담수화용 중형원자로 SMART(System-integrated Modular Advanced ReacTor)를 개발하자 이창건은 중동 국가의 전력 70%가 냉동·냉방용으로 소비되는 점에 착안해, 에너지 소비가 많은 전기 대신 SMART에 냉동·냉방 기능을 부착하는 아이디어를 떠올렸다. 그는 SMART 원자로의 고온·고압 스팀으로 직접 냉매를 압축·팽창시켜서 3배의 열효율이 발생하는 기술을 개발해 국제 특허를 받았다.

아울러 이창건은 날로 심각해지는 기후 변화와 환경파괴에 대처하는 안전한 원전 이용을 원자력 공학자의 시대적 사명으로 여겼다. 그는 원전과 해수 담수화 설비를 병행 운용하는 기술이 지구와 인류의 미래를 보호하면서 기술성과 경제성 향상을 도모한다고 생각했다. 발전소는 에너지의 3분의 1만 전력 생산으로 사용하고 나머지 저온·저압 에너지는 주변에 버린다. 이 버리는 에너지가 지구 온도 상승과 환경 오염의 원인이 된다. 이창건은 버리는 에너지를 이용해 담수화용 해수를 예열(豫熱)하는 정교하고 특수한 복수기(Condenser) 얼개를 개발해 국제 특허를 획득했다. 기존에 폐기 에너지를 활용하는 특허 수는 많았지만, 이창건의 특허는 환경 부담과 해수의 담수화 비용을 동시에 낮추는 데에 원전과 화력 발전소에 공통으로 적용할 수 있어 시장 가치성이 높은 기술로 평가받는다.

이창건은 한국형 원전 개발을 이끈 공훈으로 홍조근정훈장(1972년), 5·16 민족상 학예 부문상(1980년), 3·1 문화상(2012년) 등을 수상했다.

한국원자력학회 창설회원으로 초대 편집위원을 역임했으며, 국제원자력학회 협의회(INSC) 회장직을 2002년부터 2년간 수행했다. 국제원자력기구(IAEA) 전문가로도 활동했다. 2012년 국제 원자력계에서 왕성한 학술 활동을 펼친 것과 한반도의 비핵화를 위해 노력한 공로를 인정받아 INSC가 수여하는 'INSC 글로벌 어워드'를, 2013년 IAEA가 수여하는 '제6회 글로벌 어워드'를 각각 수상했다. 이 상은 원자력 기술의 평화적이고 지속가능한 활용을 통해 사회에 기여한 개인이나 단체에 주어진다.

한편 성풍현 한국과학기술원(KAIST) 명예교수가 INSC가 수여하는 '2025 INSC 글로벌 어워드' 수상자로 선정됐다. 성 교수의 수상은 2012년 이창건 박사 수상 13년 만에 한국인으로 두 번째 수상하는 쾌거다.

'2025 INSC 글로벌 어워즈' 수상자로 선정된 성풍현 KIAIST 명예교수. KAIST 제공.

성 명예교수는 1991~2020년 KAIST 교수로 재직하며 한국원자력학회 회장, 한국원자력안전위원회 위원, 한국 원자력 진흥위원회 위원 등을 지냈다. 2019년 원자력 계측제어 분야 최고 권위상인 돈 밀러상(Don Miller Award)을 받은데 이어 지난 1월 세계 학술 데이터 플랫폼인 스칼라GPS가 발표한 '2024년 원자력발전소 연구 분야 연구 영향력 1위'로 선정되기도 했다.

성 교수는 "원자력은 기후에 영향을 주지 않으면서도 안전하고 경제적으로 대량의 에너지를 생산할 수 있는 에너지원"이라며 "이번 수상은 한국이 전 세계 원자력 기술의 평화적 이용과 발전에 크게 기여하고 있음을 국제적으로 인정받은 결과"라고 소감을 밝혔다.

5. 영어 실력을 키우다

이창건은 영어가 유창하다. 웬만한 국제회의 석상이나 만찬장에서 한 연설 문구를 보면 유려하고도 유머러스하기 그지없다. 마치 타고난 영어 실력자 같다. 하지만 결코, 그렇지 않다. 지난한 과정을 통해 뚜벅뚜벅 영어 실력 쌓기에 매진한 결과다. 그가 영어 실력을 키우겠다는 생각을 처음 하게 된 것은 언제일까?

그는 배재중학 5학년 때 매일 아침 영어 성경을 최소한 석 장씩 읽는 것으로 성경 공부를 겸한 영어 공부에 본격적으로 들어갔다. 6·25 때 KLO 요원으로 복무할 때도, 웃옷 왼쪽 주머니에 영어 성경을 넣고 다니면서 수시로 읽었다. 그렇게 하니 총알이 심장을 뚫지 못한다는 종교적 미신도 생기게 되었다.

영어 실력이 부쩍 는 것은 아무래도 KLO 요원 시절이 아니었

나 생각된다. 당시 업무가 영어와 밀접한 관계가 있었기 때문이
다. 이창건의 주 업무는 북으로 침투한 요원들이 난수표로 보내
온 전문(Code)을 암호 해독(Decoding)하여 상부에 보고하는 것이
다. 그런데 궁극적으로 영어로 보고가 올라가는데, 암호해독을
번역 회사에 맡겨 받는 것을 보고 이창건이 영어와 한글 대역으
로 육하원칙에 따라 작성해 보고하면서 변화가 생겼다.

특히 국군, 미군, 인민군, 중공군을 색깔별로 구분 보고해서 미
군과 중공군 등의 배치 상황을 지도에 표시하는 등 명확히 구분
해서 보고했더니 그때부터 영어로 직접 작성해 보고하라는 주문
이 내려온 것이다.

그는 실력을 인정받았는지 고문관으로부터 특별한 대우를 받
았다. 예일대 법대 출신의 이 고문관은 『Animal Farm』, 『1984』
등 조지 오웰의 책 4권을 이창건에게 선물로 주었다. 그는 받자
마자 그 책들을 부지런히 읽기 시작했다. 자연히 영어 실력이 일
취월장하게 될 것은 불문가지. 그 시절엔 영어책뿐 아니라 각종
서적을 50여 권이나 섭렵해 인문학적으로도 충만했던 시기다.

한편 1·4후퇴 임박해서 대원 둘과 북한지역에 침투했는데 그때
남쪽으로 탈출 의사를 밝힌 우익 청년들이 더러 있었다. 그중에
한 청년이 매일 아침 이창건의 영어 성경 석 장씩 읽는 모습과 영
어 실력에 충격을 받았으며, 그도 나중에 영문학과에 다니며 대
학 영자신문을 창간·운영했다. 그가 영어학원 재벌로 이름난 민
영빈(YBM)이다.

다시 이창건의 영어 얘기로 돌아와서 그가 본격적으로 영어
실력을 키워야겠다는 생각을 처음 하게 된 연원(淵源)은 아무래
도 부산 피란 시절 노점에서 우연히 미군 도서관 도장이 찍힌
『원자폭탄(Atomic Bomb)』이란 책을 봤을 때가 아니었나 술회한

다. 다음으로 선배들과 『원자력공학 입문(Introduction to Nuclear Engineering)』을 공부하러 참여하면서 본격적으로 영어 실력을 키울 수밖에 없었다. 이미 쟁쟁한 실력을 갖춘 선배들을 따라가기 위해서 말이다.

연구소에 들어와 영문 텍스트를 읽다 보니 영어를 좀 더 잘해야겠다는 생각이 들었다. 그때부터 본격적인 영어 공부에 몰입했다. 얼마 후부터는 보고서를 영어로 작성해 올렸다. 그런데 위에서 별말이 없었다. 그의 글을 이해했다는 뜻이었을 것이다. 이제 에세이 같은 글을 쓸 기회가 왔다. 『코리아타임스』에 기명 칼럼을 쓰기 시작한 것이다. 글을 쓰면서 영어가 좀 더 늘었다. 인문학 분야의 공부도 열심히 했다. 에세이 쓰기는 그에게 또 다른 영어 실력을 부여하는 계기였다. 그러나 애석하게도 그가 쓴 '세계에서 가장 좋은 것과 가장 못 된 것'이라는 칼럼 중, '미국 급여는 제일 많은데 미국 부인은 제일 못 됐다'고 품평한 글(칼럼 'American wife')을 본 미국 부인들이 자기네 나라 여인들을 인격 모독했다고 항의하는 바람에 3년간의 영문 글쟁이 생활을 마쳤다.

그래도 남은 건 있다. 원자력연구소는 물론 다른 기관에서도 관련 논문 등의 심사를 이창건에게 부탁해 온 것이다. 서울대, KAIST 등 대학과 다른 연구소로도 입소문이 나 논문 심사위원으로서의 입지를 탄탄히 했다.

6. 만학도의 해명

그가 책 말미의 경력란에 굳이 박사학위 논문 제목을 적은 데에는 특별한 이유가 있다. 서울대를 수석으로 입학했던 정창현 군이 매사추세츠공대(MIT)에 가서도 뛰어난 성적으로 학위를 받고 돌아와 그에게 와서 말한 귀국 제1성은 "남들은 다 학위를 했거나 학위과정을 밟고 있는데, 어째서 선생님은 그걸 안 하시느냐?"는 것이었다. 그리고 이창건도 모르는 사이에 서울대 공대 원자력공학과에 학위과정을 신청해 놓았다.

하는 수 없이 그는 주중엔 연구소에서 자면서까지 논문작성에 매달렸다. 바로 그때 연구소가 구매한 대형 컴퓨터를 1년 동안 무료로 사용할 수 있는 특권이 주어졌다. 연구소 직원들은 그 기간에 컴퓨터를 이용해 그의 일을 성의껏 도와주었다.

필수과목인 제2외국어(독일어)는 예전처럼 과학원서를 읽을 만큼 회복했고, 애매한 문장은 노트에 적어 놓았다가 독일에서 공부했다는 수녀님의 지도를 받았다. 그러자 그의 처가에서는 "시간을 아끼라"라며 승용차를 보내주었다. 이렇게 주위의 전폭적인 지원에 힘입어 이창건은 학위과정을 밟게 되었다.

학위과정이 끝나자, 그의 전기공학과 동기인 고명삼 교수는 "자네가 전기공학과 출신이라는 걸 세상이 다 아는데 어째서 다른 과에서 학위과정을 밟았느냐"며 논문 내용과 관계없이 전기공학과로 와야 한다며 지도교수도 2년 선배이신 지철근 교수가 맡기로 합의했다고 밝혀 왔다.

이렇게 해서 논문 내용은 원자력공학인데, 학위는 전기공학과를 통해 받기 받는 것으로 되었다. 이 같은 사례는 어디에서도 볼 수 없는 희귀한 경우일 것이다.

7. 단골 결혼 주례

이창건은 평생 주례를 많이 선 편이다. 한 100번쯤 섰다.

처음엔 하찮게 시작되었다. 직원 하나가 가난한 자기 친구가 주례가 없어서 그러는데 주례를 서 줄 수 없느냐는 딱한 처지를 외면할 수 없어 시작했다. 고아 주례를 많이 서다 보니 고아 주례가 전공과목이 되었다.

주례를 많이 서다 보니 웃지 못할 사건들도 목도하게 된다. 직원 장가가는 날이 하필이면 식목일(그땐 휴일)이라 예식장 가는 길이 완전히 막혀 도저히 제시간에 도착할 가능성이 없어 주최 측이 대리주례를 단상에 모셔 놓았는데, 그가 도착하자 사회자 청년이 '정식 주례가 오셨으니, 대리 주례는 내려오시오'라고 선언하고 결혼식을 시작한 일, 가톨릭을 믿는 신랑과 개신교를 믿는 신부 혼인시키는데 복잡한 격식 때문에 진땀을 빼기도 한 일 등.

이창건은 신랑, 신부에게 물어봐 집에 족보가 있다고 하면, 그걸 가져오라고 해서 양자가 그 위에 손을 얹고 혼인 서약을 하도록 하라고 한다.

잊을 수 없는 행패 사건도 있다. 영등포에서 주례를 서는 중에 갑자기 왈패 네 명이 "이 결혼은 무효"라며 난장판을 만들고 주례도 주례석에서 내려오라고 위협하는 가운데 같이 간 운전기사가 합기도 5단의 실력을 발휘해 겨우 수습했다는 것.

결혼 축의금 1번은 언제나 주례 이창건의 몫이란다. 둘이 잘 살라는 의미에서 주는 첫 선물이라는 거. 그래서인가 아직까지 이혼한 커플이 한 쌍도 없는 것도 기록이라면 기록이다.

그런 가운데 어느 날 어느 결혼식장에서 주례를 서고 나오는

데, 한 중년 여인이 그를 뒤쫓아왔다. 누구냐고 물었더니 자기 주례도 선생님이 섰다고 반가워하기에 "애가 몇이냐?"고 물었더니 "큰애가 이번에 서울대 공대 기계공학과에 입학했다"라고 하는 것이었다. 그 얘기를 들으니, 가슴이 뿌듯해지고 날아갈 것만 같더라는 것이다. 여인은 "덕분에 잘살고 있다"라며 꽃과 함께 카드를 놓고 갔다고 한다. 또 다른 여인은 집으로 찾아왔는데, 돌아가고 난 후 카드를 열어 보니 속에 적잖은 현찰까지 들어 있었다는 것이다. 아무튼 이창건에 있어 결혼 주례는 생각할수록 흐뭇한 기억의 연속이다.

이창건의 경력

약력

1930년	평안북도(平安北道) 선천(宣川) 출생.
1950년	서울대 공대 전기공학과 입학.
1951~53년	유엔군 사령부 산하 게릴라 KLO부대 요원.
1957년	서울대 공대 전기공학과 졸업.
1955~58년	국내 최초 원자력 스터디그룹 참여.
1959~94년	원자력연구소 연구관, 원자로 관리실장, 원자로 공학부장, 연수원장.
1973년	학위논문: Critical Mass Minimization of a Cylindrical Geometry Reactor by Two Group Diffusion Theory(서울대).
1990~92년	한국원자력학회 회장.
1992~2024년	한국전력산업기술기준(KEPIC) 집행위원장.
1992년	미국원자력협회 펠로우(Fellow).
1995~2004년	대한민국 원자력 위원(3개 정부 하에서).
2002~2004년	국제원자력학회 협의회 의장.
2011~2020년	한국원자력문화진흥원 원장.

저서

1953년	『환상 : 라빈드라나드 타고르』(역서).
1969년	『어쩌면 이다지도』.
1977년	『원자로 실험(Nuclear Reactor Experiments)』-영문.
1991~92년	『韓·英·獨 원자력용어사전』전 5권(INSC).
1992년	『향후 50년간의 원자력 전망』-영문판 및 한국어판(INSC).
1993년	『獨·英·韓 원자력 용어집』-공저.
1996년	『최신 원자력 용어 사전』-공저.
1998년	『南北 原子力 用語 비교』-공저(한국원자력학회 출간).
2005년	『KLO의 한국전 비사』(지성사 출간).
2019년	『그때 그리고 지금』(글마당 출간)-공저.

서훈 및 수상

1972년	홍조근정훈장.
1980년	제15화 5·16 민족상(학예 부문).
2012년	제53화 3·1 문화상(기술상).
2012년	INSC 2012 글로벌 어워즈(국제원자력학회 협의회 제정).
2013년	제6회 글로벌 어워즈(국제원자력기구 제정).
2018년	과학기술유공자 선정.
2023년	'자랑스러운 배재인' 상.
2023년	국가유공자 선정.

연설 및 칼럼

9. 大醫와 마중물, 이창건(한국원자력문화진흥원 원장).

10. 사고자(思考子)와 추파트론, 1967년 6월 1일자『동아일보』
    이창건(한국원자력연구소 연구원).

11. 원자력 주추 놓은 윤세원 박사『과학과 기술』2013년 4월호,
    이창건.

12. Dinner Table Address at the Annual Meeting of the International
    Nuclear Societies Council, Convention Center, Jeju, Korea,
    LEE, Chang Kun Former INSC Chair 2013 INSC Global Award
    Recipient.

01

A Letter from Einstein to Roosevelt

Albert Einstein

Old Grove Rd.

Nassau Point, Peconic, Long Island,

August 2nd, 1939

F. D. Roosevelt

President of the United States

White House

Washington D. C.

Sir:

Some recent work by E. Fermi and L. Szilard, which has been communicated to me in manuscript, leads me to expect that the element uranium may be turned into a new and important source of energy in the immediate future. Certain aspects of the situation which has arisen seem to call for watchfulness and, if necessary, quick action on the part of the Administration. I believe therefore that it is my duty to bring to your attention the following facts and recommendations.

In the course of the last four months it has been made probable through the work of Joliot in France as well as Fermi and Szilard in America that it may become possible to set up a nuclear chain reaction in a large mass of uranium, by which vast amounts of power and large quantities of new radium-like elements would be generated. Now it appears almost certain that this could be achieved in the immediate future.

This new phenomenon would also lead to the construction of bombs, and it is conceivable—though much less certain—that extremely powerful bombs of a new type may thus be constructed. A single bomb of this type, carried by boat and exploded in a port, might very well destroy the whole port together with some of the surrounding territory. However, such bombs might very well prove to be too heavy for transportation by air.

The United States has only very poor ores of uranium in moderate quantities. There is some good ore in Canada and the former Czechoslovakia, while the most important source of uranium is Belgian Congo.

In view of this situation you may think it desirable to have some permanent contact maintained between the Administration and the group of physicists working on chain reactions in America. One possible way of achieving this might be for you to entrust with this task a person who has your confidence and who could perhaps serve in an unofficial capacity. His task might comprise the following:

a) to approach Government Departments, keep them informed of the further development, and put forward recommendations for Government action, giving particular attention to the problem of securing a supply of uranium ore for the United States;

b) to speed up the experimental work, which is at present being carried on within the limits of the budgets of University laboratories, by providing funds, if such funds be required, through his contacts with private persons who are willing to make contributions for this cause, and perhaps also by obtaining the cooperation of industrial laboratories which have the necessary equipment.

I understand that Germany has actually stopped the sale of uranium from the Czechoslovakian mines which she has taken over. That she should have taken such early action might perhaps be understood on the ground that the son of the German Under-

Secretary of State, von Weizsacker, is attached to the Kaiser Wilhelm Institute in Berlin, where some of the American work on uranium is now being repeated.

Yours very truly

/S/A. Einstein

(Albert Einstein)

02

Table Speech at Westinghouse-Invited Luncheon
Washington Hilton Hotel, 16 November 1986

Chang Kun Lee

1985년엔 대한민국이 태평양원자력회의(PBNC)를 유치, 성공적으로 주최해 호평받았다. 이렇게 국제사회의 주목을 받게 된 우리는 1986년 워싱턴 D.C.에서 열린 미국원자력학회-미국원자력산업회의(ANS-AIF) 연차대회엔 20명이나 참가했다. 그 회의장에서의 양대 뉴스는 체르노빌 원전 사고와 한국 원전 11, 12호기 입찰 문제였다.

수석부사장을 단장으로 한 웨스팅하우스 참석자 30명은 전세기를 타고 왔다고 했고, 그들은 다음날 우리를 점심에 초청하겠다고 알려 왔다. 그날 저녁 나는 웨스팅하우스 초청의 오찬 때 애기할 항목을 쪽지에 메모해 놨는데, 그 내용을 풀어쓰면 다음과 같다.

I am fond of watching boxing.

I especially enjoy watching the world champion title matches.

So far I have watched 9 title matches in our country.

I know a very good boxer who has won 6 out of 9 matches.

He has only lost the third and the last two.

나는 권투경기를 좋아한다.

특히 세계 챔피언 타이틀 경기 구경을 즐긴다.

나는 지금까지 우리나라에서 열린 아홉 번의 세계타이틀
경기에서 여섯 번이나 이긴 대단히 뛰어난 선수를 알고 있다.

그는 지금까지 세 번째와 마지막 두 번의 시합에서만 졌다.

According to the rumor, he is going to fight for

the forthcoming championship sometime next year.

The name of this famous boxer is Mr. Westinghouse (W)

who has supplied us with 6 out of 9 nuclear reactors.

소문에 따르면 그는 곧 열리기로 되어 있는

세계 챔피언 타이틀전에 도전할 것이라고 한다.

이 유명한 권투선수의 이름은 그간 우리에게

9기의 원자로 중 6기를 공급한 웨스팅하우스 씨다.

Because of these 6 W reactors, I have spent more than 10,000 hours of my working time up now. I have been involved in 6 W reactor projects from the very beginning of the projects in the areas of feasibility study, site survey & its selection, contract negotiations for KEPCO, fuel cycle evaluation including in-core management, safety analysis, and the like.

이 6기의 웨스팅하우스 원자로 때문에
나는 여태까지 1만여 작업시간을 투입했다.
즉, 이 원전 사업의 처음부터 시작해 타당성 조사, 부지 조사와
그 선정, 한전을 위한 계약 상담 지원, 노심관리를 비롯한
핵연료주기 평가, 안전성 분석 등이 그런 것들이다.

The total capacity of these 6 W reactors is roughly 5,000 MWe.

The energy to be produced from these reactors is and will be vital to the well-being of our daily life, to our industries, to the development of our nation and so on.

이 6기의 웨스팅하우스 원자로 총용량은 500만kW에 이르며,
거기에서 생산될 에너지는 우리 생활의 행복,
우리나라 산업과 국가 발전에 결정적으로 기여할 것이다.

We cannot think of the prosperity of Korea without these reactors, without the electric energy there from, and without the down-to-earth cooperation with Mr. Westinghouse.

한국의 번영은 이 원자로 없이는 생각할 수 없으며,
거기에서 생산될 에너지 없이는 불가능하고 또한
웨스팅하우스와의 긴밀한 협력 없이는 성취할 수 없다.

The availability and capacity factors of these 6 W reactors in our country have shown to be superior to those of average US water reactors and average PWR's in the world by and large.

한국에서 운용되고 있는 이 6기의 웨스팅하우스 원자로

이용률과 부하율은, 미국의 평균 경수로의 그것보다 우수하고
세계 가압경수로(PWR)의 평균치를 앞서고 있다.

We are making diehard efforts for upgrading the performance of these reactors by all means. Should such upgrading efforts be made into being, the W-supplied reactors would eventually become the best reactors in the world in terms of energy cost, reliability and safety. In other words, we are working in Korea on behalf of Westinghouse day and night, and probably vice versa.
우리는 이 원자로의 운전실적 향상을 위해 혼신의 노력을
기울이고 있으며, 우리 노력이 결실을 거두게 되면 결과적으로
웨스팅하우스가 공급한 원자로는
경제성, 신뢰성, 안전성 면에서 세계 최고가 되리라 믿는다.
다시 말해 우리는 한국에서 웨스팅하우스를 대신해
밤낮 일하고 있는 셈이고, 그 반대도 가능하리라 본다.

I am sure that you all know of the famous British historian named by Arnold J. Toynbee who is the author of 『A Study of History』 He said once:
여러분은 세기의 명저 『역사의 연구』 저자이신
유명한 영국 역사학자 아널드 토인비를 알 것이다.
한때 그는 이런 말을 했다.

"America is strong and rich; South America is weak and poor.
There is a wide gap and deep gulf between this North and South.

It's true that the poor always resent the rich

And the weak are jealous of the strong.

This is the fact but no one can alter it."

"미국은 부강한 반면, 남미는 허약하고 가난하다.

이 남북 사이엔 넓은 틈새와 깊은 수렁이 놓여 있다.

가난뱅이는 부자를 늘 미워하고

약자가 강자를 시기하는 것은 어쩔 수 없는 일이다.

그것이 엄연한 현실인데도 아무도 그걸 시정하지 못한다"고.

Mr. Westinghouse!

This is the United States of America.

Where the weak grow strong, the strong grow great.

Everybody is dynamic, and everything is King-size.

웨스팅하우스 씨!

여기는 약자가 강자로 자라나고 강자는 위대하게 성장하며,

모든 이가 활력이 넘치고 모든 것이 대형인 미합중국이다.

Now, Mr. Westinghouse is strong and rich;

strong in technology and rich in technical information.

Poor and weak we may be but Latin Americans we are not.

We rather respect the strong W, and we do admire the rich W.

자 보라! 웨스팅하우스 씨는 강하고 부자다.

기술에 강하고 기술 정보를 풍부하게 가진 부자인 것이다.

비록 우리가 가난하고 허약하긴 해도 남미인 같지는 않다.

오히려 우리는 강한 웨스팅하우스 씨를 흠모하고

부자 웨스팅하우스 씨를 존경하고 있다.

Our only hope and sincere desire are to see that the strong
W grow stronger and the rich W become richer by making the
poor Korea rich and by altering the weak Koreans to be healthy.
우리가 바라는 것은 오로지 가난한 한국이 부자가 되고
허약한 한국인이 건장하게 되는 것인데
그 과정에서 강한 웨스팅하우스는 더욱 강하게 되고
부자 웨스팅하우스가 한층 더 풍요롭게 되는 것을 보는 것이다.

What we see, however, is gloomy;
What we hear, unfortunately, has been pessimistic.
Above all, what we feel and think about Mr. W is below
our expectation.
그런데 우리가 보기에 사태는 너무 우울하고
들려오는 것은 비관적 얘기뿐이다.
더욱이 우리가 느끼고 생각하는 것은 웨스팅하우스 씨가
우리 기대에 부응치 못하고 있다는 사실이다.

(다음부터 '이별의 노래'까지의 표현은 윌리엄 셰익스피어 저(著) 『줄리어
스 시저』 중 브루터스의 연설을 모방한 것임)

Who is here so base that would not improve himself and
neither try to make the rich W richer, nor to upgrade the status
of strong W stronger?
If any here, for him have I offended.
혹 여기에 자신의 발전을 거부하고

부자 웨스팅하우스를 더 풍요롭게 만들기를 원치 않고
강한 웨스팅하우스를 한층 더 강하게 만들려는 노력을
마다하는 비열한 자가 있는가?
만일 있다면 나는 그에게 잘못을 저지르는 것이다.

Who is here so rude that would attempt to keep the poor
Koreans always poor and the weak Koreans even weaker, trying
to maintain their status quo?
If any in this assembly, for him have I offended.
혹 이 자리에 현상유지책을 획책함으로써
가난한 한국인을 더욱 가난하게 만들고
허약한 한국 사람을 한층 더 약골이 되게 하려는
야비한 자가 있는가? 만일 청중 속에 그런 자가 있다면
나는 그에게 죄를 지은 것이다.

Who is here so vile that will get rid of the mutual cooperation
and technology transfer?
To him the poor and weak Koreans will sing in chorus
'Auld Lang Syne'. I will not pause for reply.
만일 여기 상호협력과 기술이전을 기피하는
쌍스러운 분이 계시다면
가난하고 허약한 한국인들은 그에게
'이별의 노래'를 합창할 것이다.
나는 대답을 듣기 위해 기다리지 않겠다(셰익스피어의 표현)

You are given wings to fly above, way above the cloud;

You are provided with technology, experience, capital, facilities, market and many others:

You are dynamic while we are stationary.

You are bee, and you are butterfly. But we are flower.

당신네는 하늘 높이 비상할 날개가 있다.

구름 위에 올라갈 수단이 있다.

(보리스 파스테르나크의 『의사 지바고』 중에서)

당신네는 기술, 경험, 자본, 시설, 시장 및 기타 여러 가지를

보유하고 있다. 당신네는 동적이고 우리는 정적이다.

당신네는 벌이고 당신네는 나비이지만, 우리는 꽃이다.

You have flown to Korea to pick up nectar in spring.

We wanted you to carry the pollen instead.

But many people in Korea think that

You do not do it well in deed indeed.

These days, other bees and foreign butterflies carry the pollen

Without picking up nectar from Korean flowers.

당신네는 봄철에 꿀을 따먹기 위해 한국으로 날아왔다.

대신 우리는 당신네가 화분(花粉)을 옮겨줄 것을 바랐다.

그런데 많은 한국인은

당신네가 그 일을 실천하지 않는다고 생각한다.

최근 외국 벌과 낯선 나비들이 날아와 한국 꽃에서

꿀을 따먹지는 않고 화분을 옮겨주고 있는 실정이다.

Mr. Westinghouse has always said something beautiful and sweet.

When our young engineers ask you for some information, however,

Your response is normally such that it is proprietary information.

Thus our communication route has always been blocked.

What is the nature of proprietary information after all!

웨스팅하우스는 우리에게 언제나

듣기 좋고 달콤한 얘기를 해줬다.

그런데 우리 젊은 엔지니어들이 정보를 요청하면

당신네의 반응은 언제나 그것을 독점정보라며 주지 않았다.

이렇게 우리 양자 간엔 대화의 통로가 단절되어 있는 것이다.

도대체 독점정보의 실체는 무엇인가?

(그들은 핵잠수함 설계용 극비기술이므로 못 주겠다고 했음.)

When we grow strong and rich,

we will push you upward so that you may become stronger and richer.

Even if we become rich and strong, we will not pull your legs behind.

We will cooperate with you.

We are not like the Japanese, we are different from the Japanese.

You and the Korean nuclear community are in the same boat.

앞으로 우리가 부강하게 되면

우리는 당신네를 위로 밀어 올려

당신네가 더 부강하게 되도록 할 것이다.

혹 우리가 부강하게 되더라도
당신네의 뒷다리를 붙들고 물고 늘어지지는 않을 것이다.
우리는 당신네와 협력할 것이다. 우리는 일본인들과는 다르다.
당신네와 한국 원자력계는 같은 배를 타고 있는 형편이다.

The strong cannot grow stronger so long as your neighbor remains weak. The rich just cannot become richer so far as there are all poor guys around.

강한 자는 주변의 이웃이 모두 약자로 남아 있는 한
결코 더 강하게 성장할 수 없다.
부자도 옆 사람들이 모두 가난뱅이라면
결단코 큰 부자가 될 수 없다.

If the champion boxer is too stingy and appears to be somewhat arrogant, the audience is seduced to stand up for applause when he is to get knocked down.

만일 챔피언 권투선수가 너무 치사하게 굴고
덧붙여 자못 건방지게 보인다면
구경꾼들은 그가 얻어맞고 쓰러질 경우
모두 일어나 박수 치려는 유혹에 빠지기 쉽다.

Remember!
The tragedies in history have occurred not so much from what were finally done, as from what had earlier been left undone.

역사상의 비극들은 마지막에 해야 할 일을

하지 않는 것 때문에 생기기보다는 오히려
애초에 자기 의무를 다하지 않은 원인으로 말미암아
발생한다는 사실을 명심해 주기 바란다.
(철학자 조지 산타야나의 말을 인용한 것)

Am I too serious?
If so, let's drink together for quenching our heart.
내가 너무 심각하게 얘기했나요?
그렇다면 답답한 마음을 축이기 위해서라도
다 같이 한 잔씩 마십시다.

하루는 쉘비 브루어가 대전의 내 사무실에 찾아왔다. 그는 미국 정부의 원자력정책 총책으로 원자력학회에서 미국 정부를 대표해 축사하거나 미국의 원자력 정책을 발표하는 최고위급 인사인데, 나 같은 사람을 찾아오는 것은 격에 맞지 않는 일이었다.

그런데 명함엔 컴버스천엔지니어링(CE) 사장으로 되어 있었다. 즉, 그는 이제 미국 정부 대표가 아니고 회사 대표로 나를 찾아온 것이다.

그의 첫마디는 나의 워싱턴 연설문을 얻으러 왔다는 것이었다. 미국 원자력 시장에 소문이 자자한데, 자기는 아직 그 원문을 보지 못하고 있다는 것이다.

나는 원문을 복사해 그에게 주었다. 그러면서 그때 더 심한 얘기를 하고 싶었는데 메모에 적은 것을 회상해 적었기 때문에 충분치 않다며, "요는 한국의 원전 국산화를 빠른 시간 안에, 그리고 가장 효율적으로 추진하고 싶다는 것이 우리 원자력계의 염원"이라고 말했다.

그랬더니 자기가 이번에 CE로 옮겨간 것도 그것에 협조하기 위함이라고 했다. 내가 "웨스팅하우스도 처음엔 똑같은 얘기를 했는데, 이제는 원자력 총독처럼 행사하고 있다"고 불쾌해하자, 그는 "CE는 다르다. 두고 보면 알게 될 것"이라고 저자세로 말했다. 그 후 CE는 웨스팅하우스를 제치고 한국 후속기를 따냈다.

우리 원자력 11, 12호기(영광 3, 4호기)가 CE에 낙찰된 이듬해 ANS-AIF 연차대회에선 쉘비 브루어가 나를 만찬에 초대했는데, 그 자리엔 CE의 부사장급 중역들이 부부동반으로 와 있었다.

쉘비가 말하기를 "내 연설문을 액자에 넣어 사무실에 걸어놨다며, 다른 하나는 영광 3, 4호기 입찰서 작성팀 작업실에 걸어놓고 한국에서 원하는 대로 기술 전수 위주로 입찰서류를 작성했더니 운 좋게 낙찰받게 되었다"며 기뻐했다.

식사 때 쉘비 부인은 내 옆에 바싹 붙어 온갖 시중을 다 들어주었다. 그녀는 원래 스웨덴 출신으로, 스웨덴에서는 윗사람이나 외국 귀인에게 그렇게 하는 모양이다.

CE 측은 나를 브루어 부부 사이의 상좌에 앉히는 등 최선을 다했다. 쉘비는 내 워싱턴 스피치를 "시(詩)"라고 칭송했다. 나는 미국원자력학회가 열릴 때마다 CE의 초청을 받았다. 그때마다 큰 호강을 한다고 느꼈다.

영광 3, 4호기 프로젝트 때문인지는 몰라도 브루어는 원전 시장이 파리를 날리던 그 시절에도 사장과 회장으로 승승장구했고 나와는 더욱 가까운 사이가 되었다.

우리가 원전의 설계와 제작 기술을 국산화할 수 있었던 것은 모든 기술자료를 우리에게 공개키로 약속한 CE의 협조 덕분이기도 하다.

03

Dinner Table Speech
(Dogs in France) (1980's, Lyon)

Chang Kun Lee

울진 1, 2호기를 낙찰받는 데 성공한 프랑스는 후속기에 계속 관심을 표명하며 한-프랑스원자력협정을 체결했다. 그때 프랑스 원자력부 장관 일행이 내한하여 우리와 기술문제를 협의했다. 한국 측은 전에 파리에서 대접받은 일도 있고 해서 그들과 주한 프랑스 대사 및 과학 담당 참사와 대사관 간부들을 만찬에 초빙했다.

그런데 그날 호텔 식당 종업원의 너무나도 무례한 행동 때문에 한국 참가자들은 얼굴을 들 수 없을 정도로 코너에 몰리게 되었다. 그자는 분명 깡패였을 것이다. 그렇게 해서 그날의 분위기는 한국이 마치 야만국이나 다름없는 나라처럼 비치고 말았다.

프랑스인들은 1866년 조선이 한반도에서 선교활동하던 프랑스 신부 12명 중 9명과 수천 명의 조선인 천주교도들을 학살한 사건(병인박해)을 분명히 기억하고 있을 것이다. 그날 저녁 분위기가 싸늘하게 되자 프랑스 대표 중 한 사람이 입을 열었다.

"한국 사람들은 개고기를 먹는다지요?"

이에 대해 아무도 대꾸하는 사람이 나서지 않자. 상석에 앉아 있던 성낙정 선배(한전 부사장, 전기공학과 1년 선배)가 말석에서 웅크리고 있는 나를 지목하더니 "아마 저 사람은 개고기를 먹을 것"이라며 개고기 문제를 나에게 뒤집어씌웠다. 자네가 희생양이 되어 나라를 위해 수고 좀 해줘야겠다는 뜻이었을 것이다.

나는 "개고기는 사람 세포와 비슷해 흡수가 잘 되고 배탈도 안 나 몸에 좋다는 얘기가 있다"라며 남의 일처럼 비껴감으로써 빠져나가려 했다. 그러자 "비슷한 것보다는 똑같은 것을 먹는 게 건강에 훨씬 더 좋지 않겠느냐"라며 능청스럽게 내뱉는 것이었다. 즉, 너희들은 식인종과 다를 바 없는 야만족이라는 모욕적인 언사였다. 그날 그것 때문에 만찬은 냉랭하게 끝나고 말았다.

그래도 양국은 한-프랑스 원자력발전 공동 추진 실무위원회를 구성해 매년 장소를 바꿔가며 위원회를 열기로 합의했다. 두 번째 실무위원회는 프랑스에서 열렸다. 우리는 방문한 연구소, 생산공장, 발전소, 재처리 시설 등에서 좋은 대접을 받았다. 리용에는 원자력 시설이 많고 프랑스 요리 맛이 가장 좋은 도시로 이름나 있으며, 프랑스 측은 산업시찰 후 우리를 그곳의 유명 식당에 초대한 것이다.

그런데 거기엔 2년 전 서울에서 개고기 문제가 나왔을 때 프랑스 대표단원이었던 사람도 자리를 같이 하고 있었다, 그래서 나는 '잘 되었다'는 생각으로 다음과 같은 만찬 연설을 한 것이다.

France is great, really a great country;
The French are genius and creative:
These words were stressed by the great Charles de Gaulles,
and are being endorsed by Chang Kun Lee here this evening.

프랑스는 위대하다. 참으로 위대한 나라다.
프랑스인은 천재이고, 또 창조적이다.
이 얘기는 위대한 샤를 드골이 강조했고
오늘 저녁 여기서 이창건이 그것이 맞다고 뒷받침하고 있다.

France is the very soil where many great philosophers, writers, scientists have sprouted out, like mushrooms after a summer shower, and such has been quality-assured by very big number of French Nobel laureates up to now.

프랑스의 토양이 너무도 비옥하여
수많은 위대한 철학자, 작가, 과학자들이
마치 여름 소나기 후에 땅에서
(우후)죽순이 솟아나듯 배출되는 곳이라는 것이
수많은 노벨상 수상자로 입증되고 있다.

We learned during our school days that France entertains unique cultural heritage as converting even a foreign girl student into a world-renowned scientist and then to be conferred with two Nobel Awards,

And also as changing a burglar to be a very capable administrator,
as was written in Les Miserables by Victor Hugo.

우리는 프랑스가 외국에서 온 시골 여학생이라도
세계적인 과학자로 길러내어 드디어는
노벨상을 두 개나 받도록 만드는 곳이며, 또한
빅토르 위고의 레미제라블에 나와 있는 것처럼
도둑놈도 뛰어난 행정가로 변모시키는
문화적 전통이 있는 나라라는 사실을 학생 시절에 배웠다.

A fool is looking up the sky with an unconscious sweet smile
showing his teeth to the nearby pedestrians,

Whereas a genius walks along the street with his mouth shut
looking down beneath in serious look, because he is fallen deep
in his meditation.

바보는 행인이 볼 수 있을 정도로 이빨을 드러내고
정신 나간 것 같이 하늘을 쳐다보며 히죽거리며 걷는다.
한편 천재는 입을 꼭 다물고 심각한 표정으로
밑을 뚫어지게 들여다보며 길을 걷는데
이는 깊은 명상에 빠져 있기 때문이다.

Thus a great scholar always indulges himself in deep thinking,
thereby looking down the road when strolling.

So did our beloved Victor Hugo, Honore de Balzac,

The respectable Jean-Jacques Rousseau, and many scientists.

이처럼 위대한 학자는 깊은 사색에 골몰하므로
산책할 때 아래쪽을 내려다보며 걷는 것이다.
우리가 경외하는 위고, 발자크, 루소 및
여러 과학자가 모두 그렇게 했다.

The French people are fond of dogs so much that they usually take them to restaurants, hotels, elevators, trains and even aeroplanes, and such is not common elsewhere in the world. One has, therefore, to be extremely careful of dog's waste on the streets when walking.
Otherwise, he will get in trouble easily.

프랑스인들은 개를 너무 좋아해서
식당, 호텔, 엘리베이터, 기차, 심지어 비행기에도
개를 데리고 다니는데, 그것은 다른 나라에서는
좀처럼 보기 힘든 광경이다.
따라서 보행자들은 길에서 개똥을 밟지 않도록
특히 조심해야 한다.
그렇지 않으면 어려운 일을 당하기 십상이다.

Consequently, it is nothing but dog's waste that has made

French people indulged in deep thinking, and forcibly,

philosophically making them to look down, and not to look up

above in a sweet smile when walking.

In this trip, I ended up with the conclusion that the French

dogs are very one that has stimulated the French people to be so

great and genius.

따라서 프랑스인들을 깊은 사색에 빠지게 하고 억지로,

그리고 철학적으로 밑을 보게끔 만듦으로써 걸을 때 히죽거리며

위를 쳐다보지 못하게 하는 것이 바로 개똥인 것이다.

이번 여행에서 나는 프랑스 개님들이야말로

프랑스인들을 그토록 위대하고 천재가 되도록 자극해 주는

당사자라는 결론을 얻었다.

Like you are, I am also a dog lover or cynophilist, and I am proud of it. One reason I like the French dogs most is that they never bark at me and they never bite me either.

I love dog, especially the French dogs.

여러분과 마찬가지로 나도 애견가이며
나는 그것을 자랑스럽게 여기고 있다.
특히 내가 프랑스 개들을 남달리 좋아하는 이유는
그들이 날 보고 짖지도 않고
나에게 덤벼들거나 물지도 않는 까닭이다.
그래서 나는 개를, 그중에서도
특히 프랑스 개님들을 사랑하는 것이다.

Now Gentlemen!

Let me propose to toss in honour of Mr., Mrs. and Miss French dogs who have been the great contributors to having made the French people so great and genius, and this great nation to be glorious!

자 신사 여러분!
프랑스인들을 위대하고 천재적으로 만들었고
이 위대한 나라를 이토록 영광스럽게 만드는 데
혁혁한 공을 세운 프랑스의
개 아저씨, 개 아줌마와 개 아가씨들을 위해 건배를 제의합니다!

호텔로 돌아오니 동행자들이 "프랑스 당국과 기술협력을 잘해 좋은 정보를 많이 얻으려는 공작을 잘 꾸며놨는데, 이제 와서 개똥 얘기를 해서야 되겠느냐?"며 불편한 심기를 드러냈다.

나는 "눈에는 눈, 이에는 이. 개고기엔 개똥으로 응징하는 보복이 있을 뿐"이라고 하면서 프랑스인들을 오히려 그런 맞대응을 즐기는 문화 민족이라고 해석해줬다. 그래서 그런지 프랑스 원자력계 인사들과 우리 기술진은 아직도 개똥 연설 내용을 입에 올리고 있다.

04

American Wife

지금도 그렇지만 나는 늘 내 영어 실력의 부족함을 느끼며 살아왔다. 그래서 실전을 통한 실력향상을 도모하려고, 영자신문이나 잡지에 글을 써보기로 했다. 그 첫 무대가 『코리아타임스(The Korea Times)』였다.

그 신문에 칼럼을 쓰는 분들은 외국 언론의 특파원들이 많았지만, 그중 가장 특출난 분은 1611년 판 영어 성경 『King James Version』을 현대어로 번역한 16명 중 하나라는 영국인이었다. 그의 글은 뛰어나고 남다른 데가 있어 나는 가끔 그의 표현법을 도용(?)하기도 했다.

1주일에 한 번씩 한두 해 글을 쓰자 쓸 거리가 바닥났고, 마감 시간도 촉박해 한 번은 장난삼아 '세상에서 가장 좋은 것'과 '가장 나쁜 것'을 A~Z로 나열해 써 보냈다. 그런데 글을 읽은 한 미국인 부인이 신문사로 항의해 왔고, 몇 차례의 논쟁 끝에 내가 인도에 가기 때문에 칼럼 진에서 하차하는 것으로 사태는 마무리되었다.

다음은 문제가 되었던 칼럼 「American wife」의 전문(全文)이다.

	The World—Bests	The World—Worsts
A	American salary (미국 급여)	American wife (미국인 마누라)
B	British secretary (영국인 비서)	British food (영국 음식)
C	Canadian maple (캐나다 단풍)	Canadian winter (캐나다 겨울)
D	Dutch gardener (네덜란드인 정원사)	Dutch treat after invitation (네덜란드식 지불 방법)
E	Ethiopian marathoner (에티오피아 마라톤 선수)	English grammar (영어 문법)
F	French concubine (프랑스인 첩)	French vanity (프랑스식 허영)
G	German maid (독일인 가사도우미)	German humour (독일식 유머)
H	Hungarian rhapsody (헝가리 광시곡)	Hong Kong's water supply (홍콩의 급수사정)
I	Indian guard (인도인 경비)	Italian pickpocket (이탈리아 소매치기)

	The World—Bests	The World—Worsts
J	Japanese wife (일본인 마누라)	Japanese imperialists (일본 제국주의자들)
K	Kuwait's p/c income (쿠웨이트 1인당 국민소득)	Korean salary (한국 급여)
L	Lee Chang Kun (이창건)	Luxembourg's navy (룩셈부르크 해군)
M	Mongolian barbecue (몽골식 불고기)	Mexican back street (멕시코 뒷골목)
N	Norsk ski med Norsk pen pike (노르웨이 아가씨와 스키 타기)	Nepal's avalanche (네팔의 눈사태)
O	Austrian opera (오스트리아 오페라)	Oriental imitation of western culture (서양 문화의 동양 모방)
P	Polish pianist (폴란드 피아니스트)	Philippine cab driver (필리핀의 택시 기사)
Q	Quban sugar(발음상) (쿠바 설탕)	Quban—type beard(발음상) (쿠바식 턱수염)
R	Russian ballet (러시아 발레)	Russian soldier's loot (러시아 군인의 약탈행위)

	The World-Bests	The World-Worsts
S	Swiss watch (스위스 시계)	Sicilian gang (시칠리아 갱)
T	Turkish bath (터키 탕)	Tibetan highway (티베트 고속도로)
U	UN passport (유엔 여권)	U.S. Ku Klux Klan (미국의 K.K.K.)
V	Vietnamese iron scraps (베트남산 고철)	Vietnam's conflicts (베트남의 내분)
W	West German's machinery (서독산 기계)	West Berlin's barbed walls (서베를린의 철조망)
X	X-mas holidays (크리스마스 연휴)	Christian killer (영국의 요부, 기독교인 킬러)
Y	Yugoslav carpet (유고슬라비아산 주단)	Yalta agreement (한반도 분할을 결정한 합의)
Z	Czecho weapon (체코제 무기)	Zth number (Z번째 번호)

05

Cleopatra and Population

Banquet Speech by

Chang Kun Lee, IAEA, 18 June 2007

Some 2,000 years ago, all the lands around the Mediterranean were under the rule of Roman Empire. It was a simpler time than now though there were problems. The population was a mere fraction of what it is now, and the energy needs were trivial by today's standards. Communication traveled at the speed of a horseman or a sail ship.

The most powerful Romans in mid-first century B.C. were Julius Caesar, Mark Antony, and Octavian known later as Augustus Caesar. And Cleopatra of Egypt was able to seduce and make love with the first two. She also tried with Octavian but without success.

When we are asked to think of the most beautiful women from all of human history, Cleopatra's name often tops the list. In the list will be other names such as Helen of Troy, Juliet of Verona,

Nefertiti of Egypt, Yang Kuei-fei of China, and so on. In my own country, the list would include Sung Chun-hyang, the young girl who was imprisoned by a lustful provincial governor, Byun, before she was freed by her young lover & hero Lee Mong-ryong. Remember, this young Korean Romeo had the same family name as me!

Cleopatra–engraved Coin minted in the Ancient Roman Times.

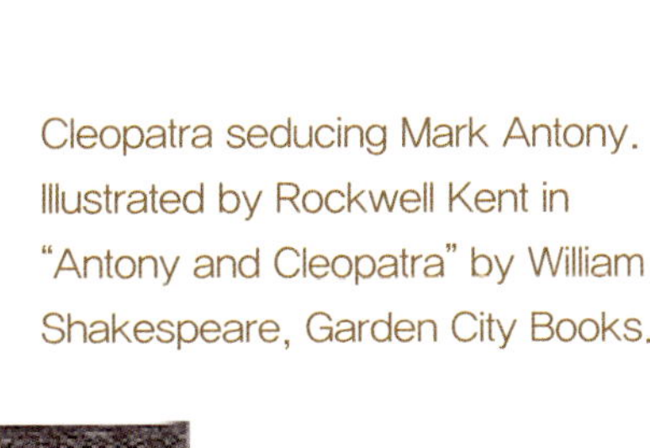

Cleopatra seducing Mark Antony. Illustrated by Rockwell Kent in "Antony and Cleopatra" by William Shakespeare, Garden City Books.

In point of fact, however, Cleopatra was not at all beautiful. Actually, she was somewhat ugly and probably fat. This is clear from surviving Roman coins of the period on which she is shown as a sharp-nosed, thin-lipped woman with protruding chins. However, Cleopatra was, if not beautiful, very smart, ambitious, and full of charms.

At the age of 21 or so in 48 B.C., she totally charmed Julius Caesar who was in Egypt pursuing his enemy Pompey. She bore a child called Caesarion connoting "little Caesar" who may have been Caesar's kid. Unfortunately, Caesar's love with Cleopatra terminated 4 years later in 44 B.C. when he was brutally assassinated by a dagger from his political enemies.

Out of the ensuing power struggle emerged Mark Antony who again fell under Cleopatra's electromagnetic spells. In fact, Antony became a slave to her attractive personality, her wit and her constant companionship, and heaped honor after honor upon her. Cleopatra was 28 or 29 at the time, and they were lovers for some 10 years even though Mark Antony's high-spirited wife Fulvia, who was involved in petty skirmishes against the other members of the triumvirate in Rome, was still alive for part of this time. Cleopatra bore three children for Mark Antony.

At the age of around 35, Cleopatra, now a mother of 4 children, also tried to seduce Herod the Great, the King of Judea, but he rebuffed her.

Julius Caesar's heir designate, however, was his great-nephew Octavian, and soon Octavian's armies were clashing with those of Mark Antony, who was stationed mostly in Cleopatra's hometown of Alexandria, Egypt. At the Battle of Actium in 31 B.C. Mark Antony's fleet sustained major losses---in part because Cleopatra pulled out her fleet during battle. Mark Antony killed himself later, and conquering Octavian visited Cleopatra in Alexandria. The 39 year-old Cleopatra attempted to turn on her charms on Octavian but it didn't work, and Cleopatra committed suicide using an asp, a snake symbolizing divine royalty.

Cleopatra of Egypt was in fact of Macedonian descent---having descended from one of the generals under Alexander the Great---and had no Egyptian blood. Her main language was Macedonian Greek though she alone of her house took the trouble to learn Egyptian.

Early historians of antiquity like Plutarch, Josephus and Virgil took a dim view of Cleopatra. However, under William Shakespeare's brilliant pen, Cleopatra and Mark Antony were resurrected as great immortal lovers, and other writers such as George Bernard Shaw only added luster to their lore. Hollywood movies, like the 1945 "Caesar and Cleopatra" featuring Vivien Leigh as Cleopatra and the 1963 "Cleopatra" starring Elizabeth

Taylor and Richard Burton, did much to reshape our thinking on this romantic pair.

So, what are the main lessons that we can learn from all this? I think there are several---and with subtle implications for us in the nuclear sector, as well:

1. First, if you have world-class minds and writers like Bill Shakespeare on your side, you can win the public perception debates hands down. If the best of what Hollywood has to offer also works for your cause, the battle is won before it has even begun. Most people nowadays are inclined to think that Cleopatra was a beautiful clone of an Elizabeth Taylor in her prime even though the queen in reality was somewhat ugly. People also think that she was Egyptian or Ethiopian although she was actually a Macedonian. And people seem to be under the impression that she was a good queen for Egypt even though, in fact, her overreaching ambition meant that Egypt's autonomous status within the Roman Empire ended with her death.

2. Second, if you want to get at truth, you must require verification, just like with cases involving nuclear non-proliferation. You must demand and look hard at concrete evidence, like ancient Roman coins, before making any

conclusions, for example, about Cleopatra's looks.

Myth and false claims must be separated from hard facts, but once perceptions are formed, they are difficult to change or to dislodge. No matter how many ancient Roman coins you show, to many people Cleopatra will always be the beautiful Egyptian queen. Similarly, one bad snafu at a Chernobyl or at a TMI will wipe out several million hours of safe operating record in one fell swoop. So, we must always be vigilant, and especially because negative impressions are more difficult to alter than positive perceptions.

3. If you want to get any real work done, particularly in the area of seduction, you ought to do it while you are still young. At 21 and 28, Cleopatra was able to seduce Julius Caesar and then Mark Antony at 35 and 39.

4. Cleopatra's charms no longer worked on King Herod or Octavian. So, work hard, especially in this nuclear area, while you are still youthful!

This principle may also be eminently applicable when it comes to educating the populace regarding the benefits and inevitable uses of nuclear energy, and when it comes to convincing them that nuclear energy is absolutely needed to keep our civilization going while keeping the environment clean & friendly. Time, expenditure and efforts necessary to educate a target audience are usually inversely proportional to the age brackets.

5. Cleopatra also proved that good looks and appearance are not so important.

She was able to deploy her smart mind, her irresistible charms, and her ability to use the vast wealth of Egypt as queen to attain her various ambitious personal goals.

6. In any case, what is considered sexy and beautiful changes over time and with cultural evolution. When societies faced scarcity and having enough food was a daily issue, women were considered beautiful who were Rubenesque, who had some extra fat. But nowadays, all super-models are way tall and rail thin, and some have in fact died from anorexia! We thus see that the concept of what is beautiful is subject to change.

Similarly, with nuclear power, as more and more people come to understand the serious nature of global warming, we are becoming sexier and more beautiful as an energy provider. Yes, my friends and colleagues, the pendulum has now swung in our favor, and our time to be beautiful and sexy is finally coming here!

In this vein, nuclear community must always be mindful to keep our nuclear machine designs simple, slim and elegant, like a contemporary super-model, and also to keep the machines accident-free at the same time by reducing the total weight, the necessary hardware and, of course, the costs so that these sexy machines stay more competitive and reliable as ever.

7. In history and in public policy debates, you must align yourself carefully with the correct ascending powers, the forces that have history's blessing. Cleopatra cast her lot with Caesar and then with Mark Antony but, ultimately, Rome went to Octavian (Augustus). Throwing your lifeline to wrong places can mean certain doom, so one must be judicious and perspicacious when rethinking one's future.

Now let us zip 2,000 years forward to the present, and focus our attention to my own country of the Republic of Korea. These days, there are many youngsters in Korea who, for a number of reasons, remain single and do not get married. One of their main reasons is said to be that they cannot find an ideal partner. Most Korean boys want to mate with a girl who has the looks of a Cleopatra --- of course, the mythic Cleopatra and not the real historical Cleopatra --- , a Marylin Monroe or a Miss Universe, or a Miss Korea. But girls who meet their unreasonably high standards very seldom exist, and there are practically none around them. On the other hand, Korean girl's specifications for her partner or husband are usually as follows:

A. He must be valiant and nice-looking like a Korean tiger.

B. He must be physically potent and slender like an Arabian stallion.

C. He must be straight-charging and energetic like a bear.

D. He must work hard like a bull and make lots of money, and then remit all the hard earned money to his wife's on-line bank account.

E. At home, he must be gentle and soft like a lamb, and, above all, he must follow her like sheep.

F. Most important of all is that he must be loyal, sacrificing and obedient to his wife like a dog, like a Korean Jindo dog.

Unfortunately, Korean tigers are almost extinct as a species. And there are not many stallion-like, bear-like, bull-like, and dog-like Korean boys who can meet all these criteria required of a partner by a Korean girl. Hence the high expectations go largely unmet, and so many left-over young people remain single, not contributing to the population growth of our country. As a result, many Korean men, especially rural farmers, are now marrying women from other Asian countries.

The consensus among young people in Korea nowadays is that it is best not to have any children even after marriage, and that it is optimal maybe to have only one child eventually, but two are too many. The saying is, if someone has had three children, he or she is called a "barbarian", while those who have procreated four or more are looked down with contempt and viewed as some kind of a primitive "beast"!

Well, I have three kids. So, following their classification, I can be rebuked as a "barbarian". But it seems that I am pardoned on account of my age. In any case, Korea is now a very civilized country where we cannot find too many barbarians or wild beasts any more, and this explains in large part the extremely low birth rate. True to form, all of my three fully-grown kids still remain single, and none has sired a grandchild for me!

Korea has been a model to the world when it comes to family planning. But we have gone too far in controlling population growth. The average number of children per Korean couple in 1998 was 1.7, and that in 1999 was 1.42. It went down to 1.18 last year, which was the lowermost number in the world. Inevitably Korea will suffer from a shortage of working manpower and a surplus of dependent old folks and, consequently, the nation will face a serious imbalance between social welfare dependents and the workers who support them. I understand that this exact same problem afflicts a fair number of post-industrial countries as well, and especially in Europe.

According to someone's calculations, Korean people would become extinct as a race should the current birthrate trend continue. If so, there would be no need of knowledge management, no reason to have nuclear energy to sustain our well-being, and no hope above all. Therefore, my solicitation to you is to make Korean boys and girls more fecund and procreatively productive even if it means remodeling them to be "barbarians" and wild "beasts".

Thank you.

06

Chopstick Technology in the Knowledge-based Era

Banquet Speech by

Chang Kun Lee, IAEA, 20 June 2007

In primitive societies, the death of an old wise man meant the loss of a walking library in the village. Other "libraries" could only be replenished through years of accumulation in personal experience and knowledge.

According to the futurist Alvin Toffler, it is ***knowledge power*** that will play a dominant role in the 21st century, akin to military power during feudal times and financial power in the industrial age. How then to acquire knowledge?

"If you steal information from one source,

That will constitute plagiarism;

But, if you steal lots of information from many sources at

all times, That is called research."

A research institute or a laboratory is thus a den of thieves, who know when, where and how to steal what information and make a lucrative living out of this activity, and yet never get accused of plagiarism.

In the knowledge power era, however, stealing is not enough. One must harness knowledge in creative ways, add catalytic ingredients to it so as to make it potent and enabling, and become good at managing knowledge. As someone said: In the industrial age the past was a throwaway, but in the knowledge-based era, the past will be a basis for insight and knowledge. And we will need these special people with insight---***parvus numero, magnus merito***: Small in number, excellent in merit.

The Korean nuclear community has long regarded knowledge management, including its acquisition and transmission to juniors, as our top priority. The education and training of manpower have been our focal point consistently. The training (and subsequent retraining) of a top-notch nuclear engineer in my country usually costs an amount equivalent to his body weight in gold, assuming, of course, that he is not way overweight. Because of this, I jokingly refer to a good nuclear engineer as "Mr. Gold", and this Mr. Gold is always aided by many Mr. Silvers and Mr. Cuppers as his supporting lieutenants.

These metal-named people have worked the week schedule of Monday-Monday-Tuesday-Wednesday-Thursday-Friday & Friday, thus putting in some 80 hours per week voluntarily. And like the U.S.-based convenience store "Seven-Eleven", these dedicated workers work from seven in the morning to eleven at night.

Some of our new recruits were packed off to a Marine Corps' training camp to strengthen their physical endurance and mental toughness. We also had reactor operators and technical crew sent off to a Buddhist temple in the mountains for meditation sessions and for open-minded talks with the reverend monk. The meditation training had a good effect, and made these personnel more mentally alert to tackle work, especially during stressful emergency situations.

Such intensive and extraordinary training has led to a lucrative harvest: An operating performance above the 90% capacity factor since the year 2000 and roughly 15% better in capacity factor than the world average over the past 2 decades. This is a record figure for the world nuclear community. In monetary terms, we calculate that improved revenues from this 15% higher capacity factor realized by our 20 power reactors amounted to some $900 million in 2004 and $800 million for each of the years 2005-06.

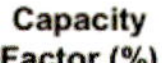

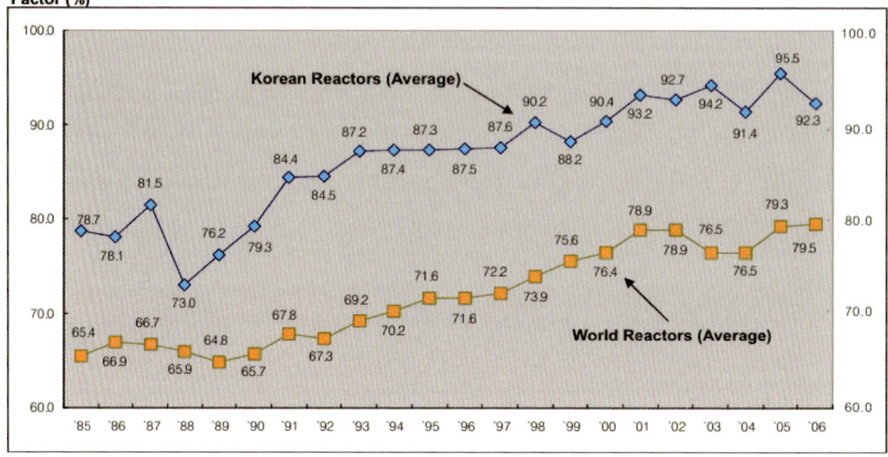

Comparison of Capacity Factors between Korean Power Reactors and World−Average Power Reactors.
(Source : Korea Hydro & Nuclear Power Co., Ltd., 2007)

So, what we have been witnessing in Korea is a nuclear *renaissance*. And just as the ***Rinascimento*** in Italy was not a mere regurgitation of ideas from ancient Greece and ancient Rome, and just as masterpieces by Brunelleschi, Palladio, Leonardo da Vinci, Titian, Alberti and Michelangelo were surely an improvement over what the classical world had to offer, so similarly we in the Korean nuclear sector are trying to come up with new ideas and novel concepts, though, of course, our own Michelangelo has yet to make his appearance!

276

Indeed the nuclear sector has been a linchpin for the Korean industry, both in pioneering and popularizing new technologies and in providing key workmanship to all corners. Just to take an example, it was the nuclear sector that introduced QA&QC practices to Korea.

Korean shipbuilders have been able to develop an innovation that meant great savings in time, manpower, cost, and space at the job site. The novel procedure involved fabricating modules offsite, and then bringing them together for assembly at the dock site, whose availability was at a premium. This modularization technique was a straight borrowing from the construction experience at one of our nuclear plants, at which the Calandria of CANDU reactor was fabricated nearby in advance and then transported by rail track into the containment building. And Korean shipbuilders are now using such modularization technology on land to assemble container ships that are 200 meters long and 15 stories high before towing them out to sea on rail tracks.

One thing we must not do, however, is rest on our laurels. Catastrophes have a tendency to sneak up to us when we least expect them. We have to guard against self-complacency and remain always vigilant, day and night, holidays and weekends in particular. Our first enemy dwells within, and it is the complacent mind-set that is grounded on good performances and compliments from others.

In addition to formal training at the registered institutions, our people come pre-trained from a lifelong hidden training course. I will go as far as to venture that it is precisely this lifelong training which has led to the good operational and maintenance records at our nuclear power stations. Today, I will reveal to you this secret training program, ladies and gentlemen, and I am referring, of course, to the daily use of chopsticks by peoples in the East Asia.

In pre-modern times, it was brute strength and a hardy back, which were the trait most likely to ensure one's survival chances in life. However, as we have evolved and our societies have become more complex, many different human abilities have come to be prized, and especially as specialization of all sorts have proliferated. In our post-industrial age, the ability for the hand and fingers to move in sync with one's brain is one human ability that is becoming more and more important, particularly since many of human tasks are now performed with a mouse, a keyboard or a joystick.

Thus, the new bionic human whose digital muscles and neural wiring are flawlessly integrated so as to produce optimal manual dexterity is the new human who will lead us to the new technological Canaan. The accumulated knowledge and memory stored in an individual's brain must be capable of translating into action with almost no lag in reaction time. And I suggest that this techie wizard, whose digital motor agility is finely hardwired inside her or his brain, probably grew up eating with chopsticks.

Chopsticks were used in China as early as the Shang Dynasty (c.1766 − c.1122 B.C.), and the substitution of chopsticks for knives and forks at the table reflected the ascendancy of the scholar over the warrior and farmer as a cultural hero.

One stick alone is useless, and it is only with the partner stick in tandem that the chopstick pair can perform its minor miracles. It is said that a couple who can manage good manipulation of chopsticks usually enjoys excellent conjugal harmony. The continual use of chopsticks from when we were small means that our deft and adroit hand skills become quite impressive by the time we are adults.

Chopsticks come in different shapes and sizes, and are made from various materials. Some can be very ornate, with lacquer-work, inlay, and decorations. Chopsticks used in China tend to be longer and more blunt than those used in Japan, which tend to be tapered. Bamboo and plastics are favored in China while wooden chopsticks tend to be the norm in Japan. In Korea, chopsticks are mostly made from metals, and tend to be thin.

Regardless of the differences in chopstick styles preferred, the Chinese and Vietnamese restaurants, Japanese sushi bars and Korean homes are all special training camps for drills in hand dexterity which will come to be more and more important in our hi-tech world. The daily use of chopsticks in the Far East will be a wellspring from which will emerge pioneers of gateway technologies for the future.

Because Korean chopsticks are metallic, relatively small and thin, they are the most unforgiving and difficult to use. One result of this is that Koreans have had to develop the highest degree of chopstick manipulation *finesse* in order to compensate for the tinny chopsticks, so that their chopstick skills are at a level that is superior to those of neighboring nationals. For the best among them, the chopsticks have become digital extensions to their hand.

And we think that the recent phenomenal success of Korean archery athletes and women golfers on the world stage can be traced to their ceaseless intensive in-house training in chopstick utilization. And ditto with gains by young Koreans in computer gaming and in various Internet activities.

And, of course, our world-class violinists and pianists in classical music have their chopstick-training to be thankful for. And, most important of all, the rapid industrialization of the 1960s and 1970s that started the Korean Economic Miracle was grounded on the nimble hands of the chopstick skilled Korean factory workers.

These days, Korean scientists are conspicuous in the life sciences, where that same exquisite touch is required when, say, handling stem cell lines or working with pipettes, Petri dishes, chromatographs, and so on in genetic engineering projects.

One finds many different levels of proficiency in chopstick use. I will skip the basic levels found at what we might call kindergarten to high school levels. Persons at the equivalent of the "college level" will have no trouble picking up many tiny clumps of sesame grains from a plate or pieces of human hair from the floor within a few seconds. Up to this stage, we are talking about *static* manipulation skills, something like what you find in golf where a player swings at a target ball, which lies at a stand still on the ground.

At the doctorate level, we get into a *dynamic* program where one goes after a moving target, as in baseball, football, pingpong or tennis. One task might be to catch a fly in mid-air with chopsticks while sitting at a table after dinner.

I think that I can demonstrate this technique for you only if there were a fly near me. Nabbing a fly in mid-air is nothing special in the Far East, including Korea. Using chopsticks during more than 1,000 meals every year over many decades means that a considerable number of Koreans hold doctorates unless they are slow learners or are handicapped.

One step higher might be called the post-doctorate stage, where one relies on one's ears instead of eyes, to catch a mosquito in the dark. A friend of mine claims to have post-doctorate skills in this area. However, even such zen-like skills do not compare to catching a jumping flea with chopsticks in bed with eyes closed--though because there are no fleas in Korea any more, Koreans haven't had a chance to home themselves in this ultra-precise technology.

Thank you.

07

An Overview of
The Korean Nuclear Power Development Programme

Important Considerations for Introducing Nuclear Power in ASEAN:

- Could Regional Cooperation be Attractive for Nuclear Energy Development? -

May 31 ~ June 1, 2010

Hotel Equatorial Bangi - Putrajaya

Kuala Lumpur, Malaysia

Selamat pagi! Good Morning!

Preamble

In this age of short attention spans, history, the study of the past, is often given short shrift. Skeptics argue that history does not teach us anything.

But I tend to disagree with that and side instead with philosopher George Santayana who famously said, "Progress, far from consisting in change, depends on retentiveness. Those who do not remember the past are condemned to repeat it." Russian historian Vasily Klyuchevsky in the middle ages also said, "History teaches even those who refuse to learn from it. It punishes them for ignorance and slight."

So, what can we learn from the past? What are the lessons for us of Chernobyl, Three Mile Island, and indeed Hiroshima and Nagasaki, and how can we hope to avoid repeating these colossal pitfalls? How can we emulate the success that nuclear power has enjoyed in countries like France, Japan, and indeed Korea, and what lessons can we learn from them? Looking to events more in the spotlight, what do crude oil spills like Exxon Valdez and the current one in the Gulf of Mexico imply for nuclear power?

We want, therefore, to excavate and mine all the valuable lessons out of the short history of nuclear power, and especially from the case of Korea, with which I am intimately familiar. That is why we are assembled here, and that is the reason why I stand before you at this podium today.

To give you a little backdrop, research scientists, as we know, discovered atoms in the decades beginning with the late 19th century. Unfortunately, atoms were conscripted during WW II, assembled in the form of weapons of mass destruction, and then dropped on to two Japanese cities resulting in great unimaginable massacre but with the effect of bringing an early end to the war.

The backlash against the horrible experience of the weaponised atoms took one shape in the form of the Atoms-for-Peace programme. In Hegelian terms, if the nuclear weapon was the Thesis, then the Antithesis was the Atoms-for-Peace programme. My generation, caught in the eddy of the Cold War, has been sandwiched between these two opposite impulses. We have been unable to extricate ourselves from the schizophrenic experience both of the agony of nuclear war and of our efforts and hopes for a Kantian peace.

Your generation, freed from such baggage, is destined surely to accomplish what my generation has been unable to do. You will be able to move beyond this Thesis-Antithesis axis, and move to a higher dimension that is more constructive and futuristic through an act of Synthesis. As I see it, you are ordained in the course of human history to undertake the mission for our new and bright tomorrow, namely, that of Atoms for Climate, Atoms for Sustainable Development, and Atoms for a Better Future.

A hundred years ago, the German philosopher Friedrich W. Nietzsche expressed his contempt for the foibles of mankind as follows: "The Earth has a skin and that skin has diseases, one of its diseases is called Man."

If Nietzsche were with us today, he would surely be outraged, and say something like this: "The foul stench is rising from the afflicted skin of planet Earth, all the pollutants, the greenhouse gases, ···and owing to the diseases called Man, the planet Earth is febrile with fever, and its body temperature is rising still !···"

To that, what I can say is, nuclear energy is not a panacea but it is an indispensable tonic, indeed a preventative pill, an anti-viral vaccination, for our ailing planet.

When discussing nuclear power, we must pay attention to the items listed below:

[1]. Safety: Every possible thing must be done absolutely to ensure that a Chernobyl-type accident is not in the cards. All available resources in hardware, in software, and in manpower must be mobilized from design to decommissioning to that end. Someone estimated that about 40% in the cost of a nuclear power plant has to do with ensuring and enhancing safety. It is so costly and capital-intensive to build exactly for this reason.

[2]. Security: This pertains mostly to an attack from without. The protection of physical assets, erecting barriers against intrusions and security breaches, measures against sabotage and materials trafficking are some of the main items to be considered under this rubric.

[3]. Safeguards: It is mandated that we abide by the NPT guidelines so that rogue states, Al Qaeda and like-minded parties are absolutely denied access to special nuclear materials.

[4]. Storage: Since radioactive waste, spent fuel in particular, emits radioactivity for a very long period of time, it has to be stored safely in retrievable and leak-tight receptacles. On the

other hand, the beauty of fresh nuclear fuel is its potency in very small physical quantities, at less financial burdens, making long-term reserved storage relatively straightforward in space terms when compared to, say, storing fossil fuels.

[5]. Scheduling: A nuclear project requires decades-long preparation and pre-project engineering work including site survey and site acquisition. The span of the construction period must be kept to a minimum, since delays in construction work, especially at the final stages, can mean millions of dollars in added costs per day to the plant operator. Through judicious scheduling and timely implementation of the various pieces, the construction programme must be managed throughout the project period to minimize holdups and cost overruns. Utilising the best Project Management practices is an absolute necessity.

[6]. Securing Capital: By its very nature, a nuclear project will be capital-intensive. Consequently, lining up borrowing at a preferential interest (Discount) rate, and effectively managing cash flow throughout the project period will mean the difference between economic viability and economic ruin.

[7]. Skills: Nuclear is a technology-oriented energy form, and its major "essence" is squeezed out of the human brain rather than mined from the underground like fossil fuels. The ample and strategic deployment of well-trained and devoted manpower

is the key to success. That's why nuclear power is sometimes called a quasi-domestic energy resource.

[8]. Savings: We will remember that nuclear power generation will translate to major savings in fossil fuels unused. We also be saving oxygen in the atmosphere, and saving the air quality besides.

[9]. Self-Replicative: While U-235 atoms undergo the fission reaction in a nuclear machine, fertile uranium nuclides, namely, U-238 comprising the majority of the uranium family, are gradually converted into another fissile nuclide "Pu-239" by absorbing neutrons and going through the intermediate nuclide Np-239 by beta decay. We note, thus, that it is self-replicative or breeds by its own inherent mechanism.

[10]. Soundness: Nuclear is sound to the environment, being eco-friendly. Its economics are also sound. The various applications of radioisotopes and radiation in the medical sector, in industry, in agriculture and in the environmental field are also very sound in technology terms and also in terms of upgrading the well-being of people.

[11]. Strategically prospective: Technology deployed in the nuclear sector can act as a stimulant to relevant industries. For instance, QA/QC (Quality Assurance / Quality Control)

concepts were first introduced to Korea through its nuclear projects. Other industries such as shipbuilding, construction, electronics, etc. were quick to adopt practices pioneered in the nuclear sector, and reap benefits from such adoption. I believe economists call such extra boon the "externalities effect".

[12]. Sincerity: Nuclear personnel must be sincere in their endeavour to be in tune with the zeitgeist, e.g., in their effort to solve worldwide problems like global warming. What we must do is to try our level best to avoid the unmanageable and manage the unavoidable superbly so as to keep the electric candles kindled in the global village and to keep the wheels of human civilization in motion for the sake of our generation and our offspring.

The Korean nuclear community has gone through thick and thin, and here are some cornerstones that helped place us on our development path.

1. Strong and Persistent Leadership

The Korean nuclear sector owes its stout muscular buildup to political leaders. In the years following the Korean War (1950–53), the electricity situation in the nation was no better than that in North Korea of recent years. Korea's socio-economic conditions were dire, and in the dust streets of Korea's war-battered cities, orphans, widows, wounded soldiers, beggars, and jobless youth jostled for life's essentials. Korea's per-capita GDP was one of the lowest in the entire world. Yet Korea's first President had the foresight to launch the nation on the path of nuclear power development. His sincere hope was to rid the nation of the vicious and pathetic cycle of ever-painful power-shortages. Four hundred were sent abroad for nuclear training, at a cost of US $6,000 per person per year (a huge sum at the time for an underdeveloped country like Korea, where the annual per−capita GDP remained in $70 line).

Political leadership again showed its true mettle and perspicacity during the two oil crises of the 1970s when it pushed for an all-out drive toward nuclear power development. Thus the Korean nuclear flower has come to bloom out of the soil of economic hardship and adversity.

If I may paraphrase the Sermon on the Mount and give it contemporary resonance with a Korean nuclear twist, "Blessed are the poor in natural resources; for theirs will be the Kingdom of heavenly alternative energies like as nuclear power. Blessed are they who do hunger and thirst after fossil fuel; for they shall inherit clean, cheap and eco-friendly technological energy resources." The beatitudes hold even truer for France and Japan both of which are poor in fossil fuel reserves and yet are now blessed with alternative energy resources.

2. Training and Continued Re-training

I am fond of using this timeworn allegorical narrative to tell the story of the Korean experience with nuclear power.

The nattily dressed hares from the industrialised West hopped and bounded way ahead just as the Korean tortoise was slowly moving itself to the starting line in the 1950s/1960s. We were slow to start but fortunate in that the cream of the Korean academe and industry came knocking at our door. Probably many were muttering "open sesame" and hoping for a quantum leap both in their status and, being patriots, in the nation's industrial standing.

A more recent snapshot shows the Western hares in a deep snooze. They have been napping for a while, and some are even snoring loudly under a big tree on the hillside. Mean time, the Korean tortoise has been moving slowly but steadily nonstop. The tortoise is heading for the high mountain.

Looking back the most important knowledge we had at the very beginning was the self-knowledge that we did not have anything and we knew nothing at all. We started literally from scratch, and we have had to educate ourselves and our juniors from ground zero.

That said, the Korean nuclear sector has long regarded manpower training as priority No.1. The training and subsequent re-training of a top-notch nuclear engineer in Korea usually costs an amount equal to his body weight in gold. This training cost is a big burden to the project implementer especially insofar as most of the training must be undertaken well in advance time-wise.

We sometimes jokingly refer to a good nuclear engineer as Mr. Gold, (and not only because a good engineer should be worth his weight in gold but also because many Koreans are Kims, and "Kim" when written in character form can mean "gold"). We deploy many Mr. Golds in planning, design, manufacture, construction, testing, surveillance, operation & maintenance, inspection and safety analysis for nuclear projects, along with many more Mr. Silvers and Mr. Bronzes in supporting roles. Most of our Mr. Golds and their supporting cast put in 12-hour workdays and 6.5-day workweeks.

We have adopted and use all proven methods for training. Our plant managers sometimes resort, however, to non-traditional methods to focus the minds of their staffs. Some managers pack off their men to a Marine Corps' training camp to toughen their physical and mental endurance. Even those who were initially reluctant to join the camp later expressed their great satisfaction at having completed the tough training regimen, saying that they were now better prepared for difficult tasks and challenges at work.

Another unique training procedure had reactor operators and technical crew at a Buddhist temple for meditation sessions and for open-minded discussions with the reverend monks. The meditation training had a good effect, and made these employees sharper mentally to tackle work, especially in stressful emergency situations.

Such intensive and extraordinary training has resulted in a good harvest, i.e., in the tangible form of an outstanding operating performance of power reactors and a very good track record of reactor safety.

3. The Degree of Corruption

Many great empires in history came to ruin partly due to over-reach but in no small part due to the corruption of the upper classes, including their leaders. It is an immutable formula:

That corruption is a determinative constant in inducing nations and civilisations to collapse and fall.

Some sarcastic critics have deridingly said that the acronym for Korea, ROK, stands for the Republic of Korruption. In point of fact, however, Korea as a country is positioned somewhere in between the two extremes, neither being the "cleanest" nor the "dirtiest". According to tallies by international group like Transparency International, Korea actually fares not too badly, managing to stay somewhat above the international mean. We still lag far behind Singapore and Denmark, though. One thing for sure is that Korea is slowly climbing up the ranks in "cleanness", and also in its rankings in social measures like democratisation, openness, transparency, the rule of law, and social order and economic justice.

As in many countries, the business sector in Korea was once rife with corruption, grafts, kickbacks, embezzlements, and the like. As philosopher Kant correctly observed, "Out of the crooked timber of humanity, no straight thing was made." Happily, however, the Korean nuclear community has been largely spared this culture of venality, and has been relatively free from corruption, incompetence, and conspicuous consumption from ill-gotten gains.

In the 1970s, Korean nuclear engineers were about to achieve technological self-reliance as they went about developing Korea's unique reactor type "KSNP" (Korea Standard Nuclear Power Plant, now called OPR1000). To our great regret, however, we were not applauded for our efforts but condemned and reproached by opposition cliques, who used scare-mongering tactics to plant seeds of doubt in the minds of the public regarding nuclear safety, environmental concerns, radiation calamities, and so on. Nonsensical but sensationalistic pictures were published in the mass-media against nuclear power.

The atmosphere of distrust pushed by the enemies of nuclear power meant that about 150 or so colleagues directly engaged in the technological self-reliance project were summoned, subpoenaed, and interrogated by public prosecutors. This went on for months. The prosecutors pored over every single bank account belonging not only to individuals but to family members as well, and all real-estate transactions in the given period were thoroughly investigated. The targeted individuals were each given a thorough rundown.

The big shakedown, however, failed to disclose any evidence of wrongdoing --- no evidence whatsoever of any bribes taking, kickbacks, or questionable, out-of-line spending. In the end, the prosecutors declared the nuclear sector totally clean in this regard. The prosecutors even confessed later that they were surprised that nuclear personnel were such an honest bunch!

That particular case, distasteful as it was at the time, certainly put a seal of approval (no less than from the Prosecutor's Office) attesting to the "cleanness" and moral probity of Korea's nuclear community. We believe that the moral soundness of personnel is crucial. Corruptibility, moral turpitude, saps at vitality. An industry cannot properly develop if afflicted with rot and thieving.

Moral uprightness, on the other hand, translates to robust physique and a can-do spirit that can be mobilised to build nuclear reactors within deadlines and within set budgets, and then operate them superbly achieving the world-best operating performance records.

4. The Research Institute as a Think Tank and R&D

Since its establishment in 1959, KAERI (Korea Atomic

Energy Research Institute) has been a unique incubator, nursery, kindergarten, schools and training centre for our nuclear personnel and their R&D activities. In fact, KAERI has served as the Mecca for the Korean nuclear community and it has played the role of flagship for many of our nuclear operations. We had a far-reaching dream in the cradle, and it was to change tomorrow by utilising nuclear energy, and the only way to accomplish this was to harness the wisdom and the skills of high-calibre professionals. KAERI has so far established several spin-off nuclear organisations for design & engineering, safety, nuclear fuel, non-proliferation regime, radwaste, radiation research, and cancer research hospital.

KAERI has developed many new product lines, including these:

A. SMART: A dual-purpose reactor for power generation and simultaneous desalination, enough to meet the demand for electricity and water for 100,000 inhabitants. IAEA actively supports this reactor type, and many Member States have expressed their keen interest in this reactor.

B. Research Reactor HANARO: Six months ago, the Jordanian nuclear authority announced its purchase of a Koreadesigned research reactor, a modified HANARO.

C. 166Ho-CHICO, a chemical complex of 166Ho and Chitosan, which is non-toxic, bio-compatible and bio-degradable, was developed as a patented radio-pharmaceutical for cancer therapy. This product is widely used, especially for skin cancer treatment.

D. Proliferation-Free Reprocessing of Spent Fuel: Chemical reprocessing of spent fuel gives rise to worries about nuclear proliferation because of the separation of weapons-fabricable Pu-239 nuclides. If, however, spent fuel is subjected to a metallurgical or an electro-chemical process, given treatment in the so-called dry pyro-process, such worries can significantly be lessened. The advantage of the pyro-process is the lump-sum separation of TRU (Np, Pu, Am, Cm) which can be directly fed into a fast reactor or IFR enabling to avoid the problem of Pu separation. The secondary merits are the recovery of 99.9% of actinide elements, the reduction of radwaste to less than 1%, and consequently the reduction in the need for a sizeable waste disposal site.

E. Proliferation-Resistant Fast Reactor, KALIMER: KALIMER, standing for Korea Advanced Liquid Metal Reactor, is designed as a future fast reactor that will meet the objectives of fuel sustainability, safety, good economics and proliferation resistance.

Since nuclear energy is technology-oriented in nature, it has to be buttressed by good research and research groups, which can be defined as follows:

Research

If you steal information from one source,
It is called plagiarism (剽竊);
If you steal lots of information from many sources all the time,
It is then called research.

Research Institute

A research institute must be a den of brilliant thieves
Who know when, where and how to steal what information,
And steal what they need as much as they can and
Yet are so talented as to never get caught red-handed,
And on no account be accused of plagiarist no matter what.

There are two major approaches in carrying out research work.

One Is the philosophical or the *a priori* (演繹的) approach that relies mainly on deductive inferences or inspired reasoning. Such Thinker type research was the modus operandi for Albert Einstein, Niels Bohr, Pierre Curie, and many other great theoretical scientists.

The other is the perspiratory or *a posteriori* (歸納的) type, which entails diehard efforts to solve the impending problems in situ at the time, and it is called the Tinker type research. Thomas Edison, Marie Curie, many research engineers and experimental scientists relied on such empirical work to obtain their important results.

A good cooperation between the Thinker and the Tinker is conducive to bringing forth a synergic effect in research. The case of Pierre and Marie Curie is a good example in point. Some say that Pierre Curie discovered Marie Sklodowska, while Marie went on to discover radium and polonium in the wake of the Thinker-Tinker coordination between the husband and wife.

R&DDDDD

I think the nomenclature for R&D in the nuclear context must be extended so that we have R&Penta-D or R&DDDDD, which is to say, Research & Development, Demonstration, Deployment,

Driving (Operation & Maintenance) and, most importantly, Decommissioning. Decommissioning is essential because in our role as life-long caretakers, we are responsible for the facilities up to the very end of life, that is until the plant decommissioning and even thereafter.

5. Standardisation

[1]. Codes and Standards: KEPIC

KEPIC (Korea Electric Power Industry Code) is a set of integrated codes and standards applicable to the whole spectra of design, manufacture, installation, construction, test, operation & maintenance, and surveillance, of all the nuclear and fossil fuel power plants and all the transmission, transformation and distribution facilities in Korea. A common unified set of Standards and Codes means that every party in the industry speaks the same common language, and this ensures the improvement, efficiency, safety, reliability and cost-saving of plants and facilities.

Korea was an interesting case in terms of codes & standards because we sourced nuclear and fossil-fired plants from many different supplier countries in the past, and each plant came with its own set of codes & standards in situ. Eventually, there were lots of disagreement and conflicts in the interpretation and application between different codes & standards. And such conflicts meant major penalties in cost and in construction delays.

To avoid such penalties and confusion, we began developing our own Integrated set of codes & standards some 20 years ago with input from 350 engineering professors and field engineers recommended by six (6) engineering-related academic societies, and the baby born out of this effort is KEPIC.

With time KEPIC is growing up and expanding its scope, keeping abreast with the internationally prevailing codes & standards. KEPIC applies to all the electric power industry in Korea and also applies to the 4 units of UAE power reactors that Korea is exporting, that are scheduled for startup from May 2017 through May 2020.

[2]. Reactor Type: PWR

In the early days of our nuclear power reactor development, which is to say, in the 1970s, we chose two reactor types, namely, PWR and CANDU (Heavy Water Reactor). Both of them have been good for us in terms of operation, safety, and economics.

Nevertheless, we have given up the latter, CANDU, after 4 units. The reason was that the management of two different reactor types in a small country like Korea would have spread thin our technological development effort, and we would perpetually be weary, exhausted, and over-stretched like a polygamous man with his legal wife and concubines to meet all their heavy demands. Please be informed, however, that Korea's 4 CANDU reactors have been running fine and at the world-best operating rates for more than 10 years to now.

[3]. A Standardised ASEAN Nuclear Reactor

I call upon you and challenge you to seriously consider a standardised ASEAN reactor type and capacity. Such standardisation would certainly be conducive to big savings to all parties concerned in terms of time, effort, manpower and expenditure as you go down the nuclear avenue. And you are cordially invited to take a good hard look at the Korean experience, which also started from scratch, and therefore could be informative and referential to you.

The standardised ASEAN nuclear reactor could become the launching pad toward developing a unique ASEAN-Asian Power Reactor, similar to the European Nuclear Reactor. The general consensus is that the growth rate of nuclear power in Asia will be the fastest and biggest in volume in the years to come. Given all this, let me emphasize the point by saying,

"United we shall stand: Divided we shall fall." Or, as you would say in Malaysia and in Indonesia, "Bersatu teguh, bercerai roboh!"

6. An Overview of the Korean Nuclear Power Development Programme

(1). Beginning of Nuclear Power

The construction of Korea's first nuclear unit was initiated in May 1971 under a turn-key contract, where Korea's workscope was limited to the supply of sand, gravel, water, labourers, living quarters, etc. The unit was inaugurated exactly 6 years later, and it was to date Korea's most expensive project.

The construction cost for the 418 km Seoul-Busan Expressway amounted to 42 billion Won (KRW), whereas that for the first nuclear unit came to 156 billion Won ($320 million).

(2). History of Reactor Technology Development

After three (3) decades of preparatory efforts, we are now

in a position to offer and supply OPR1000 and APR1400. APR+, whose capacity is 1500 MW, will soon be born. The repeated building of the same reactor types, say a fleet of 10 OPR1000 units, means not only improved economics from economies of scale but also a chance for us to hone and upgrade our technologies. And continued vigilance and constant improvements with operating hours also lead to better safety features in our models.

(3). Technological Self-Reliance

When Korea introduced nuclear technology from abroad under the turn-key contract in Phase 1, our design capability was practically none, and we could supply 8-14% of hardware requirements. Now our design & engineering capability has reached 95% line, while equipment supply capability is slightly below 80% threshold. Both of them are advancing upward steadily.

(4). Status of Electric Power

Currently the nuclear share is 24% in terms of installed capacity while in power generation terms, the share stands at 34%.

(5). Nuclear Power Plants

We are currently operating 20 nuclear units or 17,716 MW, and are in the process of building 8 units or 9600 MW. In addition, 2 more units are in the planning stage. All these units are and will be housed in four (4) sites. These reactors are as follows.

(6). Operational Performance

The capacity factor for our reactors has been the highest in the world for more than 10 years running, and it was 14% higher than that of the world average in 2009. On the other hand, the unplanned capacity loss has continued to be the world's lowest. The unplanned capacity loss for Korea stood at 0.3%, compared to the world average of 5.3%, in 2008.

(7). Economic Efficiency in Construction

The scheduled construction period for the Shin Wolsong Project is 52 months, which is 11 months shorter than that for the Younggwang Project, meaning a reduction of 18% in construction time. As for the construction cost, we have been able to see a 33% reduction---realized not only through economics of scale but from constantly coming up with new production and operating & cost-saving ideas as we repeat reactors and projects (6 projects or 12 reactors so far) and go further down the production efficiency curve.

(8). OPR1000 vs APR1400

OPR1000 is designed on the basis of proven technology. In total, 10 units are in operation or under construction. In fact, this is a Gen. 2.5 type. being somewhat advanced version of Gen. Ⅱ.

APR1400 is an evolutionary 3rd generation type with 60 years of design life. 4 units are under construction and 4 others are being exported, while 10 more units are in the planning stage.

Our people are working on developing a further-advanced version of reactor on the basis of APR1400 and its capacity will be 1500 MW with the title of APR+.

(9). Growth of the National Economy

When our first nuclear unit was commissioned in 1978, our per-capita GNP was $600. 30 years later, at which point we are operating 20 reactors, our GNP per capita has risen to $20,000.

(10). Contribution to Industries

The nuclear sector has served as a stimulant to many affiliated industries in technological development, giving rise to "externalities effect."

(11). Cost Competitiveness of Nuclear Power

Last year, the sales price of nuclear electricity was 35.6 KRW/kWh, whereas that for coal-fired electricity was 1.7-fold at 60.3 KRW/kWh. (The exchange rate was around 1250 Korean Won/US$ in 2009).

Over 27 years from 1982, the consumer price index in Korea has risen 230% compared to only 14.5% in electricity pricing. Such cheap electricity has been possible mainly due to the contribution from nuclear power. And since electricity is the juice that underpins much developmental activities in a modern society, keeping power prices low as such has served as a lubricant to economic development and growth.

(12). Eco-friendly Energy Source

Nuclear power generation entails emission of only 10 grams of

CO_2, compared to 991 for coal. Not only that, not an iota of SO_2 or NOx is discharged from a nuclear power plant, and also no dust. Of course, a small volume of radioactive waste is a byproduct, which will have to be managed with extreme care.

(13). Long-term National Energy Plan

At present, the nuclear share is merely 1/3 of our total electricity production, supplied by 20 operating units. By the year 2030, with 40 units in places, the share will jump to 59% of the total. Nuclear sector suggests to increase the share further.

(14). Nuclear Power: The Core of Low-Carbon Green Growth

The Korean government announced its plan to reduce greenhouse gas emissions by 30% by 2020. The reduction volume to that year is estimated at 244 million TCO_2, and the nuclear contribution is expected to be 99 million TCO_2. An ambitious GHG reduction target can never be set, or achieved, without assuming an active role by nuclear power.

(15). Prospects of Global Nuclear Power

According to IAEA's forecast, 300 more NPPs will be constructed by 2030, thus becoming 750 units or 807 GWe worldwide. The forecast of OECD/NEA is such that NPP facilities are expected to increase by 3.8 times by 2050, consisting of 22% of the global total or 1,400 GWe from the current 15% (438 units or 372 GWe).

(16). Increased Need for Well-Trained Professionals

In order to design, build and manage 300 more nuclear power plants by 2030, 100,000 additional professionals are needed by then, out of which 10% or 10,000 core professionals must be deployed worldwide.

(17). KEPCO International Nuclear Graduate School

In order to train the 10,000 leadership nuclear professionals, Korea is scheduled to open K-INGS (KEPCO-Int'l. Nuclear Graduate School) at Kori Nuclear Complex beginning from 2011. Half of the annual student enrollment (100 students) will be recruited from foreign countries, and the school will be staffed with world-renowned faculty members having ample experience and devotion. Needless to say, working language is English.

Other details can be obtained from:

KEPCO Int'l Nuclear Graduate School, 411 Yeongdong-Daero, Gangnam-gu, Seoul 135-791, Korea.

Tel : + 82-2-3456-3791/2

Fax : +82-2-3456-3797

www.kepco-ings.ac.kr

(18). Challenges for Nuclear Renaissance
(Quoted from Dr. KunMo Chung, May 2010)

Impeccable reactor safety
- Assured nuclear safeguards
- Acceptable nuclear waste management
- Enhanced public confidence
- Non-carbon tax credit
- Competent nuclear professionals
- Minimum licensing uncertainty
- Optimised plant standardisation
- Reasonable power purchase agreement
- Linked industrial capabilities
- Proliferation-proof nuclear fuel cycle
- Constructive global cooperation.

(19). Global Nuclear Suppliers

At the moment, there are six (6) countries that are capable of exporting nuclear reactors, among which four (4) can be considered "strong" while two (2) are "weak". Korea belongs to the strong category, and the UAE project has only served to confirm this status.

(20). Winning the UAE Nuclear Project

Despite fierce international competition, the Korean bidder succeeded in winning the UAE project, which will involve supplying 4 units of APR1400. The target date for the completion of the first unit is set forth as May 2017, and the fourth unit is due for completion by May 2020. We believe that this project will not only further galvanise our technological prowess but help to spotlight and showcase our capabilities globally.

(21). Reasons of the UAE's Decision

To my observation, UAE decided to purchase the Korean reactors because of:

A). Economic Benefit: Nuclear power generation cost is 1/4 of oil-fired electricity. Therefore, it is beneficial for UAE to export oil at a high price and consume cheap electricity to be supplied from nuclear power plants.

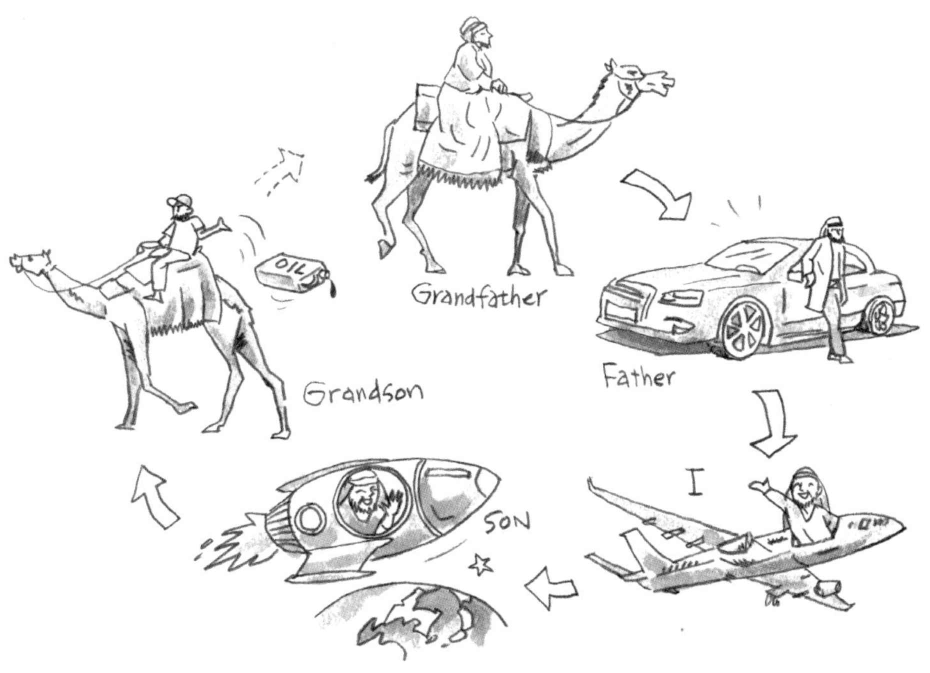

B). Provision for the Future: One Middle Eastern Leader said··· My grandfather rode camel, my father rode car, but I ride aeroplane. My son will fly on a rocket, and my grandson will have to ride camel. Why? Because of the depletion of oil reserves. So going to nuclear is a preparatory work for the future. In this regard, the leaders of UAE are very wise, futuristic and harmonious with the environment.

C). The Best : Korean offer was best in terms of safety assurance, economics and above all covering full spectra of the requirements in one package Design, construction, operation, maintenance, technical backup, technology transfer, and the like. UAE was assured of the completion of project on time and within the budget.

Retrospect and Conclusion

In the years following World War II and the Korean War, Korea was a desperately impoverished nation, a true economic basket case among the poorest of LDCs (Less−Developed Countries). We at the time were all envious of such countries that were blessed with natural resources like many ASEAN member countries.

Within a 30-Year time frame beginning in the 1960's we were able to transform our nation from the status of perpetual recipient to that of donor/supplier in terms of technology, trade and aid. The giant quantum leap was attained by much grit, determination and sweat at all levels, by some good strategic & policy-planning and implementation both macroeconomic and socioeconomic, and also by some sheer luck and good timing.

IAEA's case study report published in recent year pointed out that nuclear energy in Korea played a crucial role in realising her Economic Miracle. The main contents of the report are as follows :

- Korea's nuclear energy (including RI and radiation) constitutes 2.2% added value to her GDP.
- Nuclear technology self-reliance has been demonstrated by the development and deployment of KSNP (Korea Standard Nuclear Power Plant, now OPR1000) and of APR1400, and it is the unique in the world.
- Korea is a success example of national development from an agro-society to a high-tech state that is enjoying several world-best commodities in the global market.
- Korea was a Recipient country when IAEA was established, but is now a representative Donor country.

As an industrialised economy, we are now pushing for an elevated level of technological cooperation with reliable partners to enable them to take the similar steps as ours has been so far, hopefully to put them at an earliest possible time on an econotechnical trajectory as robust as ours has been.

The world is entering into a nuclear renaissance era, but it is never a free gifting from merciful and generous Santa Claus but can only come from unending 'do-it-yourself' efforts and continued endeavours. In this regard, I would like to call upon you all to mobilise your maximum possible multi-spirations consisting of aspiration, perspiration and inspiration to make the impossible possible and to convert the unsurmountable super able, as your forebears have already gone down the steep learning curves so far.

Remember that the world moves so fast: In fact, there were no convenience of PCs 30 years ago, neither mobile phones 20 years, nor application of Google 10 years ago. Therefore, we have to develop and create a fast-moving future with the help of nuclear energy.

It says, there are three types of doctors: One is the Small-scale Doctor who takes care of individual patients; the other is the Medium-level Doctor who tries to diagnose and treat sickness of society or even a nation; the third is the Grand Doctor who is called upon to manifest the zeitgeist by putting a unique footprint in history, the world and the times.

The Grand Doctors are the leaders of society, the modelers,

patterners and in a wide sense creators, who are actually the living light-fountain. The light which enlightens the darkness of the world; this not as a kindled lamp only, but rather a natural luminary shining by the gift of Heaven.

Let us become Grand Doctors by mastering the art and use of nuclear craft. For this, go out and preach nuclear gospel even in the wilderness, and win converts and public mandates⋯ that is, carry light to the darkness with the nuclear bulbs.

In conclusion, you are cordially solicited to display your calibre as a robust Nuclear Stallion here, there and everywhere all the time from now on. In order for me to see your Earth-saving activities by nuclear energy and also to clap my hands in applause on your success, I'm going to apply to the Absolute Being for my Life Extension.

Terima Kaseh. Thank you.

08

The integration ceremony party of KOCEN Consulting Services Company with Tuv Sud AG, Germany, on 24 November 2010 at the Allegro Room, COEX Inter-Continental Hotel, Seoul

Chang Kun Lee

Tuv Sud 한국지사 사장 김두일 박사와 KOCEN(350명의 엔지니어로 구성된 기기검증 전문회사: 그간 27배 성장)의 창업자 3명 모두 원자력연구소와 한국전력기술(KOPEC)에서 함께 근무했던 인연으로 행사에 초대받았음.

Tuv Sud는 15,000여 명의 기술 인력을 거느린 130년 전통의 독일 최대 기기 검증 전문회사로 세계 60여 개 처소에서 400여 프로젝트를 수행 중인 최우량기업이라 함. 주한 독일 부대사와 Tuv Sud의 임원 및 많은 독일인과 한국 원자력계 인사 100여 명이 참석한 가운데, 김두일 박사로부터 영어로 건배사를 해 달라는 요청을 받고 단상에 올라갔던 것임. 그 후 나의 건배사 내용을 원하시는 분들이 있어 독일어 부분은 한국말로 번역해 적어 보냄.

Thank you. Thank you very much!

The reason I have been invited here this evening is that I am sometimes perceived in some quarters as a spokesman for Korean nuclear community's first generation, well, being a walking nuclear antique that has not yet corroded.

During my school days, we were exposed often to the essence of German culture and to the cultural expressions of the German spirit. For instance, the staples of our educational diet included works by Johann Wolfgang von Goethe, Immanuel Kant, Friedrich Nietzsche, Heinrich Heine, Thomas Mann, not to speak of Martin Heidegger's 『Sein und Zeit(존재와 시간)』 and even, allow me to say, Adolf Hitler's 『Mein Kampf(나의 투쟁)』 (중학 시절 이 책의 일본어 번역판을 읽은 우리는 열광했음. 제2차 세계대전 종전 후 유럽, 특히 독일에선 이 책이 금서로 지정됨). We grew up with lots of entweder oder(이것이냐 저것이냐의 선택) and the agony borne by Goethe's Faust(고통 참기).

In Music, our favorites included classical music by German composers, especially Ludwig von Beethoven, Franz Josef Haydn, Johann Sebastian Bach, Richard Wagner, and still others. In Philosophy, it was not the Anglo-American analytic tradition but German philosophers like Hegel, Schopenhauer, and

Heidegger that we tended to study. The Lotte part of Hotel Lotte and Korea's Lotte Group(from the Charlotte Lotte character in Goethe's 18th century novel 『Die Leiden des jungen Werther(젊은 베르테르의 슬픔)』 is but one clear indication of how Koreans have been fascinated by and large.

It's almost a certainty that many educated Koreans from my generation can still sing at least 10~15 German songs such as :
"Am Brunnen vor dem Tore da steht ein Lindenbaum"
(성문 앞 우물가에 서 있는 보리수)
"Sah' ein Knab ein Röselein stehten aus der Heiden."
(한 떨기 장미꽃)
"Ich weiss nicht was so es bedeuten das ich so traues bin?"
(내가 어째서 이리 슬픈지 모르겠다.)

and also can recall from memory a few lines of poetry, like :
"Du bist wie eine Blume so hold und schön und rein"
(당신은 한 떨기 꽃송이 같소. 그렇게 사랑스럽고 아름답고 또 깨끗한…)
"Uber den Bergen weit zu Wandern, sagen die Leute, wohnt das Gluck.
(넓은 광야 저쪽 산머너에, 사람들은 행복이 살고 있다고 말하네)
unsoweiter(기타 등등).

Despite all these, German technological know-how, for all its deserved reputation as being top-notch in the global marketplace, has not been well introduced to us ; has not yet won wide acceptance in the Korean engineering milieu, unlike Japanese and American technologies.

We very well hope, therefore, that Allegro(이번 만찬장의 이름 : '빠르게'라는 이탈리아어) activities of this integrated company will play a vital role in enhancing the mutual cooperation between the two countries, and help bring the Korean technological level one step forward up, and indeed help us "choose certainty and add value(그날 단상 정면에 적힌 두 회사 합병의 슬로건)"

as a whole, like the motto on this podium wall.

In this happy context, let me propose a hearty toast to the prosperity and continued well-being of this newly integrated company under the leadership of my friend Dr. Josef Du-Ill Kim[merge가 아니고 intergration이라 한 것은 일방적인 흡수가 아니라 대등한 합병이기 때문이라는 생각이 들어 기분이 좋았음]

Now, I'll first say "Deutschland", dan Sie Alles zusammen, meine freundlichen Damen und Herren(then you all together, my dear Ladies and Gentlemen) bitte respond with the reply of "For the Peaceful Unification of Korea, like Deutschland, bitte!"

All right, I will start,
"Deutschland, Deutschland, Über Alles in der Welt……"

(독일 국가 가사의 첫 부분 : 독일 세계 모든 으뜸 독일)

"For the Peaceful Unification of Korea, like Deutschland, bitte!"

Gamsa-hamnida

09

大醫와 마중물

이창건(한국원자력문화진흥원 원장)

알베르트 아인슈타인은 나치 독일이 핵무기 개발에 뛰어들었으
니 미국도 우라늄 핵분열 연구개발을 시작해야 할 것이라고 촉
구한 편지를 1939년 8월 2일자로 프랭클린 루스벨트 대통령에게
보냈다. 그런데 그것은 애초 헝가리에서 망명해온 레오 질러드가
기초(起草)한 글이었는데 그것을 자기 이름으로 발송하면 백악관
참모들이 쓰레기통에 넣을지도 모른다고 생각한 그는, 선배인
유진 위그너와 아인슈타인을 찾아 의논했다. "형, 읽어보고 동감
하면 여기에 서명하시오"라고 하자 아인슈타인은, 몇 자 고치고
는 "인간은 역사상 처음으로 태양에서 나오지 않는 에너지를 이
용하게 될 것이다"라고 말하며 사인했다(230~232쪽 참조).

아인슈타인이 서명케 된 것은 당시 그가 "상대성 원리"로 상한
가(上限價)를 치고 있던 명사였기 때문이며 그것을 전달한 이는
백악관에 자유롭게 드나들던 경제학자 알렉산더 삭스였다. 사안
의 중차대함을 알게 된 대통령은 관계자들에게 우라늄위원회 결
성을 지시했는데 그것이 후에 국회 승인 없이 극비로 추진한 20

억 달러 예산의 맨해튼 프로젝트로 이어졌다. 이 역사적 사업은 정부 안에서도 극비로 다루어졌기 때문에 심지어 해리 트루먼 부통령조차도 대통령에 취임한 다음에야 알게 되었다고 한다.

나는 그 서한을 원자력 교과서에 원문 그대로 실으면서 이것은 두 가지 면에서 뜻깊다고 학생들에게 말했다. 하나는 사태의 중요성을 적시에 발굴하여 요로를 통해 최고위층에 통보한 것이고, 둘째는 간단명료하고 육하원칙에 따라 설득력 있게 기술한 모범적인 문장이라는 점이다.

우리 분야 종사자들은 이 대선배들의 일 처리방식과 서류작성법에서 교훈을 얻어야 할 것이다. 내가 레오 질러드를 특기(特記)하는 것은 그가 우리의 원전 기술 자립과 관련이 깊은 컴버스천 엔지니어링(CE)사를 창립한 장본인이며, CE사 설계의 원전들이 미국 최고의 가동률을 보여온 까닭이다.

맨해튼 프로젝트 추진 중 그로브 장군의 행정·재무 지원팀은 거의가 독불장군인 과학기술자들로 구성된 로버트 오펜하이머의 연구개발팀을 정성껏 보필해 역사적인 임무를 수행해 나갔다. 그중 가장 감동적인 것은 프로젝트 시작 전 당시 평균 나이 29세인 연구원들에게 오펜하이머(39세)의 당부 말씀이었다.

"나치 독일은 벌써 이 분야의 연구개발을 시작해 저 앞에서 빨리 달려가고 있습니다. 그래도 우리가 열과 성을 다하고 획기적인 창의력을 발휘한다면 저들을 추월할 수 있을 것입니다. 그러나 우리가 이 역사적인 책무(Accountability)를 다하지 못하게 될 경우 인류는 독재자에게 짓밟혀 앞으로 천 년 동안 노예로 전락하게 될 것입니다. 이것이냐 저것이냐는 오로지 여러분이 하기에 달려 있습니다. 인류는 여러분의 노력과 성취를 눈여겨볼 것이며, 역사는 이 중차대한 시점에서 이 일을 담당하게 된 여러분의 행적을 기록해 후세에 전할 것입니다. 여러분 각자의 건투를 빕니다……."

이 당부의 말씀을 대할 때마다 나는 세 부류의 의사 이야기를 회상하게 된다. 첫째는 개인의 병을 고치는 소의(小醫), 둘째는 사회나 국가의 질병을 치료하는 중의(中醫)이며, 셋째가 시대의 병, 세계의 병, 역사적 병마를 치유하는 대의(大醫) 선생님이라는 말이다. 그런 면에서 오펜하이머는 시대정신(Zeitgeist)을 지니고 인류의 미래의 병을 내다보며 역사의 향방(向方)을 바르게 잡으려 집도(執刀)한 대의요, 선각자였다고 본다. 또한 그는 프로젝트에 참가한 후배들에게도 대의가 되어 달라고 간곡하게 호소한 Super-Grand Doctor(超大醫)이기도 했다.

그런 맥락에서 인류의 문명 유지를 위해 꼭 공급해야 할 에너지, 그러면서도 지구 환경보존을 위해 필수불가결한 에너지인 원자력을 다루는 우리 분야는 대의의 범주에 속하고 있어 우리에게 맡겨진 역사적 책무는 막중하다 할 것이다. 밥벌이만을 위해 뛰어다니는 무리와는 분명히 다른 정신적 차별성을 갖춰야 한다. 우리는 우리 직업이 대의의 직종으로 분류되는 것을 자랑스럽고 감사하게 생각해야 할 것이며 그래서 자부심을 가져도 되리라 본다. 다만 "미쳐야 미칠 수 있다"는 데 나의 경우 일에 정말 미치지 못해 대의의 경지에 미치지 못한 것이 후회스럽고 거기에 옷 벗은 지도 오래되어 이제는 다시 시작할 처지도 아닌 것이 아쉬울 뿐이다. 그래서 후배들이 땅속에서 많은 물을 퍼 올릴 수 있도록 펌프의 마중물이 되어야겠다는 것이 나의 바람이요, 기도이다.

10

사고자(思考子)와 추파트론

이창건(한국원자력연구소 연구원)

〈이 글은 『동아일보』 1967년 6월 1일자 5면에 게재된 기고문이다.〉

전파의 발신 장치를 송신기라 하고 전파를 잡아 가청(可聽)·가시(可視) 파장으로 복조(複調)하는 장치를 라디오나 텔레비전이라 하지만, 우리는 아직 인간의 사고 현상을 규명하는 물리적인 해석은 못 내리고 있다. 이를테면 불길한 예감에 사로잡힌 바로 그때 남편이 먼 곳에서 변을 당했다든지, 난파된 배의 선장 아들이 아버지 꿈을 꾸다가 벌떡 일어나며 울었다는 얘기를 그저 개꿈으로만 돌리고 만다.

그러나 줄리어스 시저가 브루터스의 칼에 찔려 죽기 전날 밤, 그의 아내 칼퍼니아가 남편이 살해되는 끔찍한 광경을 비몽사몽간에 세 차례나 본 것을 초감각적인 것, 또는 육감의 작용이라 한다. 과학은 가정을 세워 그걸 입증하는 논리인 고로, 만일 육감이 실제로 존재한다면 그걸 담당하는 신체의 기관도 있어야 하는 것이 논리적인 귀결일 터이고, 그 기관이 머리와 머리털일 것이라는 가정을 세워도 무리는 아닐 성싶다.

사람이 무엇을 생각할 때, 머리에서 방출되는 파장 또는 입자를 '사고자(思考子)'라고 명명해 보자. 이제 이 사고자가 머리에서 나가면 상대방의 머리털, 즉 수신 안테나에 포착될 것인데, 아버지와 아들, 남편과 아내가 서로 잘 통하는 것도 상호 간에 사랑의 농도가 짙어서 주파수가 서로 맞기 때문이리라. 연인들끼리 만나지 않아도 애정을 느끼는 것은, 방출되는 사고자속(思考子束)이 강할뿐더러 뽀뽀하는 사이에 주파수가 동조되기 때문이다.

당사자인 시저가 정적의 흉계를 알아채지 못했던 것은 반(半)대머리인 그의 안테나 설비 실태가 불량한 까닭이었고 칼퍼니아가 잠자면서도 감지한 것은 그녀가 젊고 머리숱이 많은 연고였다. 같은 어버이인데도 나그넷길을 떠난 자식을 염려하는 심정은 대머리 아버지보다 긴 머리의 어머니 편이 더 강하고, 남자보다 여자가, 현대인보다 옛사람들이 더 정적(情的)인 것이 이 가설의 정당성을 방증하는 것이다.

군대에서 신병들을 모조리 삭발하고, 스님들이 머리를 깎고, 수녀님들이 하얀 천 위에 다시 검은 보자기를 쓰는 건 세속적인 사고자 수신을 막기 위한 기발한 조치다. 머리를 새 둥지처럼 크고 높이 틀어 맺거나 가발을 쓴 여인, 그것도 모자라 눈앞에 마스카라라는 인공 안테나를 넣고 다니는 여인들은 될수록 많은 秋波子(추파트론·chupatron)를 수신하려고 애쓰는 바람난 여자일 게다. 미장원은 쓰러진 안테나를 일으켜 세우는 수리공장이다.

그리고 유대교도 아닌 비틀즈 멤버들이 머리를 안 깎는 건 바로 요염한 사고자인 추파트론에 혈안이 되어 있다는 증거다.

북쪽 하늘 아래 두고 온 누님과 벗들이 갑자기 보고 싶어질 때마다 나는 "그들이 아직도 살아 있으며 날 이토록 기억하는구나." 하고 자위하면서 휴전선 너머로도 자유로이 넘어갈 나의 사고(思考)를 될수록 오래오래 방출해 보는 것이다.

11

원자력 주추 놓은 윤세원(尹世元) 박사님

〈이 글은 『과학과 기술』 2013년 4월 호에 실린 원로 물리학자 윤세원 박사에 대한 이창건 박사의 조사(弔詞)를 재구성한 글이다.〉

1955~1958년 매 토요일 오후, 군복 입은 우리 10여 명은 문교부 별관에 모여, 레이먼드 머리의 『원자력공학 입문』과 미국 원자력위원회가 발행한 『연구용 원자로』를 교재로 이 나라에서 처음으로 원자력 세미나를 가졌다. 이를 주도하신 이가 윤세원 선생님이셨다. 그 교재는 공군에서 복무하던 선배들이 동료 미군에게서 얻은 것이라 했고, 그들은 공군에 있을 때 그 책으로 미군들과 함께 세미나를 한 일이 있는 듯 나보다 훨씬 앞서 있었다.

곧 전역할 참석자들은 계급장을 단 군복 차림이었고, 제대 군인들은 옷이 없어 현역 때의 군복을 그대로 입고 있어 윤 선생님과 나 이외엔 모두 군복을 입고 공부했다. 책이 한 권밖에 없어 우리는 다음번 세미나에서 다룰 내용을 원지(기름종이)에 타자를 쳐서 수작업으로 10여 부를 복사하는 방법으로 자료를 나눠 가졌다.

윤 박사 초대 원자력 과장 주도

윤 선생께서 교재의 핵물리 부분을 설명하시는 시간에 참석자들은 우라늄 원자핵이 핵분열하며 방출하는 에너지의 막대함에 놀랐고, 그것을 교묘하게 길들여 평화적 용도로 탈바꿈하는 기술 문제를 공대 선배가 발표할 때는 경제적인 원자력발전 가능성을 연상했다. 우리는 또 화학 전공자의 발표를 통해 방사성동위원소의 정체를 알게 되었고, 퀴리 부인이 인류 최초로 방사능을 규명할 때의 노고가 얼마나 컸는지도 배웠다.

이승만 대통령이 국무회의에서 "원자력은 땅에서 캐내는 석탄, 석유 같은 화석연료와는 달리 과학기술자들의 머리에서 짜내는 기술 에너지라고 하는데 대한민국도 그것을 개발·이용할 수 있겠는가?"라고 묻자 최규남 문교부 장관이 대답했다고 한다.

"몇 년 전부터 10여 명의 젊은이가 문교부 뒷방에 모여 매주 원자력 세미나를 자발적으로 하고 있는 것을 보니 가능할 것으로 봅니다"라고.

이에 고무된 이 대통령이 원자력에 올인하게 되었다고 한다. 선생님이 서울대 물리학과에서 원자핵 물리학을 최초로 강의했을 땐 윤일선 총장님도 청강하실 정도로 인기가 있었다. 그런데 문교부 안에 원자력과를 설치하고 과장을 물색했으나 적임자가 없자 정부는 선생님을 거의 강제로 징발하다시피 끌어내 과장으로 보임했다. 그때 원자력 과장은 관련 공문을 기안하여 국장과 장관의 결재를 받은 다음, 경무대에 올라가 이승만 대통령에게 직접 설명할 만큼 원자력 사업은 제1공화국 최대 관심사 중 하나였다.

이 대통령이 윤 과장의 설명을 듣다가 "피폭이 뭔가? 폐기물은

뭘 말하는 건가?"라고 꼬치꼬치 물으며 시간을 끌자 어느 날 박찬일 비서가 "다음부턴 공문 뒤에 영어번역문도 첨부해 오라"고 귀띔하는 바람에 우리가 그 일을 맡았다. 우리 낱말이 없던 그때 원자력 용어들을 일본에서 어떻게 번역해 쓰는가를 보고 있다가 그것을 도입해 사용한 것이 사실이다. 주한 외국대사관에서 한국 원자력법을 보내달라고 했을 때도 우리가 그것을 번역해 법제처의 검토를 거쳐 발송한 적도 있다.

문교부로 자리를 옮긴 선생님이 경제적으로 힘들게 되었던 것은 교수 시절보다 훨씬 적은 과장 월급 때문만은 아니었다. 자녀가 많은 집안 살림을 사모님께 맡긴 선생님은 이 나라 원자력 사업의 기초를 닦기 위해 원자력법과 원자력 관련기관의 직제 및 연구원 확보 방안을 기초(起草)한 다음 그것을 실현하기 위해 행정부, 입법부, 대언론 상대로 홍보에 열중했다. 그때 그 활동에 필요한 자금 마련을 위해 처음엔 빚을 졌다가, 나중엔 서울 서대문의 집을 팔아 쓰셨다. 또 연구소 부지를 선정하고 연구원들에게 특별 연구수당 지급을 위한 교섭을 하실 즈음엔 고향인 경기 용인의 땅도 처분했다고 들었다.

도덕심·결단력·배려심 갖춘 리더

드와이트 D. 아이젠하워 미국 대통령이 1953년 12월 유엔에서 '원자력 평화이용 대책'을 천명하자 미국은 자유 우방국에 관련 기술과 정보를 제공하기 시작했고, 그 일환으로 핵무기와 관련 없는 논문을 마이크로피시(Microfiche)로 만들어 각국에 무상으로 배부했다. 우리나라에선 그걸 받은 경무대가 문교부 원자력과로 이관했다. 그것은 A4용지 3분의 1정도 크기 안에 수십 쪽의 논문을 압축·촬영해 놓은 필름으로 현미경 같은 광학기계로 확대해 읽도록 만든 것이었다.

원자력 세미나가 끝나가던 어느 토요일 저녁, 당시 박철재 기술교육국장(후일 원자력연구소장)이 다급하게 들어오더니, "그간 미국 원자력위원회에서 보내온 마이크로피시 상자의 개수와 분야별 종류 및 각각의 페이지 수를 당장 알아내 보고하라고 경무대에서 지시하니, 여러분은 이번 주말 그 일을 해주시오"라고 했다.

창고에 가보니 그간 경무대에서 내려보냈다는 마이크로피시 상자가 거의 한 트럭분이나 되고, 개수로는 1,000덩어리가 넘어 보였다. 전기 사정이 매우 나쁘던 시절이었지만, 정부청사엔 특선 전기가 들어와 야근할 수 있었다.

상자들을 모두 풀어서 낱장 하나하나를 세어보려면 몇 주일이 걸릴 것 같았는데, 윤세원 과장이 우리를 다그치는 박 국장에게 "저희가 정확하게 실사해서 내일이나 월요일 아침까지 보고하겠다"고 답했다. 그러고는 우리더러 저녁 먹으러 가자고 하셨는데, 저녁값도 선생님 주머닛돈으로 해결하셨다.

돌아온 우리가 세미나실에 모이자 선생님은 다음과 같은 구상을 내놓으셨다.

"대통령, 경무대 비서, (문교부) 장관님은 마이크로피시가 몇 장인지 아실 필요가 없을 것이고 다만 어떤 내용을 얼마나 받아왔는지가 궁금할 것이니, 그에 대한 궁금증만 해소시켜 드리면 된다. 그러니 이제부터 이 방법대로 해보자. 우선 분야별로 몇 상자인지를 세어본 다음 큰 상자, 작은 상자별로 약 12개 그룹으로 나눠놓고 각각 몇 상자인지 기록하자. 그런 다음 12개의 그룹에서 각각 한 상자씩만 해체해서 거기에 정확히 몇 쪽이 들어 있는지 세어 통계 처리하면 1,000여 개 상자 안에 들어 있는 낱장 수를 대략 알게 될 것 아닌가?"

우리 졸개들은 윤 선생님의 작전대로 마이크로피시 상자를 분류하고 셈하여 당일 통행금지 직전까지 "몇백십만…… 쪽"이라고 경무대에 보고했다.

원자력 연구관 수를 많이 확보하고 그들에게 공무원보다 3배 많은 급여를 지급할 수 있게 만든 것도 선생님의 교섭력에 힘입었던 것이다. 우리 몇몇이 미국 원자력연구소에서의 1년 훈련에 이어 원자로 공급회사에 가서 원자로 관리와 운전 훈련받은 후 소정의 시험을 거쳐 미국 원자력위원회 발행의 원자로 운전면허증을 받고 귀국했을 땐 정식 공무원으로 발령받을 것이라 기대했다. 그 꿈이 산산이 깨어진 것은 선생님의 공로를 옆에서 가로챈 자들이 많았기 때문이다.

폭풍이 몰아치는 들판에 나가 연구관 TO라는 먹이를 사냥해 온 것은 선생님이셨는데, 아무 일도 안 하면서 멀찌감치 먹이 사냥을 구경하던 하이에나들이 TO를 빼앗아 가자, 당사자인 우리는 고사하고 사재를 털어 인원을 확보해 오신 윤 과장님 마음은 무척 심란했을 것이다. 선생님은 원자력법, 조직 신설, 연구관 확보 등을 위해 뛰어다니실 때 신세 진 힘 있는 장관, 국회 분과위원장, 여당의 실세들이 강력히 추천하는 그들의 자제나 친인척들을 거부하기 힘들었을 것이다.

그래서 약자인 우리는 잠자코 있었다. 우리 때문에 괴로워하실 선생님을 생각해서 말없이 그냥 임시직이나 일용잡급 신분으로 1년 반 동안 일하며 야간대학 시간 강사, 번역, 심지어 학생 시절에 하던 가정교사로 뛰어다니며 입에 풀칠했다.

국내 최초 원자로 트리가마크-II 도입 성사

미국에 가서 우리나라 최초의 원자로인 트리가마크-II를 계약하고 돌아와서는 우리에게 선정 이유를 다음과 같이 설명하셨다. "설계·제작사인 제너럴아토믹스는 꽃밭처럼 아름답게 꾸민 환경 속에 자리 잡은 현대건축물 안에 있어 믿음직스럽고, 노벨 물리학상 수상자인 연구원이 핵연료 개발을 위한 이론을 뒷받침하고 있으며 더욱이 노심(爐心) 온도가 올라가면 부(負)의 온도효과가 생겨 원자로 안전 기능에 자체 안에 내재되어 있는 안전한 노형이다. 나아가 이 노형은 연구, 방사성동위원소 생산, 훈련과 미래연구로 개발 등 다목적 용도로 쓸 수 있어 그것을 택했다"라고 하셨다.

그때 주변에선 10kW 출력이면 충분하다는 것을 미래를 위해 100kW급은 되어야 한다고 우겨서 계약하도록 한 것도 윤 선생님이었다. 그런데 몇 년 후엔 그것마저 부족하다 하여 우리 후학들이 2.5배로 출력 증강한 것이 이 나라 원자력 장비 국산화의 효시였고, 그것은 오로지 윤 선생님의 미래지향적 견해를 본받았기 때문이라고 생각한다.

고인의 업적, 원전사에 큰 획

제1공화국 붕괴 후 장면 정권이 들어서면서 거리에선 매일, 매주, 매달 격렬한 시위와 충돌이 난무했다. 사회는 대혼란에 빠졌다. 연구소의 기능도 거의 마비되었다. 이듬해 5·16군사정변이 일어났다. 우리 연구원들은 사회 혼란 때문에 공산화되기보다는 차라리 총칼로라도 우선 국가의 안정을 기하는 것이 낫다는 생각에 안도의 한숨을 쉬었다.

계엄령을 선포한 군부는 입법, 사법, 행정의 3부를 모두 장악했고 연구소에도 감독관이란 이름의 군인이 와서 점령군 행세를 하면서 일거수일투족을 통제하였다. 양복 입고 넥타이 매선 안 되고, 모든 공무원, 연구소 직원, 국영기업체 직원은 마오쩌둥 옷을 닮은 재건복을 착용할 것을 강요당했다. 단, 외국인을 상대하는 특수층과 외무 공무원만은 괜찮다는 예외 조항을 두었다.

그게 싫어 우리는 새벽 일찍 출근하고 퇴근 시간이 훨씬 지난 후 귀가하는 잔꾀를 부리며 재건복 입는 것을 피해 나갔다. 그러던 어느 날 재건복을 입지 않은 몇몇 반골(叛骨)들이 감독관에게 걸려 "엎드려 뻗쳐!" 기합을 받게 되었고 한 사람씩 큰 소리로 다시는 그러지 않겠다는 약속을 한 뒤에야 일어날 수 있었다.

그러다 걸린 김기수 연구관이 "저는 매일 외국인을 상대해야 하기 때문에 깨끗한 양복에 넥타이를 매야 하며 이것은 국가의 체면을 위해 부득이한 일"이라고 하자 감독관이 소리쳤다.

"김 연구관! 당신 연구실엔 외국인이 없는데 그게 무슨 소리요?"

"저는 빚이 많은 사람입니다. 특히 연구소 앞의 중국집 왕 서방에게 술값으로 큰 빚을 지고 있는데, 그가 퇴근 때마다 정문 앞에서 저를 기다리며 외상값을 갚으라고 독촉하니 그 외국인을 상대하기 위해 깨끗한 양복에 넥타이를 매고 국가의 체면을 살려야 합니다. 이것이 최고회의의 지시사항 아닙니까?"

결국 감독관은 김 연구관을 일으켜 세웠고, 그날 저녁 둘은 왕 서방 집에 가 또 한잔하며 둘은 술친구가 되었다.

그렇게 화기애애한 분위기에서 윤 선생님이 연구소를 떠나시게 되었다. 선생님은 앞으로 당신의 시신을 연구소 뒷산에 묻어 이 나라 원자력 연구개발의 모습을 늘 볼 수 있게 해주면 좋겠다고 말씀하셨다.

지금 우리 원자력 기술은 세계를 누비고 있고, 이 나라 여러 군데에 흩어져 있는 선생님 후학들이 떠받치고 있으니 한반도 전체가 원자력 동산인 셈이므로 선생님은 어디에 묻히셔도 우리의 활동을 보고 계시는 것이나 마찬가지다. 그리고 우리 원자력 기술은 인류와 지구가 안고 있는 문제를 해결키 위해 최선을 다할 것이다.

100년 전 프리드리히 빌헬름 니체가 "지구는 심한 피부병에 걸려 신음하고 있는데, 그 병균은 바로 인간"이라고 말했다고 한다. 그 피부병 치료를 위해 후학들이 전력을 다할 것을 선생님 영전에서 다시금 다짐한다.

Dinner Table Address at the Annual Meeting of the International Nuclear Societies Council, Convention Centre, Jeju, Korea, 19 May 2022

LEE Chang-Kun,

Former INSC Chair,

2012 INSC Global Award Recipient

Welcome to Korea, and Welcome to Jeju Island in particular!

Jeju Isle was formed as a result of many volcanic eruptions over a period spanning a couple of billion years. The last volcanic eruption occurred in 1925. The one before that took place in the year 946 A.D.,i.e., about one millennium ago, and its explosive power has been estimated at 160 thousand times the Hiroshima nuclear bomb (20 KT).

Since the time gap between these two blasts from volcanic venting was about one thousand years, it may be logical to predict that the next Jeju volcanic eruption will occur circa 3000

A.D. ±. In any event, as a charter member of the Korean Nuclear Society, I personally hereby guarantee your safety, security and comfort during your stay in Jeju.

Jeju is known to the world as the island of the Many (of which there are three) and the Naught (of which, again, there are three): the Many are the wind, stones and rocks, and women; the Naught are no beggars, no thieves and, consequently, no need to install gates or doors (Fig. 1). What this reputation implies is that Jeju islanders are diligent and honest people.

Fig.1. Characteristics of Jeju Island.

Despite the basic goodness of the locals, their ancestors suffered from long periods of tyranny, and the island was a famous place for exiles,as well as a fertile ground for rearing Mongolian horses.

The island's micro-climates include frequent and heavy rainfall on high terrain, and a scarcity of groundwater in mid-altitude terrain due to high porosity of soil, and occasionally heavy fog. I have a special connection to this island. For three (3) years in the distant past, I managed an R&D project for the development of groundwater in a water-scarce region of the island by using nuclear technology, and the project was supported by IAEA.

The clue was to compare the tritium (^{3}H) contents of collected ground water from the island with those of ordinary surface water from the parts of the world that had been contaminated by tritium isotopes from the hydrogen bomb tests by the big powers. Tritium isotopes decay into Helium-3 with 0.019 Mev beta decay energy with a half-life of 12.33 years. If the tritium contents of the sampled water are 5% of those of ordinary surface water, we then can assume that there would be a huge underground storage pool (95%) nearby, upstream. After this 3-year development project, I became a self-proclaimed specialist in the field of underground water exploration. There are many more technologies that can be utilised for groundwater investigations.

The radioactivity level in the residential areas was found to be much higher than that of other places. Our interpretation on such phenomena was that the relatively high level of radioactivity in villages was resulted from radon gases that are coming up from below, and those areas are prone to have more possibility of rainwater penetration downward, eventually resulting in the availability of ground-water therein.

Freshwater along the coastal region originates from ground-water that has been stored for a long time at a steady temperature ($14°C \pm 1$). In hot summer time, however, seawater temperature goes up, probably above 25°C. When these two kinds of water meet together and are mixed at the coastal area, a significant difference occurs in the colour of the picture. By taking the colour picture of water along the coastal areas, we can then identify the freshwater that is gushing up from below, because freshwater is lighter than seawater. On an average, the height of underground water storage underneath an island is said to be about 1/40 of the width of the corresponding island according to the geologists.

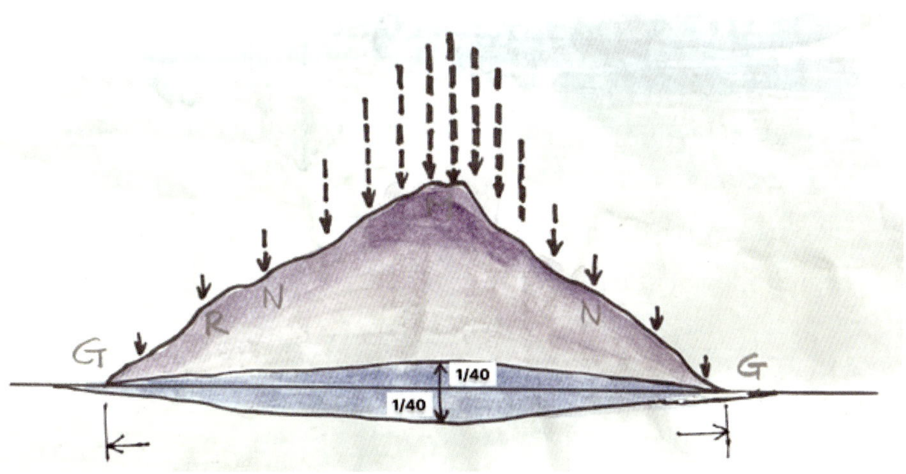

Fig.2. Characteristics of Water Movement in Jeju Island.

Despite its bright and sunny landscapes, Jeju has a dark history of violence and ideologically-based massacres.

The darkest chapter came in the form of the so-called "4.3 Affair" because it began on April 3, 1948, just a few months before the establishment of the Korean government on August 15, 1948. On that fateful day, communist guerillas, under the influence of Kim Dal-sam (a former captain in the Japanese Imperial Army), attacked, with vehemence, every police station and outpost on Jeju island.

The communists killed policemen and their family members,

and also government officials and intellectuals, seen by them as reactionaries. They set fire on nearly half of 24 police stations in Jeju. Rumours circulated at that time that the attacks were directed and financed by Moscow. This was an era of great ideological strife and conflict, as the Cold War was about to begin following the end of WW-II.

Naturally, there was pushback from the police, with anti-communist youth groups also looking for action. As, repeatedly, the attacks and counter-attacks took form, people said, quite correctly, that Jeju was administered by the government during daytime, and controlled by the communists at night time. Such a violent and destabilising situation continued for several years. Several of my former school classmates participated in the Jeju skirmishes as members of the Youth Association and, sadly, they were returned back to Seoul in a body bag in a wooden box. We greeted the wooden boxes with tears.

In October of 1948, the newly born South Korean government finally ordered the 14th army regiment to go and rescue Jeju. At that time, this regiment was stationed in the Yeosoo and Sooncheon area in the south of the peninsula, and right across the sea from Jeju island, separated by 200km of water. The new government's plans for bringing order to Jeju were thrown off track, however, when, on October 19th of 1948, a communist-led military rebellion convulsed the 14th army regiment, and most of the right-wing officers and sergeants were assassinated by the communists, and the whole area around Yeosoo and Sooncheon began operating under the red flag.

Fortunately, Lt. Park was not killed at that time owing to his political ambiguity in military life, but was placed under severe watch, together with his colleagues, by the coup soldiers. Under such circumstances, the newly established government made a special order to the 15th regiment, stationed at Gunsan, some 150 km northwest from the troubled area, to make the status quo ante of the area in question. So the 15th regiment occupied the suburbs of the troubled area.

Lt. Park used to stay in a rental room of Mr. KIM Sang-Young's lodging house. Mr. Kim knew that Lt. Park was a faithful soldier and a man of few words but with strong will.

When the 15th regiment approached the troubled area, Mr. Kim visited a police station, now under the control of a government military force, carrying with Lt. Park's personal effects and testified that Lt. Park cannot be a pro-communist.

Many years later, Lt. PARK Jung-hee became the President of Korean government, and the strongly recommended Mr. Kim to be a candidate for National Assembly (Congress) man. Mr. Kim served the Assembly as its member twice.

There were more than 60 communist activists in the South during the Korean War (1950–53), and these people had influence over local residents, and they tended to use the mountains as their base. Many remained active until 1958, and brought a great deal of suffering to the local populace. Many of the local people who had sympathised with them or helped them became themselves the targets of the police and the right wing youth militias.

Brothers SON Dong-in and SON Dong-shin, two normal high school kids in Sooncheon, were killed by their communist-turned classmate KANG Cheol-min, simply because their father was a Christian clergyman. When the area was reclaimed and came back under the control of the government forces, KANG Cheol-min was arrested, tried in a military court martial, and sentenced to death.

Packing more emotional punch than a K-court drama, Rev. SON Yang-won appeared in person at the court proceedings and, instead of expressing satisfaction at the death sentence, he appealed to the court for a total pardon in favour of the killer of his sons. The pastor believed in the Christian principle of forgiveness, believed in redemption even for the most base of sinners.

The military court turned down his petition, issuing a one word response: "Impossible". Not giving up, Rev. Son refiled the petitions with the court. The pastor went so far as to declare Kang his new adopted son. His argument was that since his sons were all dead now, he needed a new son, and Kang, the killer, would be his new son.

Thus Kang was released from captivity, and handed over to Rev. Son, in his new capacity as the pastor's *de jureson*. Kang soon became a student at a theological seminary, so that he could continue his adopted father's mission.

Unfortunately, the Yeosoo and Sooncheon area was occupied by the North Korean army during the Korean War, and Rev. Son was killed by the communists on 28 September, 1950. The sad saga ends with this martyrdom.

However, my story continues a little further. SON Dong-seung, a nephew of Rev. SON Yang-won, and a recipient of a Doctor-of-Science degree in material science from MIT, worked with me. He is a very prudent man of few words. One day, though, he opened up a bit and told me about the situation regarding his adopted cousin Kang.

Fig 3. Rev. SON Yang-Won,
a church pastor who ministered to leprosy patients.

After the martyrdom killing, Kang became persona nongratato all his church members, to the Son family, and to all his neighbours. And there was no longer an umbrella, in the form of a forgiving adopting father, to protect him from "severe storms".

When Kang reached the critical point of mental endurance, he sneaked away to a far-off Buddhist temple tucked away in the mountains. After several years there, he got a job at an apartment complex in a different city and worked as a security guard. He must have pretended to be an ordinary man, with no tortured past, with no hidden terrifying family secrets.

We all must pretend not to be aware of people's backgrounds. We all must look away. For pretending not to know is very important for living in this complex and mixed up society torn between the right and the left even to this day.

Dr. SON Dong-seung is now staying in Ethiopia to help her nuclear project. Ethiopia was one of 16 countries that send military forces during the Korean War.

Der Schnee

Der Schnee über dem Berner Oberland,
Sachte fallend an der Kleinen Scheidegg,
Die Gipfel und die Täler bedeckend,
Macht den Himmel und die Erde eins.

In den Alpen am Weihnachtsmorgen,
Über dem Wege des Legendenalten,
Den die Kinder so fröhlich erwartet haben,
Gleitet nun die bunte Jugend
Von den Wolken heraus und in die Wolken hinunter,
Runde Schneekreise aufstäubend.

Noch über den Wolken erheben sich die drei Jungfrauspitzen,
Die ungeheuren Schneewände, die lehren uns nur Mensch zu sein.
Versteckt hinter der ungesehenen Leinwand,
Erscheinen sie noch geheimnisvoller.

Ich will nun von dir Abschied nehmen,
Du schneebedeckte Jungfrau.
Wie der Schnee die Felsen und die Pflanzen umfaßt,
So verbindest du meine Erinnerungen und Hoffnungen.

Du, himmlische Spitze, die meine Träume kennt,
Bewahrst mich voller Eingebung
Bis wir uns wiedersehn.

(26. Dezember 1964)

Abschiedsgedicht des 1. koreanischen Botschafters in der Schweiz,
Herrn Hahn-Been LEE, an die Schweizerische Korea-Vereinigung.
Vorgetragen an der Abschiedsparty des Stammes Bern u. Umgebung,
am 20. Januar 1965 im Restaurant Bürgerhaus

눈

눈, 베른 오벌란드 클라이네 샤이덱 그 마루턱
산정(山頂)도 협곡(峽谷)도 다 덮은
위와 아래를 하나로 이은 눈.

알프스의 노엘 엊그제 어린것들이
기다리던 전설의 노인이 다녀간 길을
절절절 젊은이 원형의 눈바람을 일으키며
구름 속에서 내려와 구름 속으로 미끌어 내려간다.
저 구름 위에 숨은 융프라우 삼봉(三峰)
사람이 인간임을 알려주는
크나큰 눈 평풍(屏風)이
몽롱한 장막 속에 숨었으니
안 보임이 보임보다 더 신비하다

지나간 3년,
순례자를 어찌 다 헤아릴까.
신탁(神託)을 구하는 행인(行人)
지이순(知耳順)의 목탁(木鐸),
실의(失意)의 혁명아.
연태(諫台)의 무인, 남국의 가인(歌人),
북국의 철학도, 정다운끼리
그리운 어버이

지금 저 밑의 목장엔 소방울 소리도 없네.

나는 이젠 하직하련다.
눈 속에 덮인 융프라우
암석과 초목을 하나로 덮은 눈
회상과 희망을 이어다오.
꿈을 아는 영봉(靈峰)이여
꿈을 펼 때까지 영감으로 지켜다오.
다시 올 때까지.

*1968. 12. 26. Kleine Scheidegg에서 이한빈이 지은 고별의 자작시